Veröffentlicht von
DREAMSPINNER PRESS

5032 Capital Circle SW, Suite 2, PMB# 279, Tallahassee, FL 32305-7886 USA
www.dreamspinnerpress.com

Dies ist eine erfundene Geschichte. Namen, Figuren, Plätze, und Vorfälle entstammen entweder der Fantasie des Autors oder werden fiktiv verwendet. Ähnlichkeiten mit lebenden oder verstorbenen Personen, Firmen, Ereignissen oder Schauplätzen sind vollkommen zufällig.

Kein Coming Out für Cowboys
Urheberrecht der deutschen Ausgabe © 2017 Dreamspinner Press.
Originaltitel: Cowboys Don't Come Out
Urheberrecht © 2016 Tara Lain.
Original Erstausgabe. Dezember 2016
Übersetzt von Teresa Simons.

Umschlagillustration
© 2016 Reese Dante.
http://www.reesedante.com
Die Illustrationen auf dem Einband bzw. Titelseite werden nur für darstellerische Zwecke genutzt. Jede abgebildete Person ist ein Model.

Deutsche ISBN. 978-1-63533-972-7
Deutsche eBook Ausgabe. 978-1-63533-973-4
Deutsche Erstausgabe. Juli 2017
v 1.0

Gedruckt in den Vereinigten Staaten von Amerika.

KEIN COMING OUT FÜR COWBOYS

TARA LAIN

Für BA Tortuga, eine Freundin und Inspiration,
die mich von der großartigen Idee überzeugt hat, über Cowboys zu schreiben!

DANKSAGUNG

ICH DANKE Anne Regan für ihre fantastischen Beiträge zu jedem meiner Bücher – und für ihre Liebe zu Cowboys!

1

RAND WARF eine Baseballmütze auf die Shorts in seiner Reisetasche, bevor er eine Flasche Gleitgel aus dem Nachttisch nahm. *Verdammt. Wunschdenken.* Er betrachtete den riesigen, pinkfarbenen vibrierenden Dildo, den er in der Nacht zuvor etwa fünfmal benutzt hatte. Die Aussicht auf eine verfickte Woche – oder besser gesagt fick*freie* Woche – mit seinen Eltern in ihrem tropischen Traumparadies konnte einen Mann zu Masturbation treiben. Er nahm den Dildo aus der Schublade, um ihn in der Tasche eines Wintermantels im Kleiderschrank zu verstecken. Den musste die Putzfrau absolut nicht sehen. Das Gleitgel warf er jedoch in seine Tasche – nur für den Notfall, falls er sich doch mal einen runterholen wollte.

Er zog ein weiteres langärmliges Hemd mit Druckknöpfen aus dem Schrank. Besaß er irgendetwas, das zu Maui passte? Und wie sollte *er* zu Maui passen? Die Frage wurde vom Summen seines Handys unterstrichen. *Ich komme ja, Mutter.* Er griff danach. „Hi, ich bin schon unterwegs. Fast."

„Setz deinen Hintern in Bewegung, Randall. Wir sind praktisch schon am Flughafen. Wenn wir uns in Kahului für den Flug nach Hana treffen wollen, darfst du dein Flugzeug nicht verpassen."

„Ich fahre ja gleich. Ich werde da sein. Keine Sorge."

„Du weißt, wie sehr dein Vater und ich uns darauf freuen, endlich einmal unseren Urlaub mit dir zu verbringen."

Genau, jetzt kommt die Tour mit der liebenden Mutter. Natürlich war sie eine liebende Mutter. Sonst hätte Rand sich nicht so beeilt, um diesen Flug zu erwischen. Bei seiner Flugangst konnte man daraus wohl schlussfolgern, dass er sie mehr liebte als sein Leben. Wie sehr er sich vor Höhen fürchtete, wusste sie allerdings nicht. Sie wusste vieles nicht. „Wir sehen uns später."

„Ich kann es kaum erwarten. Küsschen."

Mit einem letzten Blick in seine Reisetasche zog er den Reißverschluss zu. Was er gepackt hatte, musste reichen. Nachdem er seine Stiefel aus der Ecke des Kleiderschranks geholt hatte, setzte er sich hin, um sie anzuziehen. Irgendwie würde er diesen Familienurlaub überstehen – den ersten, seit er vor sechzehn Jahren als zehnjähriger Junge mit seinen Eltern Walt Disney World besucht hatte. Mann, das war schrecklich gewesen. Obwohl er sich so sehr Ferien als Helfer auf einer Ranch gewünscht hatte, war seine Mutter überzeugt gewesen, dass er Micky und seine Freunde lieben würde. Mütterliche Intuition? Nicht vorhanden. Nach dem Desaster im Mäuseland war er jedes Jahr zu einem Pferdecamp geschickt worden, während seine Eltern ohne ihn Urlaub machten. Diese Sommer hatten seinen weiteren Lebensweg bestimmt – auf positive und negative Weise.

Er schaltete das Schlafzimmerlicht aus und zog die Reisetasche auf ihren Rollen zur Haustür, wo er automatisch seinen Stetson vom Haken nahm und ihn aufsetzte. Ein letzter Blick zurück. *Mach's gut, Haus. Bis später – falls ich das überlebe.*

Dann trat er in die kalte Morgenluft hinaus und ließ die Reisetasche auf der Veranda zurück, um zu den Ställen zu eilen. Manolo und Danny waren gerade dabei, die Pferde für die morgendliche Reitstunde zu striegeln.

Der kleine, untersetzte Manolo war hinter dem großen Wallach kaum zu sehen. Über seinen Rücken hinweg warf er Rand einen fröhlichen Blick zu und sagte: „Morgen, *Patron.*"

Rand beugte sich vor, um dem Naseweis gegen die Schulter zu boxen. „Also, heute Morgen kommt Scot mit seiner Mutter und später die Andersons. Für den Rest der Woche ist nicht viel geplant, also kommt ihr hoffentlich zurecht. Ich habe alle Schüler und ihre Familien vorgewarnt und für diese Woche keine Gäste angenommen. Sie waren ziemlich verständnisvoll, weil Weihnachten ist."

Danny grinste. Umwerfende Grübchen, strohblondes Haar – und außerdem klug und lange Beine, wie ein Film es einmal ausgedrückt hatte. Der ultimative schnuckelige Cowboy. Kevin Costner in „Silverado" – schlagfertig mit einem unschlagbaren Arsch. Seit er Danny eingestellt hatte, musste Rand ständig daran arbeiten, ihn nur als Freund zu betrachten. Der blonde Mann fütterte Star Sight, den großen Palomino, mit einer Karotte. „Keine Sorge, Kumpel, wir kriegen das hin. Mrs. Anderson wird natürlich ziemlich enttäuscht sein, wenn du nicht hier bist, aber ich bezweifle, dass sie ihren Schatz deshalb vom Unterricht abmeldet."

„Seid nur nett zu Ricky, ja? Der Junge hat Talent, auch wenn er sehr nervös ist."

Manolo zwinkerte. „Er ist eher sehr schwul."

Rand runzelte die Stirn. „Jedenfalls hält er sich für total mies, also geht vorsichtig mit ihm um."

Manolo nickte. „Entschuldigung, war nicht böse gemeint. Wir kümmern uns gut um ihn."

„Danke. Euch beiden. Falls ihr Hilfe braucht, ruft Judy oder Beth an. Sie sind ganz wild aufs Helfen."

Manolo schnaubte belustigt. „Sie sind ganz wild darauf, Dannys Arsch anzustarren. Oder deinen, wenn er gerade anwesend ist."

„Sie werden diese Woche ohne ihn auskommen müssen." Rand verzog das Gesicht. *Und jede andere Woche auch.*

Danny wischte sich mit dem Arm über das attraktive Gesicht, während er Star zu seiner Box führte. „Hau schon ab, Boss, sonst musst du dir von deiner Mutter einiges anhören."

Manolo stupste Rand an. „Bevor du dir dann anhören musst, dass du ihr endlich Kinder schuldig bist."

„Scheiße, stimmt. Eine ganze Woche Gejammer darüber, dass ich eine Familie gründen und für Enkelkinder sorgen soll. Um diesen Urlaub braucht ihr mich wirklich nicht zu beneiden. Ruft mich an, wenn es Probleme gibt. Allerdings soll das Netz nicht besonders gut sein, also werde ich euch für Notfälle die Hotelnummer schicken."

„Du hoffst doch nur, dass es wirklich einen gibt und du früher zurückkommen kannst." Manolo lachte.

„Führ mich nicht in Versuchung." Er wandte sich ab, joggte zur Veranda, um die Reisetasche zu holen, und sprang mit ihr in seinen Pick-up. Sein Leben hier war perfekt – zumindest ziemlich. Warum musste er denn nur nach Hawaii fliegen?

Eineinhalb Stunden später hatte er seinen Wagen auf dem Langzeitparkplatz am Flughafen Sacramento abgestellt. Nachdem er ein Stück mit dem Bus gefahren war, unverschämte fünfundzwanzig Dollar für seine Reisetasche bezahlt hatte und beinahe ausgezogen worden war, weil die Nieten seiner Jeans einen Alarm ausgelöst hatten, konnte er sich endlich beim Gate niederlassen und warten, während seine Finger nervös die Riemen seines Handgepäcks verknoteten.

„Gruppe drei bitte einsteigen. Gruppe drei."

Augenblicklich schlug sein Herz so schnell, dass er beinahe in Ohnmacht fiel. Der Tod machte ihm keine Angst. Doch ein Sturz von etwas Höherem als einem Pferderücken? Ein Albtraum. Dennoch nahm er seinen Hut und stellte sich an. *Tu ganz unbesorgt. Du weißt schon, wie du es bei allem anderen auch tust.*

Er zwang seinen großen Körper, durch den Gang bis zu seinem Sitz zu gehen, verstaute das Handgepäck im Fach darüber und hob die Finger an die Krempe seines Hutes, um die alte Frau im Sitz neben seinem zu begrüßen, bevor er den Stetson ebenfalls ins Gepäckfach schob. „Ma'am." Sie schien um die achtzig Jahre zu sein und hatte wohl früher einsteigen dürfen. Trotz ihres grauen Haars waren ihre Augen allerdings voller Leben und Humor.

Nachdem er Platz genommen hatte, zog er den Sicherheitsgurt so fest, dass er sich beinahe darüber wunderte, keine Beschwerde von seinem Schwanz über mangelnde Blutzufuhr zu hören.

Die alte Frau reichte ihm grinsend die Hand. „Na, da habe ich aber Glück. Ich bin Althea Orwell."

„Rand. Rand McIntyre."

Sie unterhielten sich freundlich, während eine Hälfte seines Gehirns damit beschäftigt war, jedem Surren, Klappern und Rattern zu lauschen, als das Flugzeug beladen wurde. Bei den Sicherheitshinweisen nahm er die Karte aus dem Fach am Sitz, um mitzulesen. Mrs. Orwell betrachtete ihn ernst. „Die meisten dieser Hinweise helfen nicht viel. Wenn wir im Wasser landen, haben wir trotz allem kaum eine Chance. Aber es schadet wahrscheinlich nicht, die Ausgänge zu kennen und die Schwimmweste anlegen zu können." Ihr Finger folgte den vorgelesenen Anweisungen.

Er holte tief Luft. Fühlte er sich durch ihren ehrlichen Hinweis besser oder schlechter? Seltsamerweise besser. Er nickte.

Als der Motor startete und das Flugzeug abhob, legte sie ihre alte Hand auf seinen angespannten Arm und ließ sie dort liegen. *Wie geht es dir dabei, von einer alten Dame getröstet zu werden?* Sein Mundwinkel zuckte. *Nicht so schlecht wie ohne ihren Trost.*

Fünfeinhalb einfach fantastische Stunden später musste er zum fünfzigsten Mal schwer schlucken, als das Flugzeug sich über die Passatwinde auf Kahului zubewegte. Mrs. Orwell besuchte, wie sich mittlerweile herausgestellt hatte, ihre Tochter auf Maui. Glücklicherweise hatte sie seit Beginn des Flugs nicht aufgehört zu reden, weshalb er sich nicht zu sehr auf das Gefühl in seinem Magen konzentrieren konnte. Er hatte von der zerbrochenen Ehe ihrer Tochter mit einem Soldaten gehört, der sie schlecht behandelt hatte, woraufhin sie sich einen weiteren dieser Kämpfertypen gesucht hatte, der zum Glück ein guter Mann zu sein schien und sich um sie und ihre Kinder kümmerte, wenn er sich nicht gerade auf See befand, was im Augenblick der Fall war, weshalb sie ihrer Tochter etwas mit den Kleinen helfen wollte und …

„Sind Sie verheiratet, mein Lieber?"

Er hob ruckartig den Kopf. „Oh, äh, nein, Ma'am."

„Ein großer, stattlicher Junge wie Sie. Da müssten es doch viele Frauen auf dieses hübsche Gesicht abgesehen haben."

Er hob eine Hand, um sie an die Krempe seines Hutes zu legen, doch da er diesen nicht trug, berührte er stattdessen seine Stirn. „Vielen herzlichen Dank, Ma'am." Seine Cowboymanieren halfen ihm immer aus der Klemme. „Ich habe einfach noch nicht die Richtige gefunden."

„Wie alt sind Sie?"

„Ähm, sechsundzwanzig."

„Dann wird es Zeit. Gründen Sie eine Familie und zeugen Sie ein paar Kinder, die Ihnen im Alter Gesellschaft leisten können. Sonst wird es sehr einsam."

Verdammt, man muss nicht alt sein, um sich einsam zu fühlen. „Ein guter Rat, Ma'am, danke." Ein Ruck ging durch das Flugzeug. Er umklammerte die Armlehnen, bis seine Fingerknöchel weiß wurden.

Mrs. Orwell tätschelte ihm den Arm. „Keine Sorge. So ein Ruckeln ist völlig normal. Nichts Ungewöhnliches."

Er schluckte. „Es hat mich nur überrascht." Als er seine Hände, einen Finger nach dem anderen, von der Lehne löste, wackelte und schaukelte das Flugzeug erneut. Eiskalter Instinkt setzte sich durch und er klammerte sich wieder fest. *Atme. Es geht nicht!* Ein weiteres Mal stand er am Rand dieser verfluchten Klippe und starrte in mehr als genug Nichts, um ihn umzubringen, während die höhnische Stimme die Sekunden bis zu seinem Tod herunterzählte. Drei. Zwei. Eins.

Aber ich dachte … ich dachte …

4

„Rand, mein Lieber, holen Sie Luft. Alles ist ganz normal. Nicht jedem Menschen gefällt das Fliegen. Halten Sie einfach meine Hand und atmen Sie etwas von dieser grauenhaften umgewälzten Luft ein, die uns mit größerer Wahrscheinlichkeit umbringen wird als ein Absturz." Sie drückte seine Hand und er ließ es zu. „Außerdem kann ich nicht jeden Tag mit einem so teuflisch schönen Mann Händchen halten." Sie legte einen warmen Finger auf seine Brust, gleich über seinem Herzen. „Entspannen Sie sich genau hier und atmen Sie ein."

Sehen mir die Leute dabei zu, wie ich mich lächerlich mache? Niemand schien ihn zu beachten. Also konzentrierte er sich auf ihre warme Berührung und weitete seinen Brustkorb. *Luft. Gut.*

Sie ließ seine Hand los. „Na bitte."

Er lächelte. „Vielen Dank, Ma'am. Ich hatte als Kind einen, äh, Unfall und seitdem machen mich große Höhen nervös." Gott, seine Mutter hätte ihm für dieses „übertriebene Cowboygerede" einen Klaps verpasst. Aber seine Kunden liebten es eben.

„Wir haben alle unsere Ängste. Dafür muss man sich nicht schämen. Aber ich erzähle nur von mir. Wo werden Sie auf Maui wohnen?"

„Ähm, Hana."

„Oh, natürlich." Sie klopfte ihm auf den Oberschenkel. „Hana Ranch. Das passt perfekt für einen Cowboy wie Sie. Also haben Sie Rinder und Reiten eingeplant?"

„Nein, Ma'am, ich besuche meine Familie. Sie wohnt im Hana Maui Hotel."

„Ist das aber nett. Zeit mit der Familie verbringen. Ich habe gehört, es soll ein sehr schönes Hotel sein. Da werden Sie bestimmt mehr in der Sonne liegen als auf dem Pferd sitzen." Sie kicherte. „Und ich hätte nichts dagegen, zuzusehen."

„Mrs. Orwell, ich werde ja ganz rot."

Sie lachte. „Einer der Vorteile an meinem Alter ist, dass man einfach sagen kann, was man möchte."

„Dann freue ich mich schon drauf", antwortete er grinsend.

Als das Flugzeug schwankte, ergriff sie seine Hand. Er hielt sie fest in seiner. Nachdem die Turbulenzen nachgelassen hatten, fragte er: „Haben Sie ein Handy?"

„Klar", antwortete sie. „Wollen Sie mich anrufen, damit ich Sie beim Rückflug begleite?"

„Das klingt schön. Aber nein." Sie reichte ihm ihr Handy. „Ich speichere meine Nummer ein. Wenn ich mich irgendwie bei Ihnen revanchieren kann, rufen Sie mich einfach an, in Ordnung?" Er gab das Handy zurück.

„Nun, es ist nicht schlecht, eine Rettungsleine zu haben." Sie hielt seine Hand, bis sie die unruhige Landung in Kahului hinter sich gebracht hatten.

Als er das Flugzeug verließ, unterdrückte er den Drang, den Boden zu küssen, und begnügte sich stattdessen mit einem tiefen Atemzug der feuchten, süß duftenden Luft. Er trug die zwei Taschen, aus denen Mrs. Orwells Handgepäck bestand, während er sie an mit Lametta verzierten Büschen und tropischen Blumen vorbei zur Gepäckausgabe im Freien begleitete.

„Randall." Seine Mutter lief eilig durch die dicht gedrängte Menschenmenge. Modebewusst wie immer trug sie eine weiße Leinenhose und eine fließende blaue Seidenbluse. „Es ist so schön, dich zu sehen, Schatz", sagte sie, während sie die Arme um seinen Nacken schlang. „Hattest du einen guten Flug?"

Über ihren Kopf hinweg warf er einen Blick auf Mrs. Orwell, die ihm zuzwinkerte.

„Ja, den hatte ich. Mom, das ist Mrs. Orwell. Ich habe sie im Flugzeug kennengelernt."

Seine Mutter reichte ihr anmutig die Hand. „Schön, Sie kennenzulernen, Mrs. Orwell." Nun hatte Rands Vater seine Frau eingeholt und sie nahm seine Hand in ihre, als sie ihn vorstellte: „Das ist mein Mann, Elson."

Mrs. Orwell schüttelte ihm ebenfalls die Hand. „Das ist ein sehr netter Junge, den Sie da haben. Mit ihm habe ich mich im Flugzeug richtig sicher gefühlt."

Rand musste prusten und hustete, um es zu überspielen, bevor er seinen Vater mit einer Umarmung begrüßte.

„Schön, dich zu sehen, Rand."

„Gleichfalls, Sir."

Eine kleine Horde weiblicher Wesen stürzte sich auf Mrs. Orwell, von denen eines ihre gestresst wirkende Tochter zu sein schien.

„Mama."

„Großmutter."

Nachdem sich alle vorgestellt hatten, nahmen die Tochter und die zwei ältesten Mädchen Rand die Taschen ab. Mrs. Orwell wandte sich ihm zu, um ihm eine Hand an die Wange zu legen. Er musste sich etwas bücken, damit sie diese erreichen konnte. „Ich wünsche Ihnen einen wundervollen Urlaub, mein Lieber. Wer weiß, vielleicht finden Sie hier die Liebe fürs Leben, wer sie auch sein mag. Ich hoffe es für Sie."

„Nicht sehr wahrscheinlich, Ma'am, aber danke."

„Nun, aber vergessen Sie nicht, dass man am leichtesten jemanden findet, wenn man es ohne bestimmte Vorstellungen über die Person angeht."

„Ich wünsche Ihnen einen schönen Urlaub mit Ihrer Familie."

Sie lachte. „Ich merke, wenn man mich loswerden will. Passen Sie auf sich auf, Rand. Irgendjemand da draußen wird großes Glück haben, wenn er Sie bekommt."

Als sie sich mit ihren Enkelkindern am Arm entfernt hatte, sagte seine Mutter: „Eine interessante Frau."

„Allerdings."

„Und nicht gerade zurückhaltend mit ihren Ratschlägen."

Er lächelte. „Allerdings."

Eine halbe Stunde später wünschte er sich Mrs. Orwell und ihren Rat sehnlichst zurück, als das kleine, sechssitzige Flugzeug nach Hana wild durch die Luft schaukelte. Er hielt den Atem an, biss sich auf die Zunge und starrte aus dem Fenster, damit niemand sein Gesicht sehen konnte, das schneeweiß sein musste – zumindest fühlte er sich kalt wie Eis. Glücklicherweise dauerte der unruhige Flug nur eine halbe Stunde, bevor sie die winzige Landebahn in Hana erreichten. Er musste häufig schlucken, als sie ausstiegen, konnte es jedoch vermeiden, sich zu übergeben. „Ich habe gehört, dass die Straße nach Hana sehr schön ist. Vielleicht sollten wir auf dem Rückweg fahren?"

Seine Mutter nickte. „Eine gute Idee. Wir lassen uns einen Picknickkorb packen und beginnen die Rückreise ruhig und friedlich." Gegen ruhig und friedlich hatte er nichts – auch wenn es ihm eher um ruhig und *niedrig* ging.

Sein Vater tätschelte ihm den Rücken. „Lass uns den Urlaub genießen, bevor wir uns mit der Abreise beschäftigen."

„Ja, Sir."

Im kleinen Abfertigungsgebäude kümmerten sie sich um ihr Gepäck und entdeckten bald einen stämmigen hawaiianischen Mann, der ein Schild mit dem Namen McIntyre hochhielt. Auf seinem Hemd war ein Hana-Maui-Logo zu sehen. Als Rands Mutter ihm zuwinkte, näherte er sich. „Hallo, Sie sind die McIntyres?"

„Ja."

Er zog drei Blumenketten aus violetten Orchideen aus einer Tasche und legte jedem von ihnen eine um den Hals. „Aloha. Willkommen in Hana und beim Hana Maui. Ich bin George."

Rand lächelte.

„Haben Sie vielleicht mit Kamehameha gerechnet?" George lachte.

„Genau."

„Keine Sorge, Freunde. Vor Ihnen steht Noelani Uluwehi, zu Ihren Diensten."

„Schon besser."

„Aber nennen Sie mich George. Und jetzt bringe ich Sie zu Ihrer zweiten Heimat."

George warf ihre Taschen in den Kofferraum eines Kleinwagens, als wären sie mit Federn gefüllt, bevor er seinen Eltern auf den Rücksitz half. Rand ließ sich auf dem Beifahrersitz nieder und schaute aus dem Fenster, während George Richtung Norden fuhr. Vor dem Pazifik im Hintergrund waren grüne Wiesen mit kleinen Gebäuden zu sehen, die sich nicht mit Rands Vorstellung von Blüten, Wasserfällen und dichten Blättern deckten. Hana erstreckte sich vor ihm als sanft geschwungenes Grasland – wie seine Heimat, nur viel grüner und mit wesentlich mehr Bäumen. „Die Bezeichnung Hana Ranch passt."

„Allerdings, mein Freund. 1946 hat man hier mit vierzehntausend Morgen Land und einer Herde Hereford-Rinder aus Molokai angefangen. Seitdem gab es viele verschiedene Besitzer. Man sieht noch Reste der Ranch, aber sie ist jetzt hauptsächlich ein Hotel."

7

Nur eine Viertelstunde später bog George in die Einfahrt zu einem niedrigen Gebäude aus grobem Stein ein, das sich auf der Meerseite gleich neben der Straße befand. Auf einem schlichten Schild stand *Travaasa Hana Maui Hotel*.

Rand wartete bei seinem Vater, während dieser George ein Trinkgeld gab und dafür sorgte, dass ihr Gepäck dem Hotelpagen übergeben wurde. Auf der anderen Seite, ein kleines Stück von der Straße entfernt, entdeckte Rand ein rustikal wirkendes Holzgebäude. Auch wenn es eindeutig geschlossen war, fand er die Bierwerbung in den Fenstern vielversprechend.

George folgte seinem Blick. „Das ist ein Cowboy-Club, mein Freund. Genau das Richtige für Sie. Allerdings ist er nur am Wochenende geöffnet, also ab morgen Abend."

„Hawaiianische Cowboys?"

„Ja, die Originale. Paniolo."

„Ernsthaft?"

„Unsere Cowboykultur kommt direkt von den mexikanischen Vaqueros. Ihr auf dem Festland habt sie erst später bekommen." George betrachtete lächelnd das Gebäude. „Es gibt nur noch wenige echte Paniolos, aber in der Bar ist jeder willkommen. Sie ist eine nette Abwechslung zum vornehmeren Restaurant des Hana Maui."

Rand warf einen letzten Blick auf das stille Gebäude. *Wer hätte das gedacht?* Während sein Vater noch mit dem Pagen sprach, folgte er seiner Mutter in die Freiluftlobby, wo ein gut aussehender asiatischer Mann mit schwarzer Hose und Hawaiihemd hinter der Theke hervorkam. „Mrs. McIntyre, was für eine Freude, Sie und Mr. McIntyre wiederzusehen."

„Gleichfalls, Mr. Yamata. Das ist mein Sohn Rand."

Nachdem Rand ihm die Hand geschüttelt hatte, kümmerte sich seine Mutter ums Einchecken. Als sein Vater wieder zu ihnen gestoßen war, sprang er mit ihnen auf den Gepäckwagen, mit dem sie durch die Hintertür die Lobby verließen. *Okay, das ist jetzt aber wirklich Hawaii.* Elegante Holzhütten ragten zwischen dichten Bäumen, Büschen und Blumen auf und waren einer großen Rasenfläche zugewandt, die bis zu einem Steilhang über dem Meer reichte. Den Rasen zierte ein Pool.

„Kein Strand?" Er warf seiner Mutter einen fragenden Blick zu.

Sie schüttelte den Kopf. „Zum Strand ist es ein kurzer Weg zu Fuß oder ein noch kürzerer Weg mit dem Auto. Er hat schwarzen Sand. Du wirst ihn lieben."

Der Page sah sich zu ihm um. „Wenn Sie gleich hier zum Strand wollen, müssen Sie erst Ihre Kleidung loswerden." Er lachte und Rands Mutter stimmte ein.

Grinsend erklärte sie: „Es gibt einen Nacktbadestrand – eine hübsche kleine Bucht mit rotem Sand – gleich am Fuß dieses Hügels. Du musst dich nicht unbedingt ausziehen, aber du musst damit zurechtkommen, dass alle anderen es tun. Ich persönlich bevorzuge ein gutes Fischsandwich am Hotelstrand, und zwar mit meinem Badeanzug."

Der Page lenkte den Wagen zu einer wunderschönen Hütte nicht weit vom Hang mit atemberaubender Aussicht. „Mr. und Mrs. McIntyre, da diese Hütte den besten Blick hat, wollte Mr. Yamata sie Ihnen geben. Für drei Personen ist sie allerdings nicht groß genug. Mr. Rand müsste diese nehmen." Er deutete auf ein kleineres Gebäude halb hinter der großen Hütte. „Falls Sie gemeinsam untergebracht werden möchten, steht auf der anderen Seite noch eine Familienhütte mit zwei Schlafzimmern zur Verfügung."

Rand hielt den Atem an. Seine Mutter wandte sich an seinen Vater „Was meinst du, Liebling?"

Sein Vater zuckte mit den Schultern. „Rand ist ein großer Junge. Er freut sich sicher, wenn er etwas Privatsphäre hat. Außerdem lässt sich dieser Ausblick nur schwer überbieten."

Seine Mutter nickte. „Dann machen wir es so."

Rand atmete langsam aus, während der Page das Gepäck seiner Eltern ablud, und ging zum Hang hinüber, um einen Blick auf den ruhelosen Ozean zu werfen. Eine Cowboybar und ein Nacktbadestrand – Hana sah immer besser aus.

2

WENIGE MINUTEN später stand er in seiner eigenen Hütte, einem beeindruckenden Holzgebäude mit Veranda, einer Dusche im Freien, einem riesigen Bett mit Baumwolllaken und frei von Fernsehern, Radios oder Computern. Der Empfang war tatsächlich so schlecht, wie er Manolo angekündigt hatte. Je nach Geschmack summierte sich das Ganze entweder zu vollkommener Entspannung oder sorgte dafür, dass einem die Decke auf den Kopf fiel.

Er packte aus, verstaute seine wenigen und unpassenden Kleider in Schubladen und sein Gleitgel im Nachttisch – vielleicht würde er es in dieser sehr einladenden Dusche benutzen. Ein Klopfen an der Tür kündigte seine Mutter an. Seine eigene Hütte zu bewohnen bedeutete noch lange nicht, dass ihm viel Privatsphäre vergönnt war.

„Hi, Schatz, kann ich reinkommen?"

„Ja."

Sie trat mit einer großen Plastiktüte ein. „Hier. Ich weiß genau, dass du nichts ohne verzierte Metallgürtelschnallen und Cowboykrawatten eingepackt hast. Also habe ich dir ein paar Sachen besorgt."

„Mom, ich verdiene mein eigenes Geld. Und Cowboykrawatten gehören heutzutage nicht mehr unbedingt zur vorgeschriebenen Cowboyausrüstung."

„Tu mir den Gefallen. Zieh dir etwas Passendes für den Urlaub an und trink etwas mit uns, bevor wir essen."

„Der Pool sah ziemlich gut aus."

„Entzückend, dann geh doch ein bisschen schwimmen und komm danach zu uns an die Bar, ja?"

„Ich werde da sein."

Während sie zu ihrer eigenen Hütte zurückkehrte, sah sich Rand die Ansammlung von Hawaiihemden und Stoffhosen aus leichtem, seidigem Material an. Und war das Leinen? Ernsthaft? Allmählich fühlte er sich wie in einer alten Don-Johnson-Fernsehserie.

Nachdem er in seine Badeshorts geschlüpft war, überquerte er barfuß den Rasen, bis er beim an der Meerseite gelegenen Pool angekommen war, in dem gerade eine ausgezeichnete Schwimmerin ihre Bahnen zog – ihre kraftvollen Arme tauchten spritzerlos ein. Mit ihr würde er absolut nicht mithalten können, denn er schwamm zu selten, um darin besonders gut zu sein. Dennoch ließ er sich in das lauwarme Wasser gleiten, stieß sich vom Rand ab und fand seinen Rhythmus. Nach etwa zwanzig Bahnen hielt er inne und wischte sich das Wasser aus dem Gesicht.

„Du hebst den Kopf zu hoch."

Er richtete seinen Blick auf die Frau, die jetzt am Beckenrand saß. Blond und hübsch auf stark und kompetent wirkende Weise. „Ich schwimme nicht oft."

Sie musterte grinsend seinen Körper. „Das sieht man."

„Oooh, du weißt, wie man einen Mann verletzt."

„Nein, Dummkopf, du bist gut in Form. Ich meine die kalkweiße Haut, von der dein Gesicht, dein Hals und deine Unterarme umgeben sind. So sieht kein Schwimmer aus."

Er sah an sich herunter. „Die typische Cowboybräune."

„Das erklärt die beeindruckenden Beine."

„Willst du damit sagen, ich habe O-Beine?"

Sie lachte. „Du willst aber auch alles als Beleidigung verstehen. Woran liegt das?"

„Vielleicht kann ich mein inneres Kind nicht oft genug rauslassen."

Ein weiteres Lachen. „Also, was macht ein Cowboy im Hana Maui?"

„Familienurlaub. Und du?"

„Ich wohne in der Nähe und leite für das Hotel Wasseraerobic-Kurse. Dafür darf ich im Pool schwimmen, wenn nicht zu viel los ist – und das ist ziemlich oft so."

„Du schwimmst sehr gut."

„Danke. War mal nah an den Olympischen Spielen, aber ich musste Geld verdienen."

„Ich bin übrigens Rand."

„Julie. Julie Durst."

„Vielleicht mache ich mal einen deiner Kurse mit", sagte er lächelnd. „Damit ich lerne, den Kopf unten zu lassen."

„Ich kann dir auch jetzt ein bisschen Unterricht geben, wenn du willst."

Interessant. Von dem, was sie sagte, hätte man vieles als Anmache interpretieren können, doch irgendwie vermittelte sie nicht diesen Eindruck. Sie schien ihm wirklich bei seiner Schwimmtechnik helfen zu wollen. Sie war ihm sympathisch.

„Tut mir leid, aber ich esse gleich mit meinen Eltern. Vielleicht ein anderes Mal?"

„Klar."

Als er bereits aus dem Pool geklettert war und sich seiner Hütte zugewandt hatte, fiel ihm etwas ein: „Sag mal, kennst du die Cowboybar gegenüber?"

„Ja, natürlich. Sie ist bei den Einheimischen beliebt, aber es gehen auch viele Touristen hin. Sehr unterhaltsam. Man kann tanzen und gutes Bier trinken."

„Klingt perfekt." Bevor er sich bremsen konnte, fügte er hinzu: „Willst du hingehen?"

„Was?"

„Ich dachte nur, ich könnte einen Fremdenführer gebrauchen. Ich wollte nämlich morgen hingehen, aber ich kenne niemanden."

„Okay, klingt spaßig."

„Ich gebe meiner Reiseführerin dann auch einen aus."

Sie grinste. „Das hoffe ich doch. Wo treffen wir uns?"

„In der Lobby?"

„Ähm, lieber nicht. Vielleicht besser vor der Bar, so gegen neun? Vorher ist nicht viel los."

„Okay, dann bis morgen." Er machte sich auf den Weg zu seiner Hütte. *Toll, McIntyre, du hast es schon wieder getan. Mit wie vielen Mädchen und Frauen hast du dich schon verabredet, nur weil sie deiner Mutter gefallen würden? Wie sollen dich Menschen ernsthaft kennenlernen, wenn du ständig allen etwas vormachst? Scheiße. Na ja, jetzt lässt es sich nicht mehr ändern. Mach das Beste draus.*

Als er sich durch den dichten Bewuchs seiner Tür näherte, sah er auf einem Weg zwischen den Bäumen hinter der Hütte einige Pferde vorbeitraben. Zwei Reiter, die eindeutig Anfänger waren, klammerten sich krampfhaft am Sattelhorn fest und hüpften sich zu einem schmerzenden Hinterteil. Die hätten dringend Unterricht gebraucht. Hinter ihnen ritt ein Mann mit tief in die Stirn gezogenem Hut, als wäre er mit seinem Pferd zusammen als Zentaur geboren worden. Mit weicher Hand hielt er locker die Zügel, während er das Pferd allein mit seinem Sitz lenkte. Beim Anblick dieses Könnens – und dieser Schönheit – verspürte Rand ein Ziehen in seinem Bauch. Es folgten noch zwei Touristen und ein weiterer Cowboy. Rand stieß einen Seufzer aus. Manchmal konnte man die Sehnsucht nach einem Ritt kaum unterdrücken.

NACH SEINEM ersten vollen Tag als Urlauber – der hauptsächlich daraus bestanden hatte, am Strand liegend Lachssandwiches zu essen und hin und wieder im Meer zu planschen – genoss Rand den letzten Bissen Pestohähnchen mit Kartoffelpüree, bevor er sich auf seinem Stuhl zurücklehnte und die süße Abendluft von Hana einatmete. Auch wenn er freiwillig ein recht einfaches Leben führte und gern auf Luxus verzichtete, musste er zugeben, dass dieses Essen toll war.

„Schmeckt's?", fragte seine Mutter lächelnd, als sie ebenfalls ihren fast leeren Teller von sich schob.

„Und wie. Ich bin schon gespannt, ob ich erst total dick oder total verwöhnt werde."

Eine Falte bildete sich zwischen ihren Augenbrauen. „Es würde dir nicht schaden, etwas zuzunehmen oder dich etwas öfter verwöhnen zu lassen."

Sein Vater klopfte sich auf den Bauch. „Ich habe gehört, heute Abend soll es ein Unterhaltungsprogramm geben."

Rand warf einen Blick auf seine Uhr. „Ähm, eigentlich habe ich schon Pläne."

Die Augenbrauen seiner Mutter schossen nach oben. „Pläne? Warst du hier nicht fast jede Minute mit uns zusammen? Mit wem konntest du da etwas planen?", fragte sie lachend, aber sehr interessiert.

Er zuckte mit den Schultern. „Am Pool habe ich eine junge Frau kennengelernt, als ich gestern kurz geschwommen bin. Sie zeigt mir die Cowboybar auf der anderen Straßenseite."

„Eine nette Frau?" Sie klatschte wie automatisch in die Hände. „Warum hast du sie nicht zum Essen eingeladen?" Oh, da erklangen im Hintergrund bereits die Hochzeitsmärsche und Horden von Enkeln rannten ihr um die Beine. *Arme Mom.*

„Ich glaube, sie wird nicht gern mit Gästen gesehen. Sie ist hier für Schwimmkurse zuständig."

„Eine Schwimmerin, wie reizend. Na, dann geh und mach dich hübsch für dein Date." Sie wedelte mit den Händen.

„Es ist kein Date, aber sie ist sehr nett."

„Vielleicht kannst du sie uns dann beim nächsten Mal vorstellen."

Er stand auf. „Wenn es ein nächstes Mal gibt."

Auf dem Weg zur Hütte schüttelte er den Kopf. Er hasste es, seine Eltern zu belügen. Obwohl er es manchmal nicht als Lügen betrachtete, sondern lediglich als Verschweigen einiger Informationen. Schließlich hatte bisher auch niemand anders erfahren, dass er schwul war – wenn man von den One-Night-Stands absah, die er über die Jahre an so manche Wand gepresst hatte. Allerdings sagte er ihnen normalerweise nicht seinen Namen. Er besaß eine Ranch. Auch wenn diese hauptsächlich auf Touristen des Gold Country in Kalifornien zugeschnitten war, blieb er doch ein Cowboy. Und Cowboys outeten sich nur selten. Vielleicht handelte es sich um eine Art Brokeback-Syndrom. Man verbrachte sein ganzes Leben damit, jemand zu sein, der man nicht war – bis man starb.

Sei nicht so negativ, McIntyre.

Laut seiner Armbanduhr war es Viertel vor neun. *Zieh dich um.* Er hatte nicht vor, mit einer Leinenhose in einer Cowboybar aufzutauchen, auch wenn es sich um die hawaiianische Version von Cowboys handelte. Er warf die neue Stoffhose auf das Bett, um stattdessen in eine Levis zu schlüpfen. Ein viel natürlicheres Gefühl. Nachdem er den letzten Knopf seines Hemdes geschlossen hatte, zog er Stiefel an, setzte seinen Stetson auf und eilte zur Tür. Schließlich wollte er sein „Date" nicht warten lassen.

Draußen dominierte der Mond. Selbst auf seiner Ranch in der Nähe von Chico war es nicht möglich, einen so dunklen Nachthimmel zu sehen. Jeder Stern hatte seinen eigenen leuchtenden Hof. Er verließ das Hotelgelände und joggte über die Straße – eher wegen der Uhrzeit als wegen des Verkehrs. In Hana gab es nicht viel mehr als einige Geschäfte und Betriebe entlang des zweispurigen Highways. Wenn man nicht mit dem Flugzeug ankam, stand einem angeblich eine stundenlange Reise durch den Dschungel auf ebendieser Straße bevor. Von diesem Punkt aus, der ihm den Blick auf sanft ansteigendes Weideland bot, war das schwer zu glauben.

13

Im Gegensatz zum Vortag waren auf dem Schotterparkplatz vor der Bar mehr als ein Dutzend Autos zu sehen und durch den Eingang war gedämpfte Musik zu hören. Ein älteres Paar in schicker, aber touristischer Kleidung trat gerade ein.

„Hallo, Cowboy." Julie stieß sich von der Rückseite eines Toyotas ab und kam auf ihn zu. Sie trug ein Sommerkleid und Sandalen.

„Hi. Ich hoffe, du wartest noch nicht lange." Er schaute an sich herab. „Zu viel des Guten?"

„Ach was, du passt zu den Einheimischen." Sie setzten sich in Bewegung. „Zumindest zu einigen von ihnen."

Als er die Tür öffnete, strömte alles auf ihn ein: der Klang von Asleep at the Wheel mit „Big Balls in Cowtown" sowie der Geruch von Bier, nicht unbedingt teurem Aftershave mit etwas Schweiß und gebratenem Fleisch, das wahrscheinlich nicht besonders gesund war. Er atmete tief ein. „Meine Welt."

Während Julie noch lachte, bahnten sie sich einen Weg durch die Menschen, bis sie die gestresst wirkende Wirtin erreicht hatten. Julie beugte sich zu ihr vor. „Hi, Süße. Es ist erst neun, gib noch nicht auf."

Die brünette Frau bleckte die Zähne. „Du bist ein böser, böser Mensch." Dann umarmten sie sich. „Ich nehme an, du willst einen Tisch für dich und diesen gefährlich gut aussehenden Kerl?" Sie streckte ihm die Hand entgegen. „Hallo, ich bin Tiffany. Ja, meine Eltern haben mich gehasst. Und ja, ich wurde in den Achtzigern geboren. Und wenn du von Julie später nicht wenigstens einen Blowjob bekommst, ruf mich an." Sie zwinkerte und führte sie zu einem Tisch, von dem gerade zwei Paare aufstanden und der bereits von den in der Nähe der Tür wartenden Gästen beäugt wurde. Dann warf sie ihr Haar über die Schulter nach hinten und eilte davon.

„Soll ich uns ein Bier holen?" Er schaute zur großen, geschwungenen Theke auf der anderen Seite der kleinen Tanzfläche hinüber. Da sich gerade niemand an einen Two Step wagte, sah er den Barkeeper, der Getränke einschenkte.

„Nein, darum sollte Tiffany sich gekümmert haben."

Tatsächlich näherte sich bald ein Kellner in Jeans und einem engen T-Shirt, über dem er ein Hawaiihemd trug, und nahm zwei Flaschen Bier von seinem voll beladenen Tablett, um sie auf ihren Tisch zu stellen. Nach einem Kuss auf Julies Wange, der das Koordinationsvermögen eines Zirkusjongleurs erforderte, ging er weiter zum nächsten Tisch.

Rand trank einen Schluck von seinem Bier. „Kann man hier vom Schwimmunterricht leben?"

„Nein. Und von der Kunst kann man auch nicht leben. Das ist mein eigentlicher Beruf – Malerin. Aber ich reihe verschiedene kleinere Jobs aneinander, um zwischen Verkäufen und Aufträgen Körper und Seele zusammenzuhalten."

„So gern willst du hier sein?"

„Wer will das nicht? Sogar die Beatles sind über die ‚Long and Winding Road' bis hierher gereist."

„Wie meinst du das?"

„Die Straße aus dem Lied ‚The Long and Winding Road'. Das ist die da draußen." Sie zeigte in Richtung Hana Highway.

Er schüttelte den Kopf. „Versteh ich nicht."

„Damals muss wohl ihr Guru in Hana gelebt haben oder so. Und sie sind über diese Straße gefahren, um ihn zu sehen."

„Ernsthaft?"

„Ja. Wir sind sehr berühmt." Sie lachte.

Einige Männer im zottligen Cowboy-Look – wenn man vom rabenschwarzen Haar und den polynesischen Gesichtern absah – begannen, auf einer provisorischen Bühne in der Ecke Instrumente aufzubauen.

„Livemusik?"

„Ja – hier gibt es jegliches Beiwerk der Zivilisation."

Als der Kellner endlich wieder an ihrem Tisch auftauchte, bestellten sie neues Bier und Knoblauch-Pommes-frites, auf die Julie schwor. Die Band stimmte ihre Instrumente und fing nach kurzer Absprache mit einem Lied von Willie Nelson an. Mittlerweile erwachte das Lokal zum Leben. Seit sie angekommen waren, hatte sich die Bar bis in die hintersten Ecken gefüllt und die Musik lud eindeutig zum Tanzen ein. Paare strömten auf die Tanzfläche und der Two Step auf hawaiianische Art begann.

Rand trank einen Schluck Bier. „Sollen wir?"

„Du kannst tanzen? Dann los."

In Rekordzeit sprang sie von ihrem Stuhl auf und stürmte auf die Tanzfläche. Offenbar hatte sie nicht oft genug die Gelegenheit dazu. *Da hat sie genau den Richtigen erwischt. Tanz R Us.* Er brachte sie in die einigermaßen enge Haltung des Two Step und setzte sich mit ihr in Bewegung.

Nach einigen Drehungen und Schritten dicht nebeneinander grinste sie zu ihm hoch. „Du kannst ja wirklich tanzen."

„Wie versprochen." Vielleicht das Einzige, wobei er so ehrlich war.

3

DA SICH einige Leute um die Tanzfläche versammelt hatten und aufmunternd klatschten, ließ Rand seinem inneren Exhibitionisten freien Lauf und lieferte ihnen eine kleine Show. Julie hielt problemlos mit. Plötzlich durchschnitt ein lauter Pfiff die Musik und jemand rief: „Los, Kai!"

Rand schaute sich um und bemerkte einen Mann, der mit einer hübschen rothaarigen Frau tanzte. *Wow.* Vielleicht sollte er eher von einem hübschen Mann sprechen, der mit einer rothaarigen Frau tanzte – groß und schlank mit im gedämpften Licht golden leuchtender Haut und schwarzem Haar, das bis unter seine Ohren reichte und sich unter seinem Cowboyhut im Rhythmus des Tanzes bewegte. Und Mann, konnte der Typ tanzen. Anmutig, selbstbewusst und sexy. *Meine Güte.*

„He, hast du Angst vor der Konkurrenz?"

„Was?" Julie grinste. Verdammt, er hatte beim Starren völlig das Tanzen vergessen. „Oh, von wegen!"

Die Band ging zu einem wesentlich schnelleren und Fiddle-lastigeren Stück über, woraufhin die meisten Tänzer aufgaben. Der wunderschöne Mann tat es nicht, sondern passte sich lediglich dem schnelleren Tempo an, als er seine Partnerin über die Tanzfläche wirbelte. Rand nahm die Herausforderung an und baute einige Line-Dance-Schritte ein, denen Julie leicht folgte, sodass sie sich neben dem anderen Paar nicht verstecken mussten. Rand warf den beiden einen Blick zu, den Mr. Umwerfend erwiderte. Er füllte seine Jeans aus wie pure Sünde in blauem Denim, das sein rundes Hinterteil und seinen Schritt umschloss. *Schau weg, du Idiot, bevor du einen verdammt peinlichen Steifen kriegst.*

Konzentrier dich aufs Tanzen. Er drehte Julie wie einen Kreisel, woraufhin der Mann es ihm nachmachte und mit seiner Partnerin Rand umkreiste. Rand wandte ihm lachend den Rücken zu und vollführte selbst noch einige Drehungen mit Julie. Da griff der Mann plötzlich nach Julies Hand. Im ersten Moment ließ Rand sie nicht los, bis er verstand. *Oh, ach so.* Er nahm die Hand der rothaarigen Frau und wirbelte nun mit ihr herum, während der andere Typ es mit Julie tat. Dann wechselten sie hin und her, tanzten einige Two-Step-Schritte mit der einen Partnerin, nur um sie dann wieder zu tauschen. Die Menge johlte und stampfte.

Sie umkreisten einander wie Tiger. Er war so auf den Mann in der engen Jeans konzentriert, dass er Julie kaum beachtete. Ihre Blicke trafen sich, hielten einander fest, nur um sich bei der nächsten Drehung wieder zu lösen. *Es ist, als könnte ich ihn fühlen. Was er denkt und was er als Nächstes tut.* Sie wurden eins, verschmolzen zu einer Einheit auf der Tanzfläche.

Rands Schwanz regte sich. Er konnte nichts dagegen tun. Würde es jemand bemerken? *Unwahrscheinlich.* Sie bewegten sich zu schnell und Jeansstoff war dick. Gott, es kam ihm vor, als kröche der Mann in ihn hinein, würde zu ihm. Schritt, Drehung, seitwärts, Wendung. Manchmal war er ihm so nah, dass er beinahe diese wunderschöne Haut berühren konnte. Seine Augen – dunkel, dunkel. *Man könnte darin ertrinken.*

Plötzlich wechselte die Band zu einem langsameren Lied, woraufhin wieder mehr Paare auf die Tanzfläche strömten. Einige verpassten dem Mann anerkennende Klapse auf die Schulter oder den Hintern und auch Rand erntete das eine oder andere Lob.

Julie lächelte. „Das hat Spaß gemacht."

„Ja." Er schaute zu dem dunkelhaarigen Mann hinüber, der ihn ebenfalls ansah. Rand nickte ihm zu, woraufhin der Mann mit den Fingern seinen Stetson berührte. Seine Lippen verzogen sich zur Andeutung eines Lächelns und Rand musste schlucken.

„Du kennst ihn noch nicht, oder?"

„Äh, nein. Wann hätte ich ihn kennenlernen sollen?" Er riss sich aus seiner Starre los und ging in den langsameren Tanzschritt über. *Komm ihr nur nicht zu nah. Sonst merkt sie, wie viel Spaß du wirklich hattest.*

„Er leitet Ausritte mit den Gästen vom Hana Maui. Da dachte ich, du hättest ihn vielleicht gesehen."

„Oh, stimmt, gestern sind ein paar Reiter vorbeigekommen. Aber ich konnte sie nicht besonders gut erkennen."

„Tja, jedenfalls gebt ihr ein hübsches Paar ab", sagte sie lachend.

Er erstarrte. „Was?"

Sie stieß ihn mit der Schulter an. „Komm schon, sei nicht so ein verdammter Cowboy. Ich meinte nur, dass ihr zwei fast zusammen auftreten könntet. Ihr seid beide tolle Tänzer und habt ein gutes Gefühl für den Stil des anderen."

„Ja, das stimmt wohl." Über Julies Kopf hinweg betrachtete er die Tänzer, konnte den schönen Mann allerdings nicht mehr entdecken. *Ist vielleicht besser so.* „Gibt es hier eigentlich irgendwo ein gutes Restaurant außerhalb des Hana Maui? Ich habe nämlich meinen Eltern von dir erzählt und sie würden dich gern kennenlernen."

„Wirklich?" Sie wirkte überrascht. „Es gibt ein paar schöne einheimische Lokale, aber die haben oft komische Öffnungszeiten. Ich kann nachsehen, ob ..."

Während sie redete, sah Rand sich ein letztes Mal nach dem dunkelhaarigen Mann um. Er hatte kein Glück. Oder es war sein Glückstag.

„KOMMST DU mit zum Strand, Schatz?"

Er schluckte den letzten Bissen Ei hinunter und trank einen Schluck Kaffee. „Nein, ich glaube, ich bleibe heute lieber hier."

17

Seine Mutter lächelte. „Damit du zum Pool gehen und vielleicht deine Freundin sehen kannst?"

Er zog eine Augenbraue hoch. *Lüg weiter, Lügner.* „Nach einem Date kann ich sie ganz sicher nicht als meine Freundin bezeichnen, aber sie hat nichts dagegen, euch kennenzulernen. Sie schaut sich nach einem guten Restaurant um. Allerdings können wir wahrscheinlich nicht allzu spät essen, weil es da anscheinend eher mittags oder am frühen Nachmittag etwas gibt."

„Das klingt doch wunderbar. Klingt es nicht wunderbar, Liebling?" Sie legte seinem Vater eine Hand auf den Arm, woraufhin er den Blick von seiner Zeitung hob – es fiel ihm offensichtlich nicht leicht, durch das schlechte Netz von seinem ständigen Informationsfluss abgeschnitten worden zu sein.

„Ja, fantastisch. Ich freue mich auf sie." Sein Blick kehrte zur Zeitung zurück.

Rand beugte sich zu seiner Mutter hinüber, um sie auf die Wange zu küssen. „Wir sehen uns später."

„Überleg dir, ob du zum Mittagessen an den Strand kommen willst. Nichts ist besser als diese Sandwiches."

„Ich denke drüber nach." Dann verließ er die Terrasse und schlenderte über den Rasen zu seiner Hütte. *Will ich das wirklich tun? Verdammt, man lebt nur einmal.*

Nachdem er einige Minuten auf der Veranda gesessen hatte, bis seine Eltern in Richtung Strand aufgebrochen waren, ging er hinein und schlüpfte in seine knappste Badehose. Ganz nackt sein war nicht sein Ding, aber auffällig viel wollte er dann doch nicht tragen. Wieder im Freien ging er dicht an den Bäumen entlang, um nicht gesehen zu werden.

Wenn es dir so wichtig ist, nicht aufzufallen, warum gehst du dann bitte zu einem Nacktbadestrand?

Gute Frage. Die Antwort? Schlicht und einfach Neugier. Und etwas Ablenkung vom letzten Abend. Gott, seine Haut hatte seit dem Verlassen der Tanzfläche nicht mehr aufgehört zu kribbeln. Auch wenn er sich bemüht hatte, Julie gut zu unterhalten, war ihm letztendlich nichts anderes übrig geblieben, als sich mit Jetlag als Ausrede zu entschuldigen. Nachdem er sich auf dem Parkplatz von ihr verabschiedet hatte, war er eilig zu seiner Hütte zurückgekehrt, um mit Seife und seiner Flasche Gleitgel in der vor Blicken geschützten, aber luftigen Dusche im Freien zu verschwinden. Er hatte es sich dreimal besorgt, bevor er endlich entspannt genug zum Schlafen gewesen war.

Warum nur? Er sah häufig attraktive Männer, konnte ihnen jedoch immer widerstehen. Obwohl der schwarzhaarige Cowboy ganz besonders gut aussehend war. *Aber trotzdem.* Vielleicht verwirrte ihn einfach der Kontrast zwischen seinem exotischen Aussehen und dem vertrauten Cowboy-Look. Er pustete sich ungeduldig eine Haarsträhne aus den Augen. Jedenfalls wollte sein Körper sich aus irgendeinem Grund nicht von diesem Tanz lösen. Also musste er sich ablenken – und etwas nackte Haut würde dafür vielleicht reichen. Hoffentlich war die Ablenkung nicht *zu* gut, sonst würde möglicherweise der Stoff seiner Badehose nicht reichen.

Am Rand des Hotelgrundstücks führte ein schmaler Pfad den Hang hinunter. Er schien oft benutzt zu werden. Offenbar war er nicht der einzige Gast, der dem Reiz des Verbotenen nicht widerstehen konnte. Der steile Hang wirkte allerdings eher ernüchternd. Vorsichtig machte er den ersten Schritt. Steinchen rutschten über den Rand und rollten den Abhang hinunter. Langsam bewegte er sich halb rutschend, halb gehend über den Weg aus lockerem Sand, der beinahe zu schmal für seine Füße war, bis er über das Rauschen des Meeres hinweg allmählich Stimmen hören konnte. Als er wieder flachen Boden unter den Füßen hatte, war der Weg von Büschen umgeben, bis er sich plötzlich auf dem Strand einer hübschen kleinen Bucht befand. Er unterdrückte ein Lachen.

Die Stimmen, die er gehört hatte, stammten von einem Mann und einer Frau, die am Strand splitternackt Frisbee spielten. Der Mann warf der Frau die Scheibe zu und sie sprang in die Luft, wobei ihre melonengroßen Brüste beinahe ihr Kinn trafen, bevor sie bei der Landung wieder in Richtung Taille fielen. Sie hatte das Frisbee in der Luft gefangen und zurückgeworfen, noch bevor ihre Füße den Sand berührten. Ihr Partner warf sich der Scheibe entgegen, wobei sein Penis fast völlig von seinem beachtlichen Bauch verdeckt wurde. Als er sie gefangen hatte, klatschte die Frau in die Hände und lief hinüber, um ihn zu umarmen. „Gut gemacht."

Mit einem Lächeln näherte sich Rand zögernd dem Meer. Einige Menschen vergnügten sich spritzend und lachend im flachen Wasser. Im Gegensatz zu den meisten hawaiianischen Stränden mit wilder Brandung, die er in Filmen gesehen hatte, rollten hier lediglich sanfte Wellen an den Strand. Vermutlich lag es an der Form der Bucht oder einem Riff. Der Sand leuchtete rot wie der Sonnenbrand eines Touristen. *Beeindruckend.* Er hatte gehört, dass es auf der Insel sogar grüne Strände gab.

Bald hatte er einen etwas geschützten Platz an einer Felsgruppe gefunden und machte es sich im Sand bequem. Einige andere Leute trugen Badekleidung, doch die meisten waren nackt. Er erkannte kaum Hotelgäste wieder. Es musste sich größtenteils um Einheimische oder um Gäste der kleinen Frühstückspension handeln, die er bei der Herfahrt gesehen hatte.

Eine junge Frau tanzte bis auf einen Blumenkranz im Haar unbekleidet über den Sand. Hätte er sich für Frauen interessiert, hätte sie ihm vermutlich gefallen. Da er keine interessanten Männer sah, schloss er die Augen und genoss die Wärme der Sonne auf seiner Haut. Im kalifornischen Sommer bekam er zwar genug davon, doch die Winter konnten kalt und nass sein. Außerdem empfand er die Sonne trotz ihrer Kraft als sanfter und freundlicher. *Du wirst alt, McIntyre.*

Nicht weit von ihm entfernt war ein Kichern zu hören. Rand öffnete langsam die Augen und sah zwei junge Frauen. Eine war braunhaarig – vielleicht hawaiianisch oder asiatisch – und die andere … verdammt, es war die rothaarige aus der Bar. Beide Frauen hätten mit ihrem Aussehen den Straßenverkehr zum

Stillstand gebracht, wenn es hier welchen gegeben hätte. So warfen ihnen nur Männer heimliche Blicke zu, wenn ihre Begleiterinnen es nicht bemerkten.

Die Frauen breiteten Handtücher aus und rieben sich gegenseitig mit Sonnencreme ein.

Starr sie nicht an. Rand schloss die Augen und gab vor, sich zu sonnen.

„Kai. He, Kai, hier sind wir!" Die Stimme gehörte der Rothaarigen.

Kai? Den Namen kannte er doch.

„Hier, Baby!" Wieder ihre Stimme.

Er öffnete die Augen einen Spalt weit. Die rothaarige Frau war aufgestanden und sprang winkend auf und ab. Im Wasser war ein Kopf mit glänzend schwarzem Haar zu sehen, der sich dem Strand näherte. Rand schluckte schwer. *Oh, Scheiße. Das kann doch nicht sein. Ich sollte abhauen.* Die Chance, seine Glieder zur Bewegung zu zwingen? Nicht vorhanden. Die Wahrscheinlichkeit, seine Augen dazu überreden zu können, geschlossen zu bleiben? Gleich null.

Den Blick auf die Stelle gerichtet, an der der schwarze Kopf aus dem Wasser auftauchte, starrte Rand Richtung Meer. Der Mann namens Kai – der traumhafte Mann, dem er die heißen Fantasien vom Vorabend zu verdanken hatte – verließ langsam das Wasser und Rand sah es wie in Zeitlupe. Breite Schultern tauchten auf, gefolgt von einer wie aus Stein gemeißelten Brust, einer schlanken Taille, schmalen Hüften und – du lieber Himmel, sorgte kaltes Wasser nicht eigentlich dafür, dass man dort schrumpfte? Falls Kais Schwanz geschrumpft war, hätte er ihn in seiner ursprünglichen Größe wohl King Kong leihen können. Er hing schlaff und entspannt hinunter, berührte beim Gehen seine Hoden und Oberschenkel. Es war kein Haar zu sehen. Weder dort noch auf seiner Brust.

Der Mann hob den Kopf, woraufhin Rand hastig die Augen schloss. Verdammt, Kais Schwanz mochte schlaff sein, doch von seinem eigenen konnte er das nicht behaupten. Und seine Badehose verbarg nicht viel. *Atme einfach tief durch. Dann ist es bald vorbei.* Er konzentrierte sich auf das Rauschen der Brandung und das Kreischen der Möwen.

„Hi!"

Durch die Nase einatmen. Langsam ausatmen.

„Hi, bist du nicht der tolle Tänzer?"

Was? Er öffnete eines seiner Augen ein wenig. Brüste! Und irgendwo darüber große blaue Augen. Die rothaarige Frau beugte sich vor, um ihn zu betrachten. Er öffnete das andere Auge und bemühte sich, ihr Gesicht anstelle ihrer Brust oder des nackten Mannes gleich hinter ihr anzusehen. „Hi."

Sie richtete sich wieder auf, wodurch ihre Brüste wenigstens nicht mehr direkt vor seinem Gesicht baumelten. Neben ihr stand die hübsche dunkelhaarige Frau mit verschränkten Armen und überkreuzten Beinen, die das meiste verdeckten.

Die Rothaarige lächelte. „Du bist doch der Typ, der gestern in der Bar getanzt hat."

„Ja, ich habe da getanzt." Sein Blick wollte zu dem Mann wandern, doch er riss ihn los.

„Du bist wirklich gut. Wo hast du so einen Two Step gelernt?"

„Ich, ähm, bin so was wie ein Rancher. Ich meine, ich züchte Pferde und ..."

„Du bist ein Cowboy!" Sie machte einen kleinen Hüpfer, der trotz seines mangelnden Interesses an ihren Reizen sehr ablenkend war. Dann warf sie einen Blick über ihre Schulter. „Kai, noch ein Cowboy." Sie streckte ihm die Faust hin. Nach kurzem Zögern stieß Rand sie mit seiner an. „Ich bin übrigens Audrey und das ist Moke." Sie zeigte auf die andere Frau, die ihm zunickte, bevor sie sich umdrehte. „Und das ist Kai. Er ist Paniolo."

Kai nickte ebenfalls, ohne sich zu nähern oder ihm die Hand zu schütteln. Sein Gesichtsausdruck lag zwischen misstrauisch und neutral.

Audrey schien sich zur Sprecherin der Gruppe ernannt zu haben. „Kommst du wieder in den Club?"

„Äh, das wäre schön. Aber ich habe noch keine Pläne gemacht oder so."

„Geh doch heute Abend mit uns hin. Moke ist eine echt gute Tänzerin und wir können tauschen und so was. Also wenn es deine Freundin nicht stört." Sie klimperte ein wenig mit den Wimpern. *Hmm*. Eigentlich war er davon ausgegangen, dass es sich bei ihr um Kais Freundin handelte. Oder war das vielleicht Moke?

Moke wirkte weiter freundlich, während Kais Gesichtsausdruck nicht besonders einladend war. „Sie ist nicht meine Freundin. Wir haben uns gestern am Hotel kennengelernt." Audreys Lächeln wurde breiter. Er zuckte mit den Schultern. „Aber ich will mich nicht aufdrängen."

„Du drängst dich nicht auf, wir hätten dich gerne dabei. Wir sind hier nämlich in einer kleinen Stadt, in der wir nicht viele Festlandcowboys sehen", sagte sie lachend. „Stimmt's, Kai?" Sie wandte sich zu ihm um.

Kais dunkle Augen musterten ihn unverwandt. „Von mir aus. Komm mit, wenn du willst." Damit drehte er sich um und präsentierte Rand den perfektesten Arsch der Welt, während er zum Meer zurückging.

Audrey seufzte. „Nimm es nicht persönlich. Er hat sich zu oft ‚Ein Fremder ohne Namen' angesehen."

Rand stieß ein belustigtes Schnauben aus. „Jedenfalls ist er kein Mann vieler Worte. Was ist seine Geschichte?"

Sie ließ sich in den Sand fallen, womit sie ihr sorgfältig gestutztes Schamhaar aus seinem Blickfeld entfernte, und klopfte auf den Boden neben sich, damit Moke sich ebenfalls setzte. „Kai ist ein echter Paniolo – wie seine Vorfahren." Sie sah Moke an.

Moke nickte und ließ Rand zum ersten Mal ihre Stimme hören – sanft und tief. „Sein Vater stammt von den ersten Vaqueros ab."

Er legte den Kopf schräg. „Vaqueros? Also spanisch?"

„Mexikanisch. König Kamehameha hat damals einige mexikanische Vaqueros eingeladen, damit sie sich um das Vieh kümmerten. Daraus wurde eine Tradition. Mittlerweile sind die meisten Paniolos natürlich hawaiianisch."

Audrey grinste. „Moke hat früher in Makawao gewohnt, deshalb weiß sie dieses ganze historische Zeug."

Rand zuckte mit den Schultern. „Ich wusste es jedenfalls noch nicht. Wenn ich an Hawaii denke, denke ich bestimmt nicht gleich an Cowboys."

Das brachte ihm einen kühlen Blick von Moke ein. „Dabei hatten wir sie vor Kalifornien."

Er grinste. „Ihr braucht eben euren eigenen John Wayne. Für ein bisschen mehr Werbung."

Audrey lachte. „Oder einen hawaiianischen Clint Eastwood."

„Hast du nicht gesagt, der war gerade hier?"

Damit erntete er ein noch lauteres Lachen und sogar Mokes Mundwinkel hoben sich.

Nach einem unauffälligen Blick nach unten beschloss er, dass er es in seinem jetzigen Zustand wieder wagen konnte, sich hinzustellen. Kais Abwesenheit hatte geholfen. Er erhob sich in die Hocke und wischte Sand von seinem Hinterteil. „Ich gehe jetzt besser wieder zum Hotel."

„Also wohnst du da wirklich?"

„Ähm, ja. Meine Eltern lieben es und haben mich endlich zu einem Familienurlaub überredet."

„Aber du kannst heute Abend in die Bar kommen?"

„Ich versuche es."

„Du kannst natürlich die Frau mitbringen, die nicht deine Freundin ist." Sie kicherte. „Aber es wäre lustig, wenn du alleine wärst und mit uns beiden tanzen könntest." Sie deutete auf sich und Moke.

„Gleichzeitig?"

„Wenn du willst."

Sich auch nur bis auf fünfzig Meilen Kai Eastwood zu nähern war ein Spiel mit dem Feuer. „Ich muss mich ein bisschen nach meinen Eltern richten, aber ich bemühe mich, zu kommen." Er stand auf.

Audrey wedelte mit der Hand. „Du bist ganz schön groß."

Er zupfte an einer der Haarsträhnen, die ihm so gern in die Stirn fielen. „Jawohl, Ma'am."

Sie ließ sich lachend in den Sand fallen, wobei seinem Blick nicht mehr viel verborgen blieb. Es schien sie kein bisschen zu stören.

Moke schaute mit ihren großen, dunklen Augen zu ihm hoch. „Wie groß bist du?"

„Eins neunzig."

Sie nickte, als notierte sie sich diese Information gedanklich für spätere Verwendung. „Ich hoffe, du kannst kommen."

„Das hoffe ich auch." Das stimmte. Allerdings nicht aus dem Grund, den seine Zustimmung vermuten ließ. „Dann sehen wir uns vielleicht später."

4

SEINE MUTTER beugte sich über ihren nicht ganz leeren Teller. Sie waren in den ersten zweieinhalb Tagen mit so viel gutem Essen versorgt worden, dass sie sich mittlerweile alle etwas zurückhielten. „Also lernen wir morgen Julie kennen?"

„Ja. Sie kennt ein gutes Thai-Restaurant, das allerdings früh schließt. Wenn du dein riesiges Fischsandwich also ausnahmsweise auslässt, können wir da Mittagessen und Abendessen kombinieren."

„Hmm. Vielleicht kann ich das Fischsandwich zum Frühstück essen", antwortete sie lachend.

Er warf einen Blick auf seine Uhr. *Entspann dich. Wahrscheinlich kommt er überhaupt nicht.*

„Hast du etwas vor?"

„Ja. Ein paar Leute haben mich noch mal in die Cowboybar eingeladen."

„Leute?"

„Beim letzten Mal bin ich in eine Art Tanzwettstreit mit einem anderen Paar geraten. Heute habe ich sie getroffen, als ich …" *Oh, verdammt. Lass dir schnell was einfallen.* „… auf dem Hotelgelände spazieren gegangen bin. Sie haben gefragt, ob ich heute zum Tanzen komme."

„Oh." Sie neigte den Kopf. „Nimmst du Julie mit?"

„Äh, nein. Die Frau hat noch eine Freundin, die auch tanzen will, also gehe ich allein."

„Und was ist mit Julie?"

„Mom, die kenne ich doch kaum. Komm schon, du weißt doch, wie gern ich tanze."

„Und Julie ist keine gute Tänzerin?"

Er ließ sich nach hinten gegen die Stuhllehne fallen. „Doch, eine sehr gute. Aber wir sind nicht verheiratet."

Zwischen ihren Augenbrauen bildete sich eine Falte und sein Vater riss die Augen auf, als wollte er sagen *Oh nein. Jetzt hast du die Büchse der Pandora geöffnet.* „Und genau das ist das Problem, nicht wahr? Mein Gott, Rand, du hast vor fünf Jahren deinen Collegeabschluss gemacht und dir deinen eigenen Betrieb aufgebaut. Jetzt musst du dich endlich ernsthaft um dein Leben kümmern."

Was wusste sie schon über sein Leben? „Und was hat das mit Julie zu tun? Ich mache hier Urlaub. Ich wohne weit weg. Ich kenne sie kaum." Als er bemerkte, dass Gäste an anderen Tischen sie ansahen, senkte er die Stimme. „Mal ehrlich."

Sie beugte sich zu ihm hinüber und legte ihm eine Hand auf den Arm. „Wie ein großer Mann einmal gesagt hat, kann man kein Wasser finden, indem man kleine Löcher an vielen Orten gräbt. Man muss sich auf ein Loch konzentrieren und es tief graben."

Seine Mundwinkel zuckten. „Dein Vergleich grenzt an pornografisch."

Sie verpasste ihm einen Klaps auf den Arm. „Du weißt genau, was ich meine."

„Man muss das verdammte Loch am richtigen Ort graben, den ich noch nicht gefunden habe. Ich bin alleine vollkommen zufrieden." *Scheiße, was für eine Lüge.*

„Ach, Schatz " Sie lehnte sich kopfschüttelnd zurück. Noch schlimmer war, dass sie ernsthaft traurig wirkte. Er hätte ihr sagen sollen, dass er schwul war. Allerdings hätte es dann ganz Kalifornien erfahren. Er wollte nicht seine Angestellten, seine Kunden und seine Freunde verlieren. Weitere Freunde. Nein, was das anging, hatte er bereits vor Jahren seine Lektion gelernt.

„Tut mir leid, Mom. Ich weiß, dass ich eine Enttäuschung bin."

Etwas blitzte in ihren Augen auf, als sie sich vorbeugte und ihre Hand fest um seinen Arm legte. „Sag das nie wieder. Ich bin so stolz auf dich, wie eine Mutter es nur sein kann – egal, was passiert."

Gott, er liebte sie und seinen Vater, doch ihm hatte nie gefallen, was sie für ihn geplant hatten. Weder Micky Maus noch ein Jurastudium, wie es sein Vater absolviert hatte, oder eine Karriere als Börsenmakler wie seine Mutter. Kein Luxusleben in Orange County, bei dem sie vor ihren Freunden mit ihm angeben konnte. „Ich möchte nur tanzen. Ganz ohne Hochzeitsglocken oder Romantik." *Leider.*

Sie seufzte. „Vielleicht ist das eigentliche Problem, dass du nicht genug Sex hast."

Er brach in Gelächter aus. „Jetzt entscheide dich aber mal, was ich deiner Meinung nach machen soll!" Er beugte sich vor, um sie auf die Wange zu küssen. „Ich liebe es, zu tanzen. Das macht mir Spaß, okay? Und ich dachte, genau den sollte ich bei diesem Urlaub haben."

„Du hast ja recht. Dann geh tanzen." Doch als er sich entfernte, sagte sie leise zu seinem Vater: „Ich mache mir solche Sorgen um ihn."

Mist.

Er schaffte es bis zum Parkplatz der Bar, bevor ihn der Mut verließ. *Wirklich? Du gehst wirklich wieder in die Bar, wo dieser Cowboy ist?* Ach, warum nicht. Was änderte es schon. Selbst wenn er ihn anhimmelte wie ein kleines Mädchen, würde Mr. „Hängt ihn höher" es sicher nicht bemerken. Er grinste. Eigentlich hing bei ihm einiges beeindruckend tief herunter.

Er trat durch die hölzerne Tür. *Wow! Noch voller als gestern.* Er schob sich durch die Menge und sah sich um.

„Rand! Hier drüben." Audrey winkte ihm von einem kleinen Tisch neben der Tanzfläche zu. Moke saß ihr gegenüber, doch von Kai war nichts zu sehen. *Gut. Also warum bin ich so enttäuscht?*

25

Da nur wenige Leute tanzten – die Band schien zu pausieren –, ging er zum Tisch hinüber. „Hi. Es hat geklappt." *Was du nicht sagst.*

„Ja, das ist toll." Audrey schob ihm mit dem Fuß einen der freien Stühle zu. „Mach's dir bequem."

„Soll ich uns erst was zu trinken holen?"

„Das wäre nett. Bier für uns."

Er warf einen Blick auf Moke, die noch nichts gesagt hatte. Da sie nickte, machte er sich auf den Weg zur Bar, wo er drei Flaschen des Biers bestellte, das er am Vorabend getrunken hatte, und es zu ihrem Tisch brachte.

Das entlockte Moke endlich ein Lächeln. „Gute Wahl."

„Ich kenne es erst seit gestern, aber ich mag es." Als die Band sich wieder zum Spielen bereit machte, schaute er sich beiläufig um. „Also habe ich heute euch beide?"

Audrey zuckte mit den Schultern. „Erst mal schon."

Die Band zeigte ihr Können mit „The Devil Went Down to Georgia." Obwohl alle mitklatschten, wagte sich niemand auf die Tanzfläche. Nach einiger Zeit sagte Rand: „Na los, Ladys, zeigen wir's ihnen." Er sprang auf, um Audrey und Moke bei der Hand zu nehmen und zur Tanzfläche zu führen, wo er sie zur Musik herumwirbelte. Die stille Moke entpuppte sich als eine noch bessere Tänzerin als Audrey. Sie fanden in einen Rhythmus, bei dem er erst mit Audrey tanzte, während Moke im Takt klatschte, und dann zu Moke wechselte. Als er gerade mit einem der Mädchen an jeder Seite in einer Reihe tanzte, schob sich jemand neben Audrey und legte ihr einen Arm um die Taille. Rand wollte protestieren, bis er in blitzende dunkle Augen schaute. Kai.

Ein seltsames Glücksgefühl stieg in seinem Herzen auf, als sie zu viert wie Windmühlenflügel in einem großen Kreis tanzten, schneller und schneller. The devil's in the house, man! Irgendwann ging der Band die Luft aus und die Musiker beugten sich lachend über ihre Instrumente. „Meine Damen und Herren", verkündete ein Bandmitglied, „das sind Kai, Audrey und Moke. Und wer bist du, Cowboy?"

Audrey rief: „Das ist Rand! Ist er nicht süß?"

Die Frauen im Raum pfiffen und kreischten, wobei einige Touristen etwas verblüfft wirkten. Zu viert gingen sie zu ihrem Tisch, wo ein kräftig gebauter Hawaiianer Kai einen Stuhl zuschob. Sie setzten sich und Rand wischte sich den Schweiß von der Stirn. „An so feuchte Luft bin ich nicht gewöhnt."

Audrey trank einen kräftigen Schluck Bier. „Ätzend, oder? Aber du solltest mal Zeit in Kauai oder Hilo auf der großen Insel verbringen. Da kann man in der Luft schwimmen."

Rand warf einen Blick auf Kai. „Willst du auch ein Bier?"

„Heißt das, du gibst mir eins aus?"

„Kann ich machen."

Kai nickte in Richtung der Flaschen. „Dann einmal das Gleiche."

26

Rand atmete auf dem Weg zur Bar tief durch. Scheiße, warum benahm sich sein Schwanz, als besäße der Typ den heißesten Arsch in Amerika? *Mein letzter Arsch ist einfach schon zu lange her. Sobald ich zu Hause bin, suche ich mir einen. Das ist ein Versprechen, Kumpel.*

Nachdem er vom Barkeeper die kalte Bierflasche entgegengenommen hatte, presste er sie an sein Handgelenk. Sie an seinen aufsässigen Schwanz zu halten wäre vermutlich nicht gut angekommen. Mit langsamen Schritten – und zugegebenermaßen möglichst lässig – kehrte er zum Tisch zurück und reichte Kai die Flasche.

„Danke." Seine Finger berührten Rands Hand, woraufhin Rand zurückzuckte, als hätte er sich verbrannt. Kais Augen weiteten sich, doch er trank wortlos sein Bier.

Audrey stützte ihre Brüste auf der Tischplatte ab. „Gibt es bei dir mehr Orte zum Tanzen?", fragte sie Rand.

„Ja, allerdings nicht alle für Cowboys. Chico ist eine Mischung. Einerseits ist es eine College-Stadt und hat vieles, was den Studenten gefällt, andererseits gibt es auch viele Pferdeleute und vor der Stadt Ranches und Viehzucht."

Moke fragte ernst: „Warum lebst du nicht in Texas?"

Er lächelte. „Ich leite eine Ranch mit Gästen und Reitschülern. Dazu brauche ich genug Leute in der Nähe." Er zog eine Schulter hoch. „Für mich ist es eine gute Mischung. Und ich habe schon immer in Kalifornien gelebt."

„Für mich klingt das mehr wie 'ne Frühstückspension, Kumpel." Kai schaute unter hochgezogenen Augenbrauen und der Krempe seines Stetsons mit hawaiianisch bunt verziertem Hutband hervor zu Rand auf.

Rand war kurz etwas atemlos, bemühte sich jedoch, es nicht zu zeigen. „Für einen *echten* Cowboy wie dich muss das wohl so aussehen."

Kai presste die Lippen aufeinander, als müsste er ein Lächeln – oder vielleicht ein wütendes Knurren – unterdrücken. „Habt ihr da viele Spitzendeckchen und so?"

Die Frauen saßen ganz still da, während Rand Kai anstarrte. „Na ja, wenigstens trage ich sie nicht an meinem Hut."

Kai öffnete den Mund. Dann flog sein Hut durch die Luft, als er den Kopf in den Nacken warf und das erste freie und aufrichtige Lachen ausstieß, das Rand von ihm gehört hatte. Die Frauen stimmten mit ein. Obwohl er nicht sicher war, was gerade passierte, musste Rand ebenfalls lachen.

Audrey klopfte ihm auf den Arm. „Du bist großartig."

„Danke. Ich weiß zwar nicht, warum, aber bei einem Kompliment sage ich nicht nein."

Moke grinste. „Es ist ein Spiel. Wir verbringen so viel Zeit mit Touristen, zu denen wir immer nett sein müssen, dass wir uns gegenseitig dann lieber beleidigen. Haoles sind darin normalerweise nicht besonders gut."

Audrey rief: „Abgesehen von mir!"

Kai sah Rand an. „Und ihm."

So albern es war, konnte er nichts dagegen tun, dass sich Wärme in seiner Brust ausbreitete. „He, in meiner ‚Frühstückspension' gibt es haufenweise Touristen, zu denen ich nett sein muss. Irgendwer hat immer was zu meckern."

Kai trank einen Schluck Bier. „Also ist es eine Ferienranch?"

„So könnte man sie nennen. Ich habe ein paar einfache Übernachtungsmöglichkeiten für Gäste und sie können reiten und den Umgang mit dem Lasso und so was lernen."

„Klingt toll."

Er schaute überrascht auf. „Ähm, ja. Das ist es wirklich. Und ich kann mir damit meine geliebte Pferdezucht finanzieren."

Audrey sagte: „Das wäre doch was für dich, Kai."

Er schüttelte etwas traurig den Kopf. „Dazu bräuchte ich Geld und müsste auf der anderen Seite der Insel wohnen, um genug Touristen zu haben. Hier wäre das zu schwer. Außerdem ist Hawaii nicht gerade für seine Cowboys berühmt."

Rand sah ihn an. „Das sollte es aber sein. Zumindest habe ich das gehört."

Kai erwiderte den Blick und seine Mundwinkel verzogen sich zu einem Lächeln. Großer Gott, wie konnte ein einzelner Mann nur so sexy sein?

Kurz darauf begann die Band wieder zu spielen. Kai schnappte sich Audrey und Rand führte Moke auf die Tanzfläche. So tanzten sie, bis zwei andere Männer sie ablösten, was sie als Gelegenheit nutzten, für einen Schluck Bier zum Tisch zurückzugehen.

Rand setzte sich und ignorierte drei Frauen, die ihm zuwinkten, um ihn auf die Tanzfläche zu locken. „Und du arbeitest auf einer Ranch?", fragte er Kai.

Kai nickte. „Ja. Und ich leite Ausritte für das Hana Maui."

Rand lächelte. „Vielleicht sollte ich mich zu einem anmelden."

„Du könntest mir wohl eher helfen, einen zu leiten."

Er hatte die Worte ausgesprochen, bevor er sich zurückhalten konnte: „Das würde mir gefallen."

„Rand?"

Er wandte sich der Stimme zu. *Julie.* Kurz stiegen Schuldgefühle in ihm auf. *Komm schon, du hast es doch selbst gesagt: Sie ist nicht deine Freundin.* „Hi, Julie. Bist du zum Tanzen gekommen?"

„Vielleicht. Hauptsächlich für ein Bier nach einem langen Tag."

„Kennst du Kai?"

Sie nickte, wirkte jedoch ein wenig … was? Verwirrt? „Ja, etwas. Hallo, Kai, ich bin Julie."

Er nickte ihr auf seine kühle Weise zu.

Rand schlug vor: „Sollen wir dir ein Bier kaufen und dabei einen Zwischenstopp auf der Tanzfläche machen?"

„Klar, gerne." Das Lächeln wirkte aufrichtig.

Rand wandte sich noch einmal an Kai. „Wann könnten wir das mit dem Ausritt machen?"

„Wie wäre es morgen?"

„Um welche Zeit?"

„Der erste Ritt ist um acht. Frag einfach bei der Rezeption, wie du zu den Ställen kommst."

„Okay." Ein Lächeln legte sich auf sein Gesicht. Wahrscheinlich musste er Kai nicht erst sagen, wie sehr er sich darauf freute. Er nahm Julies Hand und tanzte mit ihr zur Bar hinüber, wobei er einen leicht finsteren Blick von Moke bemerkte. Verdammt, wie konnte ein schwuler Mann so viele weibliche Probleme haben?

Der Barkeeper machte auf dem Weg zu einem anderen Grüppchen bei ihnen Halt, sodass Rand zwei Flaschen Bier für sie und drei für ihren Tisch bestellen konnte. *Du hast wohl zu viel Geld.* Andererseits bezahlten seine Eltern die Woche im Hotel, wodurch sich seine Ausgaben in Grenzen hielten.

Schnell wurde ihnen über die Theke mit Schwung das Bier zugeschoben und Rand berührte Julies Flasche mit seiner.

Sie trank einen Schluck, während sie zu ihrem Tisch hinüberschaute. „Du hast gesagt, du kennst sie nicht."

„Das stimmte auch. Ich habe sie gerade erst kennengelernt und sie haben mich spontan in die Bar eingeladen."

„Aha. Sie sind ein interessantes Trio."

„Ach ja? Ich weiß nicht viel über sie – bisher haben wir hauptsächlich getanzt." *Lass dir nicht anmerken, wie neugierig du bist.*

„Ja. Kai stammt aus einer alten hawaiianischen Familie. Das Mädchen mit den dunklen Haaren ..."

„Moke?"

„Genau. Sie kommt auch von hier, allerdings nicht wie Kai. Bei ihm sind es wirklich viele Generationen. Dafür wird er respektiert, aber er ist auch irgendwie ... verschlossen." Sie zuckte mit den Schultern. „Natürlich bin ich hier eine Fremde, also fehlt mir das Insiderwissen."

„Was meinst du mit verschlossen?"

„Es ist nur so ein Gefühl. Als würde ihn niemand wirklich kennen, vielleicht nicht einmal sein Bruder und seine Schwester."

„Oh, er hat Geschwister?"

„Ja. Ich sehe manchmal, wie er sie zur Schule bringt."

„Wo ist der Rest der Familie?"

„Ich glaube, die leben alle bei ihrer Mutter. Allerdings bin ich nicht sicher, wo. Wie gesagt, ich weiß nicht viel, aber Hawaiianer legen großen Wert auf die Gemeinschaft. Da fällt es auf, wenn jemand so ein Einzelgänger ist."

„Tja, jedenfalls ist er ein verdammt guter Tänzer." Rand sah zu, wie Kai mit Audrey und Moke tanzte. Audrey winkte ihm kurz zu. „Ist Audrey seine Freundin?"

Julie trank einen Schluck und schüttelte den Kopf. „Manchmal sieht es so aus, dann wieder nicht. Wie gesagt: Er ist sehr verschlossen." Sie musterte Rand. „Du scheinst dich ja sehr für ihn zu interessieren."

29

„Ich wusste nur nicht, dass es hawaiianische Cowboys gibt. Da finde ich das Thema ziemlich faszinierend." Er trank ebenfalls einen großen Schluck.

„Das verstehe ich."

„Wann und wo sollen wir uns eigentlich morgen treffen?" *Geschickter Themenwechsel, McIntyre.* Während Julie es ihm auf einer Serviette aufmalte, wagte Rand noch einen Blick zur Tanzfläche. Als er feststellte, dass Kai ihn ebenfalls ansah, erwachte sein rebellischer Schwanz gleich wieder zum Leben.

5

DAUERLÄCHELN. RAND betrachtete sich beim Rasieren im Spiegel und rümpfte die Nase, als er das Grinsen sah, das er einfach nicht unterdrücken konnte. Aber er würde schließlich auch den ganzen Morgen im Sattel verbringen dürfen. Kais Anwesenheit war dabei Nebensache. Er spülte die Rasiercreme ab. *Versuch nur weiter, dir das einzureden, Baby.*

Nachdem er in die bequemste Kleidung geschlüpft war, die er mitgebracht hatte, besorgte Rand sich an der Snackbar einige Äpfel und ließ sich an der Rezeption den Weg zu den Ställen beschreiben. Da sie ein Stück entfernt lagen, hielt er es für praktischer, sich mit einem Hotelauto hinfahren zu lassen. Er verschwieg, dass er nicht direkt als Gast am Ausritt teilnahm. Oder vielleicht doch. Er war nicht sicher, was er von Kai erwarten sollte.

Wie fast alles in Hana befanden sich die Ställe nicht weit vom Highway. Der Fahrer bog auf einen Schotterparkplatz ab und hielt an. „Sie sind etwas früh für den ersten Ritt, Sir."

„Äh, ja, ich weiß. Aber ich kenne mich mit Pferden aus und wurde deshalb eingeladen, mir die Ställe anzusehen." *Zumindest so ähnlich.*

Der Hawaiianer nickte. „Sehr schön, dann wünsche ich viel Spaß. Falls Sie einen Wagen für den Rückweg benötigen, bitten Sie einfach jemanden, das Hotel anzurufen."

„Das mache ich." Nachdem er dem Mann ein Trinkgeld gegeben hatte, stieg er in die Morgensonne aus. In der Ferne über dem Strand hingen noch einige Nebelfetzen. Da das größte Gebäude von Leuten betreten und verlassen wurde, beschloss Rand, dass es sich um den Hauptstall handeln musste, und ging darauf zu. Als er sich näherte, kam Kai heraus. Er führte eine leichtfüßige Schimmelstute mit edlem Kopf.

Er ging auf sie zu. „Was für eine Schönheit." Damit waren es schon zwei Schönheiten.

Kai grinste. „Ich habe mir gedacht, dass sie dir gefällt. Sie heißt Misty."

„Wunderschön", wiederholte er, während er einen Apfel aus der Jackentasche zog.

„Mit Bestechung kommt man bei ihr weit." Er tätschelte dem Pferd die große Nase.

Rand hielt ihr den Apfel hin und lachte. „Sie ist eine Magierin. Sie kann Äpfel verschwinden lassen."

Zwei andere Männer, ein Hawaiianer und ein – wie war das Wort? – Haole, führten jeweils zwei weitere bereits gesattelte und getrenste Pferde aus dem Stall.

Rand nickte. „Sind das die Pferde für den Ritt?"

„Ja. Für den Morgen haben sich vier Reiter angemeldet. Beim späteren Ritt sind es mehr, weil Urlauber gerne ausschlafen, aber den am Morgen mag ich am liebsten. Außerdem muss ich mich später noch um die Ranch kümmern."

„Klingt nach Spaß."

Kai schaute zu ihm hoch. Er war ziemlich groß, jedoch einige Zentimeter kleiner als Rand. „Danke, den macht es."

„Und nach jeder Menge Arbeit."

„Die macht es auch." Ein Van des Hotels rollte auf den Parkplatz. „Da kommen unsere Gäste."

„Soll ich mich auch wie ein Gast verhalten? Ich habe bis jetzt nichts für den Ausritt bezahlt."

Kai lächelte. „Nein, du bist heute unser Gastexperte. Wie klingt das?"

„Nichts dagegen."

Ein älterer Mann, eine attraktive Frau um die fünfzig und zwei Kinder – das Mädchen etwa zwölf Jahre alt und der Junge ein Teenager – stiegen aus und näherten sich. Der Junge verpasste seiner Schwester einen Klaps aufs Hinterteil. „Bestimmt kannst du danach eine Woche nicht sitzen."

„Lass mich in Ruhe, Simon." Sie schlug ebenfalls nach ihm.

O je. Freche Kinder und Pferde waren keine gute Mischung.

Kai warf ihm kurz einen finsteren Blick zu – er schien dasselbe zu denken –, bevor er lächelnd die Gäste begrüßte. „Willkommen, Mr. und Mrs. Axelrod." Er nickte den Kindern zu. „Molly und Simon, oder?"

Mrs. Axelrod erwiderte das Lächeln. „Ja. Den Ritt machen wir vor allem für Molly. Sie ist ziemlich pferdeverrückt."

Kai schenkte ihr ein besonders strahlendes Lächeln, mit dem er jedes junge Mädchen zum Dahinschmelzen gebracht hätte. Sie kicherte. „Ich bin Kai Kealoha. Ich führe Sie heute bei Ihrem Ausritt. Das ist Rand McIntyre, ein Cowboy und Pferdeexperte, der uns den Ritt etwas interessanter machen wird."

Ach ja? Er warf einen Seitenblick auf Kai, der ihm mit einem Grinsen die Zähne zeigte.

„Als Erstes sollten Sie alle Helme aufsetzen."

Simon fauchte: „Verdammt, nein."

Mrs. Axelrod verpasste ihm einen Klaps auf den Arm. „Simon."

Kai nahm von einem der anderen Männer zwei Helme entgegen und Rand tat dasselbe, während er sich an die Familie wandte. „Reiten macht viel Spaß, aber ein Pferd wiegt oft über fünfhundert Kilo. Und auch wenn sie sehr klug sind, kann immer etwas Unvorhergesehenes passieren." Er sah die bereitstehenden Pferde an, die sanft wie Lämmer wirkten. Aber dennoch … „Diese Pferde sind geduldig und an unerfahrene Reiter gewöhnt. Trotzdem darf man nicht vergessen, dass jedes Jahr mehr Menschen bei Reitunfällen als bei Motorradunfällen verletzt werden."

Simon seufzte genervt.

„Also sollte man keine Dummheiten machen."

Kai nickte zustimmend. „Auch wenn Sie alle einen Haftungsausschluss unterschrieben haben, kann ich Sie leider nicht ohne Helm reiten lassen."

Simon verzog das Gesicht, doch Rand hielt ihm einen Helm hin. „Willst du mitkommen oder nicht?"

Endlich wirkte er etwas eingeschüchtert. „Ja, na gut." Er schnappte sich den Helm.

Rand reichte den anderen Helm Molly, die ihn voller Eifer aufsetzte.

Als Nächstes halfen sie allen auf ihre Pferde und Kai erklärte die Grundlagen – wie man die Zügel hielt, wie die Beine liegen sollten und auf welche Stimmsignale die Pferde reagierten. Dann ritten sie endlich los. Kai führte die Reihe an und Rand ritt am Ende. Zum Glück. Hätte er Kais Knackarsch für längere Zeit direkt vor sich gehabt, wären Kinder in seiner Gegenwart nicht mehr gut aufgehoben gewesen.

Kai führte sie über ausgetretene Pfade, bei denen die größte Herausforderung der eine oder andere herabhängende Zweig war, und erzählte den Gästen dabei etwas über die Umgebung. „Wenn man ein Stück diesem Weg folgt, kommt man zum Pi'ilanihale Heiau, den Überresten des größten Tempels in Polynesien. Er ist wirklich einen Besuch wert."

Mrs. Axelrod fragte: „Können wir ihn uns jetzt ansehen?"

„Leider nicht. Er ist ziemlich groß, weshalb eine Besichtigung mehr Zeit in Anspruch nimmt, als uns zur Verfügung steht. Aber Sie sollten es bei nächster Gelegenheit tun."

Plötzlich zeigte Simon einen Hügel hinauf und fragte: „Was ist da oben?" Ohne eine Antwort abzuwarten, stieß er seinem Pferd die Fersen in die Flanken und forderte es mit einem Pfiff zum Galoppieren auf. Auf ebener Strecke hätte er sich möglicherweise halten können, doch durch die Geschwindigkeit verbunden mit der Steigung verlor er das Gleichgewicht, rutschte vom Pferderücken, rollte ein Stück über den Boden, wobei er sich den Kopf stieß, und blieb schließlich auf dem Rücken in einigen niedrigen Büschen liegen. „Au! Scheiße." Er begann zu weinen.

Sein Vater rief: „Simon, das war dumm und leichtsinnig."

Rand sprang vom Pferd und war mit zwei großen Schritten bei dem Jungen angekommen. Er hielt eine Hand hoch, um Mr. Axelrod zu bremsen, bevor er sich an Simon wandte. „Ganz ruhig, noch nicht bewegen." Er drückte den Jungen zurück in die einigermaßen weichen Büsche, bevor er mit einem beruhigenden Lächeln einen Finger hochhielt. „Versuch, ihm mit dem Blick zu folgen."

Simon gehorchte widerspruchslos.

Sanft hob er nacheinander Simons Arme an. „Irgendwelche schlimmen Schmerzen?"

„Nein."

„Was tut weh?"

„Mein Arsch und mein Kopf."

Sein Hinterteil war vermutlich kein Problem. Aber der Kopf? „Okay, setz dich langsam hin." Er schob einen Arm unter Simons Schultern und legte die freie Hand an seinen Hinterkopf, als er ihm half, sich aufzusetzen. „Schmerzen?"

„Nein."

„Wie fühlt sich dein Rücken an?"

„Ziemlich gut."

„Ist dir schwindlig?"

„Nein."

Rand nahm ihm vorsichtig den Helm ab. Dabei fiel sein Blick auf Kai, der ihn mit großen Augen und leicht geöffneten Lippen ansah. Kurz fiel es ihm schwer, den Blick von ihm loszureißen. *Mach schon weiter.* Er fuhr mit den Fingern durch Simons braunes Haar. „Tut das weh?"

„Nö." Der Übermut kehrte zurück.

„Dann sei dankbar, dass du den Helm aufhattest. Ohne wärst du jetzt vielleicht schon auf dem Weg zum Krankenhaus und der Strandurlaub wäre vorbei."

Simon zuckte seufzend mit den Schultern.

Seine Mutter klang leicht hysterisch, als sie fragte: „Sind Sie sicher, dass es ihm gut geht?"

Kai hielt sein Handy hoch. „Ich habe den Hotelarzt angerufen. Er kommt her und sieht ihn sich vorsichtshalber an."

„Gut." Sie kniete sich neben ihren Sohn. „Wie dein Vater schon sagte, das war wirklich dumm – vor allem, nachdem Rand uns vor Unfällen gewarnt hat. Das war unser letzter Ausritt."

„Aber Mom!", jammerte das Mädchen. „Du hast versprochen, dass ich reiten lernen darf."

„Tut mir leid Schatz, aber allein kannst du nicht ausreiten. Und Simon macht in nächster Zeit keine Ausflüge."

„Kann ich nicht Privatunterricht nehmen?" Sie warf Kai einen flehenden Blick zu.

„Ähm, den bieten wir eigentlich nicht an, Miss." Er schaute sich hilfesuchend zu Rand um und Molly drehte sich ebenfalls zu ihm um.

Rand lachte. „Tja, wenn Kai Pferde zur Verfügung stellt, sollte die eine oder andere Privatstunde möglich sein." An Mrs. Axelrod gewandt erklärte er: „Ich besitze einen Reitstall in Kalifornien und unterrichte dort auch."

„Oh, dann wäre es wirklich schön. Wir werden Sie auch gut bezahlen. Molly hat sich so auf die Pferde gefreut."

„Nun, ich liebe Pferde. Also stört es mich nicht, auch im Urlaub etwas Zeit mit ihnen zu verbringen."

Sie hob schockiert eine Hand an den Mund. „Urlaub? Oh nein, mir war nicht klar …"

„Es ist kein Problem. Ich tue es wirklich gern. Der Stall kann den Preis festsetzen." Er sah Kai an, der mit glasigem Blick geradeaus starrte. „Wenn dir das recht ist."

Kai nickte mechanisch. „Oh, ja, natürlich. Wir können Molly gern ein Pferd für Reitstunden zur Verfügung stellen."

Bald traf ein Hotelvan mit dem Arzt ein und Simon wurde untersucht. Wie erwartet war der Junge unverletzt – wenn man von einem leicht schmerzenden Steißbein absah. Bevor die Familie in den Van stieg, winkte ihnen Mrs. Axelrod zum Abschied zu. „Wir melden uns dann wegen Mollys Unterricht, Kai."

Kai nickte, warf jedoch einen Blick auf Rand. „Willst du das wirklich tun? Deinen teuren Urlaub mit Arbeit verbringen?"

„Klar, ich liebe Pferde." Auch wenn diese bei Weitem nicht der wichtigste Grund für seine Zustimmung waren.

KAI BEFESTIGTE die Zügel von zwei nun überzähligen Pferden an seinem Sattel. Einige Meter entfernt tat Rand dasselbe mit den anderen beiden. *Hol tief Luft, Mann.* Er musste noch immer gegen ein Zittern ankämpfen. Wäre dem Jungen etwas passiert, hätte es für den Stall große Probleme geben können, trotz des Haftungsausschlusses. *Rand.* Er konnte beinahe Rands sanfte, beruhigende Hände spüren. *Warum ist mir nach Heulen zumute?* Das war es wirklich. Am liebsten hätte er sich auf dem Boden zusammengekauert und geweint, nur um einmal so berührt zu werden. *Allmählich drehst du durch, Kumpel.* Er schüttelte sich wie ein nasser Hund. Dennoch konnte er nicht aufhören, diese kräftigen, tüchtig wirkenden Hände anzustarren. *Mann, ich sollte mich von diesem Kerl fernhalten.*

Rand schwang sich in Mistys Sattel und stützte sich auf das Horn. „Das wird ein langsamer Heimritt."

„Ich kann einen von den anderen Jungs anrufen, damit er mit mir die Pferde zurückbringt, wenn du es eilig hast. Es wäre kein Problem."

Rand hob eine Hand an seine Hutkrempe. „Nicht nötig, ich mache es gern. Ich bin erst am Nachmittag verabredet, bis dahin habe ich Zeit."

Kai atmete leise aus und zwang sich, den Blick auf den Weg zu richten. *Im Sattel sieht er wie ein Filmstar aus. Groß und kraftvoll, aber sanft. Und du solltest ihn lieber seiner Leinwand überlassen, Idiot.* Er schnalzte, damit April und die Pferde hinter ihm sich in Bewegung setzten. Rand schob sich mit seinem Pferd neben ihn, was für den größten Teil des Weges kein Problem war. *Wenn mir nur etwas einfallen würde, um ein Gespräch zu beginnen.*

„Ich habe gehört, du lebst bei deiner Familie?"

Scheiße! „Äh, wer hat dir das erzählt?"

„Ähm, das weiß ich nicht mehr genau. Wohl eine deiner Bewunderinnen." Er grinste ihm zu.

„Na ja, es stimmt auch fast. Nur hatte ich mit meinem Vater nie etwas zu tun. Es sind nur meine Mutter, mein Bruder und meine Schwester."

„Oh, das tut mir leid. Dann sind sie bestimmt froh, dass du dich um sie kümmerst."

„Ja, das sind sie." *Wechsle schnell das Thema.* „Erzähl mir von deiner Ranch."

„Sie ist nichts Besonderes."

Kai runzelte die Stirn und warf ihm einen Blick zu, doch Rand wirkte aufrichtig und nicht, als wollte er das Thema beenden. Ein kleines Lächeln hatte sich auf seine Lippen gelegt. *Okay.*

Rand zog sich seinen Stetson etwas tiefer in die Stirn. „Ich komme nicht aus einer Cowboyfamilie. Mein Vater ist Anwalt und meine Mutter Börsenmaklerin. Trotzdem wollte ich wie die meisten Kinder Cowboy werden. Nur habe ich den Traum im Gegensatz zu den meisten Kindern niemals aufgegeben." Er lachte.

„Davon waren deine Eltern wahrscheinlich nicht begeistert."

„Komischerweise sind sie ganz gut damit umgegangen, obwohl ich so ziemlich das Gegenteil von ihrem Leben wollte. Ich habe eine Ausbildung zum Pferdewirt gemacht und für verschiedene Farmen und Ranches gearbeitet, um von ihnen zu lernen. Und da ich dank meiner Mutter ein bisschen finanzielles Geschick besitze, konnte ich meine Ersparnisse gut anlegen und schließlich in eine kleine Ranch in Chico investieren." Er zuckte mit den Schultern. „Da lasse ich Gäste wohnen, die vom Wilden Westen träumen, gebe Reitstunden und züchte im kleinen Rahmen Pferde für Privatkäufer. Wie gesagt, ich bin nur ein kleiner Möchtegerncowboy."

„Aber du liebst es."

„Ja, das stimmt. Ich führe ein einfaches Leben, aber definitiv kein schweres. Nicht wie ein echter Rancharbeiter."

Kai schüttelte den Kopf. „Ich kann auch nur zeitweise Cowboy sein. Mit anderen Jobs verdiene ich mehr und ich muss, ähm, meine Familie unterstützen."

„Jobs wie diese Ausritte?"

„Genau. Das Hotel ist einer der einzigen Arbeitgeber in Hana und die Bezahlung ist ziemlich gut."

„Ihr solltet auch Reitstunden anbieten."

„Damit kennt sich niemand von uns gut aus. Aber ich werde mir deine ansehen."

„Wie alt sind deine Geschwister?"

„Meine Schwester ist zwölf und mein Bruder zehn."

Rand warf ihm einen Blick zu. „Das ist ein großer Altersunterschied. Ist das nicht fast, als wären sie deine Kinder?"

Sogar noch mehr als du denkst. „Wir haben verschiedene Väter."

„Bestimmt sind sie im Sattel schon echte Experten."

„Nein. Mein Vater war der Paniolo. Auch wenn ich ihn nicht kannte, hat mich meine Abstammung dazu inspiriert. Die zwei haben es nie gelernt.' *Wie so viel anderes.*

„He, dann bring sie doch zu Mollys Reitstunde mit. Das fände sie bestimmt schön und die beiden hoffentlich auch."

Mann, er bat die Kinder nur ungern darum, noch weitere Menschen zu belügen. Andererseits sollten sie auch ein Leben haben – und eine Reitstunde mit jemandem wie Rand hätte ihnen sicher gefallen. Außerdem war es fast Weihnachten. „Ja, vielleicht mache ich das."

Eine Zeit lang herrschte Stille. Seltsamerweise hatte er nicht das Gefühl, sie mit Small Talk füllen zu müssen, wie es bei den meisten anderen Haoles der Fall war. Rands Gesellschaft war entspannend. Zumindest in mancherlei Hinsicht.

„Sag mal, ist Audrey deine Freundin?"

Moment. Ich nehme alles zurück! Der Typ konnte einen ja echt überfallen. „Wir sind befreundet. Und sie ist weiblich." Er grinste ihm zu.

„Keine sehr hilfreiche Antwort." Doch er erwiderte das Grinsen, was es Kai schwer machte, seine Gedanken zu ordnen.

„Was ist mit dir? Diese junge Frau – wie heißt sie noch?"

„Julie?"

„Genau. Ist sie dein Mädchen?"

„Ich habe sie gerade erst kennengelernt."

„Und suchst du nach einer netten Gastgeberin für deine Frühstückspension?" Er schluckte schwer.

Rand pustete sich das blonde Haar aus der Stirn. „Meine Mutter möchte mich unbedingt unter die Haube bringen. Sie wünscht sich Enkelkinder und es ist ihr egal, dass ich erst sechsundzwanzig bin. In ihren Augen ist jedes weitere Jahr ein fehlendes Enkelkind." Er schüttelte den Kopf. „Also komme ich ihr etwas entgegen. Julie ist die Art von Frau, die ihr gefällt."

„Mann, das klingt schwierig. Also willst du eigentlich gar nicht heiraten?"

„Nein, es interessiert mich nicht besonders."

Kai kämpfte gegen ein Lächeln an. „Wie kommt das?"

„Ich führe ein schönes Leben." Rand schaute aufs Meer hinaus.

„Klingt toll." *Oder?*

6

RAND GESTATTETE Misty, am Rand des am Strand entlangführenden Weges stehen zu bleiben. Er lachte. „Hier scheint es ihr zu gefallen. Sie will die Aussicht genießen."

Kai schnaubte. „Sie tut nur, als wollte sie meditieren, weil sie faul ist."

„Ich hätte nichts gegen ein paar Minuten Sonne, bevor ich wieder meinen Eltern Gesellschaft leisten muss."

„Von mir aus." Kai saß ab. Alles an ihm definierte Männlichkeit neu. Die eleganten, aber anziehenden Bewegungen. Seine nicht massigen, sondern fließenden Muskeln.

Rand rutschte ebenfalls aus dem Sattel und ließ die Zügel los, damit Misty und die Pferde hinter ihm am spärlichen Gras knabbern konnten. Dann ging er einige Schritte bis zum Rand des Strandes, um sich in den Sand sinken zu lassen, und zupfte einen Grashalm vom Boden, den er sich zwischen die Lippen schob. Es erinnerte ihn an Danny.

Kai schlenderte in seine Richtung und ließ sich nicht weit von ihm im Sand nieder.

Mampf, mampf. Die Pferde knabberten leise vor sich hin – wie die Fragen in Rands Kopf. „Warum heiratest *du* eigentlich nicht? Würde es deiner Mutter nicht helfen, wenn du eine Frau hättest?"

Hmm. Wirkte Kai bei der Frage plötzlich angespannt? „Ehrlich gesagt habe ich schon genug Familienmitglieder, um die ich mich kümmern muss." Er warf eine Handvoll Gras auf den Sand.

„Darf ich fragen, wie alt du bist?"

Noch mehr Anspannung? Das sollte doch eine unverfängliche Frage sein. „Äh, dreiundzwanzig." Er sah Rand an. „Du bist sechsundzwanzig, oder?"

„Ja. Warte nur ab. In ein paar Jahren wird dich niemand mehr leben lassen, wie du willst. Alle verbünden sich gegen dich, weil du alt wirst und dich nicht den gesellschaftlichen Erwartungen entsprechend verhältst." Er lachte. Es war kein fröhliches Lachen. „Entschuldige. Das klang ein bisschen verbitterter als beabsichtigt."

Kai lachte ebenfalls. „Darauf wollte ich dich gerade hinweisen." Stille. Allerdings ziemlich angenehme. „Wie würdest du leben, wenn du es dir aussuchen könntest? Du hast zwar gesagt, du wärst glücklich – aber was würdest du ändern, wenn es ginge?" Kai zeigte seine weißen Zähne. „Ich muss mir doch Notizen machen, um mich vorzubereiten."

Rand ließ langsam einen Atemzug entweichen. Was wagte er zu sagen? „Ich hätte gern jemanden, mit dem ich mein Leben teilen könnte."

„He, du hast doch gesagt, du willst nicht heiraten."

„Ich weiß, es klingt komisch. Es ist wie bei einem Zauberwürfel. Man dreht und dreht, bis man es fast geschafft hat, aber dann gibt es eine Stelle, die nicht passt. Und um das Puzzle zu lösen, muss man etwas Großes verändern, das alles zerstören könnte." Er presste seine Finger auf seinen Nasenrücken.

Schweigen.

Rand hob den Blick. Kai betrachtete ihn mit diesen dunklen, glänzenden Augen. „Tja, vielleicht sollten wir jetzt lieber die Pferde zurückbringen, damit du nicht zu spät zu deinem Date kommst."

„Es ist kein Date."

„Ach nein?"

KAI LENKTE seinen uralten Pick-up mit so hohem Tempo auf den Parkplatz der Schule, dass er erleichtert darüber war, die Polizisten des Orts persönlich zu kennen. *Schon wieder zu spät.* Lani, die meistens geduldig alles ertrug, saß wartend auf den Stufen, während Aliki über den Parkplatz tobte und an Äste sprang. Wenigstens besuchten sie dieselbe Schule. Sonst wäre sein Zeitmanagement noch beschissener gewesen.

Er beugte sich hinüber, um die Beifahrertür zu öffnen. Die Kinder kletterten nacheinander hinein, sodass Lani in der Mitte saß. Zwar musste er so nicht Alikis Gezappel ertragen, dafür jedoch Lanis stumme Vorwürfe. Seine zwölfjährige Mutter. Würden ihnen Reitstunden mit Rand gefallen? Wem denn bitte nicht? Er räusperte sich und lenkte das Auto auf die kurvenreiche Straße. „Haben wir etwas zu essen im Haus?"

Aliki warf sich gegen die Sitzlehne. „Kentucky Fried Chicken!"

„Ich meinte richtiges Essen."

„Tantchen hat gestern ein paar Sachen gekauft." Lani musterte ihn. „Alles in Ordnung?"

„Klar, warum?"

„Du lächelst."

„Manchmal lächle ich eben." Er kämpfte gegen ein Grinsen an.

„Ach ja? Wann denn das?" Aber ihre Grübchen zeigten sich ein wenig. Gerade sie durfte sich nicht über seltenes Lächeln beschweren. Es war traurig, dass ein zwölfjähriges Kind so ernst sein musste. Das wusste er aus eigener Erfahrung.

„Tja, ich habe auch eine kleine Überraschung für euch." Die Landschaft neben der Straße wurde zunehmend ländlicher, als sie sich Kaupo näherten.

Aliki sprang beinahe über Lanis Kopf. „Was? Sag schon. Sag schon "

„Wie würde es euch gefallen, reiten zu lernen?"

Aliki starrte ihn mit großen Augen an. „Ernsthaft, Kumpel? Ein Pferd reiten?"

Kai runzelte die Stirn. „Ich bin nicht dein Kumpel."

Obwohl das freche Grinsen nicht sein Gesicht verließ, nickte er mit gespielter Einsicht. „Entschuldige, Kaikua'ana."

Er war kein gutes Vorbild. Wenigstens konnte er den Jungen noch dazu bringen, ihn vernünftig als Bruder zu bezeichnen. „Schon besser. Wollt ihr nun Reitstunden oder nicht?"

„Ja!" Er hob eine Faust in die Luft.

„Und du, Lani?"

Sie warf ihm einen Seitenblick zu. „Willst du es uns endlich beibringen?"

„Nein. Ich habe dir doch schon erklärt, dass ich kein Lehrer bin." Das hatten ihm seine Mutter und sein Stiefvater immer gesagt – und es mit einer Ohrfeige unterstrichen. „Aber ich habe jemanden kennengelernt, der tatsächlich Reitlehrer ist. Er unterrichtet ein Mädchen namens Molly aus dem Hotel und hat angeboten, euch mitmachen zu lassen."

Aliki verzog das Gesicht. „Wir sollen mit Touristen reiten? Igitt."

„Verzeihung, Sir, aber Touristen bezahlen unser Essen und unsere Miete. Also ein bisschen mehr Respekt, okay?"

„Okay. Aber wenn sie eine beschissene Reiterin ist? Was dann? Müssen wir warten, bis sie fertig ist?"

„Und wenn du ein beschissener Reiter bist? Und sag nicht beschissen."

Lani schaute aus dem Fenster. „Was ist das für ein Reitlehrer?"

Aliki beugte sich vor, um Kai ansehen zu können. „Ja, genau. Du bist der Cowboy. Warum müssen wir dann bei so einem vornehmen Reitlehrer Unterricht nehmen?"

„Er ist auch ein Cowboy."

„Ein Paniolo?" Lani warf ihm diesen bohrenden Blick zu.

„Nein, vom Festland."

„Wow. Aus Texas oder so?" Nur der Sicherheitsgurt hinderte Aliki daran, aus dem Wagen zu fliegen.

„Aus Kalifornien."

Lani musterte ihn. „Wie hast du ihn kennengelernt?"

Mann, sie kam gleich zum Wesentlichen. „Ähm, er wohnt im Hotel. Er hat bei einem Ausritt mitgemacht." *Gut rausgeredet.*

„Wann können wir es machen?"

„Wie wär's morgen nach der Schule?"

„Morgen ist keine Schule. Weihnachtsferien."

„Ach ja, stimmt. Umso besser."

Er bog nach links vom Highway – hier kaum mehr als ein schmaler befestigter Weg – auf einen noch schmaleren Pfad ab. Nach einigen Kurven hatten sie ihr Haus erreicht. „Haus" war dabei eine noch größere Übertreibung als „Highway". Kaum mehr als eine Baracke wurde das Gebäude von ihm durch häufige Reparaturen und pure Willenskraft zusammengehalten. Doch es besaß drei Schlafzimmer, um den Eindruck zu vermitteln, den sie brauchten. Ein besseres Haus mit drei Schlafzimmern konnte er sich nicht leisten.

Die Kinder sprangen aus dem Pick-up und rannten zur Tür. Als Aliki sie öffnete, rief er automatisch laut genug, um von den wenigen Nachbarn gehört zu werden: „Mama, wir sind zu Hause!" *Gut gelernt.*

Lani ging etwas langsamer hinein. Ihr Leben lastete bereits schwer auf ihren schmalen Schultern.

Kai folgte ihnen.

Drinnen warf Aliki einen Blick auf die wenigen Pakete unter ihrem kleinen Weihnachtsbaum, bevor er in ihr geteiltes Zimmer rannte, das größte im Haus. Kai hatte den Raum mit einem doppelten Vorhang in zwei Hälften geteilt – Blumen und Einhörner auf einer Seite, Batman und Transformers auf der anderen. Auch wenn Lani vielleicht zu alt für Einhörner war, hatte sie sich nicht beschwert. Das tat sie selten.

Kai warf einen Blick hinein, während Lani die weiter von der Tür entfernte Hälfte am Fenster betrat – immer ordentlich. Dazu musste sie allerdings an Alikis Seite vorbei, bei der sich die Ordnung in Grenzen hielt.

Kai klopfte an die Tür, um ihre Aufmerksamkeit zu erregen. „Aliki, räum die Legosteine weg, wenn du nicht mehr damit spielst. Kümmert euch um eure Hausaufgaben, bis ich euch etwas zu essen gemacht habe, ja?"

„Aber wir haben Weihnachtsferien!" Aliki warf sich auf sein Bett.

„Und keine Hausaufgaben?"

„Doch, ein paar."

„Dann macht sie jetzt, damit ihr morgen genug Zeit für eure Reitstunde habt."

„Na gut." Ein gequälter Seufzer von Aliki. Auf den Reitunterricht schien er sich allerdings wirklich zu freuen. So bekamen sie zu Weihnachten wenigstens etwas Besonderes – viele Geschenke konnte Kai sich nicht leisten.

Er betrat sein eigenes Schlafzimmer auf der anderen Seite der „Master Suite". Bald würde er sich etwas überlegen müssen, damit Lani ihr eigenes Zimmer bekam – zumindest zum Schlafen und für ihre Mädchenangelegenheiten. Mit zwölf Jahren hätte sie wahrscheinlich gern darauf verzichtet, jede Minute des Tages mit ihrem zehnjährigen Bruder zu verbringen. Bald würde sie anfangen, sich zu verabreden und ... *Oh, verdammt.* Er ließ sich auf sein Bett fallen, um sich die Stiefel auszuziehen. Wie sollte er bloß eine Jugendliche aufziehen?

Er atmete tief durch. Darauf gab es dieselbe Antwort wie immer, nämlich so, wie er bisher ein junges Mädchen und einen wilden, verrückten Jungen aufgezogen hatte: einen Tag nach dem anderen. Jetzt waren sie so weit gekommen, dass sie den Rest auch noch irgendwie schaffen würden.

Nachdem er in seine Flipflops geschlüpft war, ging er in die Küche.

41

Eine halbe Stunde später, als Kai gerade dem Salat und den Spinat-Käse-Omeletts den letzten Schliff verlieh, kam Lani in die Küche und legte einige Blätter auf den kleinen Tisch, den sie zum Essen, für Schulprojekte und für alles andere benutzten, bevor sie Besteck holte, um den Tisch zu decken.

Kai hob den Kopf. „Was ist das?"

Sie runzelte die Stirn. „Aliki hat eine neue Lehrerin."

„So spät im Jahr?"

„Ja, ich glaube, der alte ist umgezogen. Und die neue möchte natürlich seine Mutter kennenlernen."

„Du hast es erklärt?"

Das Stirnrunzeln verstärkte sich. Sie hasste Lügen so sehr, dass es Kai Magenschmerzen verursachte, sie dazu bringen zu müssen. „Natürlich. Ich habe gesagt, dass sie zu krank ist, um in die Schule zu kommen, aber stattdessen meinen Bruder schickt."

„Gut." Er zwang sich zum Lächeln. „Ist doch fast das Gleiche, oder?" Er verpasste ihr einen sanften Stupser in die Rippen.

„Sie hat keinen begeisterten Eindruck gemacht und hat gefragt, wo wir wohnen. Sie ist sehr, ich weiß nicht … interessiert."

Scheiße. Er reichte ihr Teller. „Sie wird nicht kommen. Das hat noch keiner gemacht."

„Das kann man nur hoffen", seufzte sie.

„He, in den Weihnachtsferien kommt sie bestimmt nicht her. Also lass sie uns genießen."

Sie schaute zu ihm hoch, blickte ihn ruhig aus den weisen Augen in ihrem hübschen jungen Gesicht an. „Okay."

Aliki kam in die Küche gehüpft und warf seine Hausaufgaben auf den Tisch, nur knapp an der Butter vorbei. „Alles fertig."

„Gut. Ist das nicht ein schönes Gefühl? Jetzt musst du dir darum keine Sorgen mehr machen." Verdammt, das brachte ihn beinahe zum Lachen. Als hätten die armen Kinder nicht durchgehend Sorgen. Nur eine Babysitterin, bei der sie vorgaben, dass es sich um ihre Tante handelte, und eine Art Halbbruder standen zwischen ihnen und einem Kinderheim.

Nach dem Essen lief Aliki hinaus, um die letzten Sonnenstunden zum Spielen zu nutzen, während Lani Kai beim Geschirrspülen half. Sie stellte vorsichtig die Teller in den Schrank. „Gehst du noch weg?"

„Ich wollte vielleicht ein bisschen schwimmen, wenn euch das recht ist. Ich bleibe auch nicht zu lange."

„Kein Problem. Du brauchst auch mal Freizeit." Sie lächelte, was ihre dunklen Augen zum Leuchten brachte. „Er benimmt sich ziemlich gut, wenn wir alleine sind."

Kai grinste. „Sein teuflisches Wesen hebt er sich wohl für mich auf."

„So ähnlich." Grübchen zeigten sich auf ihren Wangen.

Er berührte ihren Arm. „Ich bin immer stolz auf euch. Das weißt du doch, oder?"

Ihr Lächeln wurde etwas trauriger.

„Kann man sich eigentlich irgendwo deine Bilder ansehen, Julie?" Rands Mutter aß mit großem Appetit ihr Pad Thai, während Rand den gebratenen Reis auf seinem Teller umherschob. Obwohl er ziemlich gut schmeckte, war ihm kaum nach Essen zumute.

„Ich stelle sie in mehreren Galerien in Lahaina aus, falls Sie es sich vor Ihrer Abreise noch ansehen." Julie aß ihre eigene Portion Pad Thai, während es ihr gelang, ganz genau die Frau zu sein, die seine Mutter für ihn ausgesucht hätte. Vielleicht war die ganze Show doch keine gute Idee gewesen, sondern würde den Druck auf ihn, eine Familie zu gründen, nur noch verstärken. Kais dunkle Augen blitzten in seinen Gedanken auf. So geheimnisvoll, wie Julie ihn beschrieben hatte.

Seine Mutter lehnte sich auf ihrem Stuhl zurück. „Leider nicht. Diesmal fahren wir von Hana direkt zum Flughafen. In der Nähe gibt es keine?"

„Nur in meinem Atelier. Ich versuche schon lange, ins Hana Maui zu kommen, aber es ist nicht leicht, als Schwimmlehrerin des Hotels als ernsthafte Künstlerin betrachtet zu werden. Außerdem bin ich nicht von hier und das Hotel fördert vor allem die hiesige Kultur – was ich natürlich verstehe."

Seine Mutter grinste. „Vielleicht können wir ein gutes Wort für dich einlegen?"

„Gute Worte nehme ich immer dankend an", antwortete sie lachend.

„Hast du schon Julies Bilder gesehen, Rand?"

Er riss sich aus seinen Gedanken los. „Äh, nein."

„Na, dann wird es aber wirklich Zeit." Warum hatte er bloß das Gefühl, dass sie damit nicht nur die Bilder meinte?

Plötzlich fühlte er sich eingeengt und unwohl. Er hatte einige der von seiner Mutter mitgebrachten Kleider angezogen, und obwohl sie locker an seinem Körper lagen, schienen sie ihn zu ersticken. *Was für ein Arschloch muss ich eigentlich sein, um meine Eltern so zu belügen und dazu Julie zu benutzen? Scheiße.*

Er hatte mit einem quietschenden Geräusch den Stuhl vom Tisch zurückgeschoben, bevor ihm klar wurde, was er da tat. Seine Mutter wirkte überrascht und sein Vater schaute von seinem Handy auf. „Tut mir leid. Toilette."

Er sprang auf und entfernte sich vom Tisch – Hauptsache, weg. Als er einen Kellner sah – das winzige Restaurant hatte nur zwei –, fragte er nach den Toiletten. Der Mann zeigte in den hinteren Teil des kleinen Gebäudes. Rand eilte an den wenigen Tischen vorbei, stürzte in den Toilettenraum, schlüpfte in eine Kabine und setzte sich auf den Deckel. *Die Toiletten als Versteck benutzen. Wie früher.* Jetzt fehlte ihm nur noch eine Schachtel Zigaretten – obwohl er die hasste. Wie oft hatte er sich in verschiedenen Bildungseinrichtungen auf diese Weise vor Mädchen versteckt? Und in der Highschool auch vor anderen Jungen. Alles, um sich eine Pause vom ständigen Machoimage zu gönnen.

Mach das Team stolz, Rand!

Darf ich deine Trainingsjacke tragen, Baby?

He, Kumpel, Lust auf 'n paar Videospiele?

Er stützte den Kopf in die Hände. *Und heute mache ich es noch immer mit. Rand McIntyre, Ranchbesitzer, erfolgreicher Mann. Und, vor allem, Cowboy. Unsinn. Interesse an Julie zu heucheln ist nur ein weiterer Nagel zu diesem Sarg, Idiot.*

Was mache ich jetzt nur?

Seufzend erhob er sich vom Toilettendeckel, pinkelte, wusch sich die Hände und verließ den engen Raum, in dem er sich dennoch wohler gefühlt hatte als in der Welt außerhalb. Draußen lehnte Julie an der Wand. Er brachte ein schwaches Lächeln zustande. „Entschuldige. Dachtest du, ich wäre reingefallen?"

Sie stieß sich von der Wand ab. „Jedenfalls dachten das deine Eltern. Sie sind zum Hotel zurückgefahren und haben gefragt, ob ich auf dich warten kann. Ich war nicht sicher, ob du vielleicht einfach gegangen bist."

„Tut mir leid."

„He, kein Problem. Deine Eltern sind nett, aber ich verstehe den Familienfrust. Es ist der Grund dafür, dass ich hier lebe und sie in Minnesota. Abgesehen von der Temperatur."

„Danke." Sie traten aus einem Seiteneingang in den frühen Abend hinaus. „Sie sind wirklich ohne mich gefahren. Kannst du mich mitnehmen? Sonst rufe ich das Hotel an."

„Klar kann ich dich mitnehmen."

Sie schlenderten zum Parkplatz neben dem Highway.

Als sie bei ihrem Toyota angekommen waren, sah sie ihn fragend an. „Du willst wahrscheinlich nicht mit zu mir kommen, oder?"

Sein Herz hämmerte gegen seinen Brustkorb. Er zwang sich zum Lächeln. „Wie kommst du darauf?"

Sie zuckte mit den Schultern. „Du wirkst zu aufgewühlt. Ich vermute, dass du dich gerade mit den Problemen in deinem Leben konfrontiert fühlst. Hana hat oft diese Wirkung."

„Vielleicht liegt es an Hana. Vielleicht liegt es daran, dass ich zum ersten Mal seit Jahren überhaupt Zeit zum Nachdenken habe."

„Klingt wie ein typisch menschliches Problem." Sie schaute zu ihm hoch. „Willst du drüber reden?"

Er schüttelte den Kopf.

„Kein Mann vieler Worte."

„Dir muss doch aufgefallen sein, wie viel ich reden kann." Er lächelte.

„Wenn dir danach ist." Sie öffnete die Autotür. „Und bei wem dir danach ist."

Sein Herz machte sich wieder bemerkbar.

Er ging um das Auto herum, um sich auf dem Beifahrersitz niederzulassen. Während sie zurücksetzte, warf sie ihm einen Blick zu. „Jedenfalls ist Kai hier nicht der einzige verschlossene Mann."

Er unterdrückte ein Keuchen und zwang sich zum Lächeln.

Die Fahrt zum Hotel schien ewig zu dauern – und nicht auf angenehme Weise. Als sie vor dem Eingang anhielt, beugte sie sich zu ihm hinüber und küsste ihn auf die Wange. „Viel Erfolg beim Kampf gegen deine Probleme."

„Danke, Julie. Du bist ein netter Mensch."

„Das Kompliment kann ich zurückgeben." Sie schüttelte mit einem etwas traurigen Lächeln den Kopf und er beschloss, dass es der richtige Moment zum Aussteigen war.

„Wir sehen uns." Er schloss die Tür.

Sie nickte ihm durch das offene Fenster zu. „Wahrscheinlich." Dann fuhr sie davon.

Mann, ich habe Magenschmerzen. Er ging möglichst leise zu seiner Hütte, damit ihn seine Eltern nicht hörten. Ja, das war peinlich. Nein, es war nicht erfolgreich.

Er hatte gerade den Wohnraum der Hütte betreten, als es an der Tür klopfte. Er drehte sich um. „Hi, Mom." Klang er so müde, wie er sich fühlte?

Sie runzelte die Stirn. Ihr furchteinflößendes Mom-Gesicht. „Hat Julie dich gefunden? Was war nur mit dir los? Das war sehr unhöflich, Rand."

„Ja, sie hat mich gefunden." *Man bemerke, dass ich nur die leichte Frage beantworte.*

„Warum bist du dann hier?"

Sie näherte sich mit ungeduldigen Schritten der Couch und setzte sich auf die Kante. *Man bemerke außerdem, dass ich meine Mutter nicht aufgefordert habe, sich zu setzen.* „Weil sie mich hergebracht hat und dann nach Hause gefahren ist."

„Um Gottes willen, du hättest sie wenigstens sicher nach Hause bringen können."

Er stieß ein Lachen aus. „Mutter, sie wohnt hier. Bei mir ist die Gefahr, in irgendein Loch zu fallen oder von gefräßigen Papageien angegriffen zu werden, viel größer."

Sie verschränkte die Arme – ihre furchteinflößende Mom-Haltung.

Er seufzte. „Hör zu, lass uns doch ehrlich sein: Ich habe dir Julie vorgestellt, weil sie nett ist und die Kriterien für eine Frau erfüllt, mit der du mich gern sehen würdest. Ich mag sie, aber das ist alles. Ich habe keine anderen Absichten. Deshalb habe ich sie nicht nach Hause begleitet. Ich habe nicht vor, mit ihr zu schlafen, sie zu heiraten oder sie nach Kalifornien mitzunehmen, selbst wenn sie das wollte, also lass mich damit bitte in Ruhe!"

Sie riss die Augen auf und brach in Tränen aus. Herzerweichende Liebende-Mom-Tränen.

Er stand auf und ging hinüber, damit er ihr einen Arm um die Schultern legen konnte. „Mom, ich liebe dich, aber ich kann mein Leben nicht für dich leben. Ich muss wissen, ob du mich so akzeptieren kannst, wie ich bin." Auch wenn sie natürlich nicht wissen konnte, wie viel sie damit wirklich akzeptierte.

„Randall, natürlich tue ich das. Ich liebe dich. Himmel, ich bin schließlich deine Mutter. Aber ich sehe einen jungen Mann, der sich einredet, dass er mit dem, was er hat, zufrieden ist. Du steckst in einem Alltagstrott fest, mit dem du nicht wirklich glücklich bist. Du brauchst jemanden, der dich wachrüttelt und dich aus deinem ‚gut genug' herausholt. Ich denke, einer Frau würde das gelingen. Außerdem liebst du Kinder und kannst fantastisch mit ihnen umgehen. Es ist eine Schande, dass du kein Vater bist." Sie verschränkte die Arme vor der Brust.

Lieber Gott. Ich kann nicht atmen. Wie konnte eine Frau, der er meistens etwas vormachte, es so verdammt genau treffen? Er schluckte, bevor er mit leiser, heiserer Stimme herausbrachte: „Ich bin glücklich."

Sie sah ihn mit funkelnden Augen an. „Meine Güte, Rand. Nicht einmal du selbst glaubst dir das." Dann stolzierte sie aus der Hütte und verschwand in der Dunkelheit.

7

RAND SANK auf die Bettkante. Die Worte, mit denen seine Mutter sein Leben zusammengefasst hatte, waren sehr treffend gewesen. Er hatte hart gearbeitet, um das College zu beenden, seine Ranch zu kaufen und in einige Araber für seine Zucht zu investieren. In all den Jahren hatte er kaum die Zeit gefunden, einmal den Kopf zu heben und sich umzusehen. Als er es dann endlich tat, hatte alles perfekt ausgesehen – bis auf die Leere in seinem Herzen.

Scheiße, ich gewinne noch einen Preis für das beste Melodrama.

Er riss sich die Hose vom Körper, um stattdessen in Shorts und Flipflops zu schlüpfen, schnappte sich die Taschenlampe, die das Hotel an allen Türen bereitlegte, und stürmte in die Dunkelheit hinaus. Da er ganz sicher nicht vorhatte, an der Hütte seiner Eltern vorbeizugehen, wandte er sich nach links und suchte sich einen Weg durch die Bäume, bis er den Pfad zum Meer erreicht hatte. *Ans Wasser. Mehr will ich nicht.*

Seine Flipflops rutschten auf dem steilen Weg. Einige Male glitt er mit dem Fuß über die Kante und ihm stockte der Atem. Zwischen dem Pfad und dem Strand befanden sich eine Menge Büsche und Felsen. Wie auch beim Fliegen fürchtete er sich nicht vor dem Tod, sondern vor dem Fallen an sich. Ein Schauer lief ihm über den Rücken. Als er endlich weichen Sand unter den Füßen spürte, vergewisserte er sich mit der Taschenlampe, dass er wirklich unten angekommen war. *Vielleicht schlafe ich einfach hier. Dann muss ich nicht wieder hochklettern.*

Mithilfe des Lichtkegels stolperte er über den Strand. Nach wenigen Schritten schleuderte er fluchend die Flipflops von den Füßen. Auch wenn er keine Ahnung hatte, wo die Schuhe gelandet waren, konnte er jetzt leichter laufen. Allerdings war es nicht gerade gute Planung für den Rückweg.

Er blieb stehen und horchte auf Stimmen über dem Rauschen der Wellen, doch außer ihm schien sich niemand im Dunkeln zu verbergen. Da sich die Brandung an diesem Strand in Grenzen hielt, musste er sich nicht davor fürchten, von einer großen Welle überrascht zu werden. Genau genommen hätte das ruhige Meer im glitzernden Mondlicht direkt aus einem märchenhaften Liebesroman stammen können. *Ganz toll.*

Er ließ sich auf den Boden fallen, wo der trockene Sand in feuchten überging. Seine Mutter hatte gesagt, er gebe sich mit „gut genug" zufrieden. Er sei nicht glücklich. *Kann ich das nicht selbst entscheiden?*

Er lehnte sich nach hinten auf die Ellbogen. *Ja, aber sie hat recht. Ich habe mir ein Leben aufgebaut, als wäre ich jemand anders. Die meisten Leute finden erst „den Richtigen" und bauen dann eine gemeinsame Zukunft auf. Ich habe mir einen*

47

Cowboy vorgestellt und bin in seine Stiefel geschlüpft – Rand McIntyre. Und sprich es wie ein richtiger Westernheld aus, Söhnchen. Da gibt es nur ein Problem. Ich bin schwul – bin es schon immer gewesen – und Cowboys outen sich nicht. Wo bleibe ich damit? Verdammt allein, Partner. Und ich werde es immer sein.
Du bist nicht der einzige schwule Cowboy.
Aber hast du „Brokeback Mountain" gesehen? Scheiße.
Meeresleuchten glitzerte auf den weiter entfernten Wellen. Hübsch. *Auch wenn in diesem Wasser jede Menge seltsames, menschenfressendes Zeug sein könnte.*
Sind nachts mehr Haie und Barrakudas unterwegs?
Unwahrscheinlich.

Er sprang auf, schlüpfte aus dem Hawaiihemd und warf es in den Sand. Dann streifte er die von seiner Mutter gekauften Shorts ab. Nackt. Wie fühlte es sich an, wenn einem Fische die Eier anknabberten? Jemand anderen, der daran knabbern wollte, hatte er zurzeit leider nicht. Er watete ins Wasser. *Oh.* Nicht kalt, nur überraschend.

Als er sich weit genug im Wasser befand, begannen sein Penis und seine Hoden, darauf zu schwimmen. Er lachte leise. Noch einige Schritte weiter und das Wasser reichte bis über seine Schultern. Er erschauderte kurz. Es war ein seltsames Gefühl, in dieser tiefen Schwärze versunken zu sein. Dennoch fühlte sich das Wasser gut an. Er stieß sich vom Boden ab und schwamm einige Meter hinaus, bevor er wendete und sich wieder in Richtung Ufer bewegte. Er schwamm nicht gut genug, um allein im Dunkeln ein Risiko einzugehen. Nachdem er einige Minuten im Meer geblieben war, schwamm er zurück ins flache Wasser und watete hinaus, um sich auf den harten, feuchten Sand zu setzen. Er warf einen Blick zwischen seine Beine. Ein wenig hatte sich alles zusammengezogen, doch seine Hoden lagen trotzdem noch im Sand. *Vergiss nicht, den Sand abzuspülen, bevor du gehst. Sonst wird es unangenehm.* Er atmete langsam aus. Was sollte er jetzt nur tun? Die Antwort: dasselbe wie immer – nichts. Er konnte nicht alles Gute riskieren, was er erreicht hatte, um zu versuchen, es besser zu machen.

Was? Ein Plätschern ließ ihn aufschauen. Er starrte angestrengt auf das dunkle Wasser hinaus. Vermutlich nur ein Fisch. Vielleicht ein Delfin, der ihn sich ansehen wollte. Er tastete nach der Taschenlampe und schaltete sie ein. Doch selbst in der kleinen Bucht hatte der schmale Lichtstrahl der weiten Wasserfläche nicht viel entgegenzusetzen, obwohl er fast eine Minute lang die Dunkelheit absuchte.

Platsch.

„Hallo?" *Genau, McIntyre, rede mit den Fischen.* Doch er stand vorsichtshalber auf und entfernte sich einige Meter vom Wasser, während er weiter den Lichtstrahl durch die Dunkelheit bewegte.

Moment. Ist da ein Mensch? Er bemühte sich, die Lampe ruhig zu halten, obwohl ein Ansatz von Furcht seinen Rücken hinaufkroch. *Vielleicht nur ein Seehund.*

KAI TRAT Wasser und schaute in Richtung Strand, während er mit der Hand seine Augen vor dem verdammten Licht schützte. Er hatte eigentlich nicht damit gerechnet, hier jemandem zu begegnen. Allerdings kam es manchmal vor, dass Leute nachts den Strand besuchten, und im Augenblick befand sich die Person zwischen ihm und seiner Kleidung. Er versteckte Shorts in einem Baumstamm, damit er von einer ein Stück entfernten Bucht unbekleidet losschwimmen und an dem Strand ankommen konnte, an dem Nacktheit niemanden störte. Für den Weg zurück zu seinem Pick-up brauchte er allerdings seine Shorts.

Also gut, was soll's? Er begann, Richtung Strand zu schwimmen.

Als er sich ein Stück genähert hatte, hob er den Kopf, doch der helle Lichtstrahl bewegte sich weiter über das Meer und machte es ihm unmöglich, dahinter mehr als eine Silhouette zu erkennen. Als seine Füße sandigen Boden berührten, richtete er sich auf, bis seine Schultern und seine Brust sich über Wasser befanden, und stapfte Schritt für Schritt weiter. Das Licht richtete sich auf die andere Seite der Bucht. Konnte es sich um die Polizei handeln? Eigentlich kam sie nur selten an diesen Strand. Außerdem kannte er alle Polizisten.

Als er trockenen Sand erreicht hatte, schüttelte er sich das Wasser von den Beinen und steuerte auf den Baum zu, in dem er seine Shorts versteckt hatte. Doch plötzlich war sein Körper hell erleuchtet, als stünde er im Rampenlicht. Nackt im Rampenlicht. Er hob die Hände vor seine Augen. „He, was soll das?"

Der Lichtstrahl zitterte und senkte sich zum Sand vor ihm. „Tut mir leid."

Oooooh, verdammt. Diese Stimme hätte er überall erkannt. „Oh, Rand. Was machst du hier?" Er lächelte, auch wenn Rand es vielleicht nicht sehen konnte.

„Ähm, ich bin geschwommen."

„Nicht viele Leute schwimmen nachts. Zu unheimlich. Ich liebe es."

Die körperlose Stimme sagte: „Ja, mir gefällt es auch." Ein leises Lachen. „Obwohl es wirklich ziemlich unheimlich war."

Das Licht näherte sich, bis es Kai wieder erleuchtete, und auch Rand trat in den Lichtkegel.

Ach du Scheiße. Keine Kleider. Kai schluckte schwer und kämpfte darum, den Blick seiner schmelzenden Augäpfel wieder zu heben. Ein herrliches Bild, kraftvoll, muskulös und – wow. Gut bestückt. *Hoch, Baby. Schau hoch.* Endlich gelang es ihm, den Blick zu Rands Augen zu heben. Doch diese waren so weit aufgerissen, dass sie beinahe sein ganzes Gesicht einnahmen. Und das Ziel ihres Blicks? Kais Schwanz. Daran bestand kein Zweifel. Rand McIntyre starrte Kais Schwanz an, als hätte er nie zuvor einen gesehen. Dann blinzelte er, einmal, zweimal, und schaute auf, woraufhin ihm klar wurde, dass Kai seinen Blick bemerkt hatte. Trotz des schwachen Lichts glaubte Kai, ihn erröten zu sehen. „Äh, 'tschuldigung", sagte Rand. „Ich war überrascht."

„Das ist ein Nacktbadestrand."

„Ich weiß, tut mir leid." Er trat aus dem Lichtkegel, aber zu spät, Baby. Direkt vor Kais Augen – und alles andere verblasste daneben – erwachte Rands Schwanz zum Leben.

Kai näherte sich, woraufhin Rand hastig zurückwich, doch seine gehisste Flagge störte es nicht. Sie hob sich höher und höher.

Kais Atemzüge beschleunigten sich. Er streckte die Hand aus und nahm Rand, bevor dieser reagieren konnte, die zitternde Taschenlampe aus der Hand, um ihr Licht auf diesen prächtigen Schwanz zu richten. Er wollte einfach nur den Anblick genießen, denn es war unbestreitbar *seine* Erektion. Rand McIntyre, echter Cowboy, bekam gerade wegen Kai Kealoha einen Steifen.

Keuchend richtete er den Lichtstrahl auf seinen eigenen Penis – oder, besser gesagt, die steinharte Erektion, die sich vor seinem Bauch erhob und beinahe seinen Nabel berührte.

Aus der Dunkelheit vor ihm war ein leises Wimmern zu hören.

Kai richtete das Licht auf Rands Schwanz, dann wieder auf seinen eigenen. Seine Atemzüge waren deutlich hörbar, selbst über das Rauschen der Wellen hinweg.

Er machte einen Schritt vorwärts, leuchtete mit der Taschenlampe hin und her, zu Rand und zurück zu sich selbst. Rand blieb stehen, als Kai sich näherte …

Da waren vom Weg her plötzlich Stimmen zu hören. „Vorsicht, Baby, sonst fällst du. Das Meer ist da drüben."

Scheiße! Er schaltete die Taschenlampe aus. Ihm war schwindelig, als er auf die Bäume zustolperte. *Was mache ich da überhaupt? Er ist ein verdammter Tourist! Wo habe ich die Shorts gelassen?*

Es dauerte einige Sekunden, bis sich seine Augen an die Dunkelheit gewöhnt hatten und er die Umrisse der Palmen und Eukalyptusbäume erkannte. Dann stürzte er eilig zu seinem Versteck, zog die alten Shorts aus ihrer Plastiktüte, schlüpfte mit nassen Beinen hinein und blieb keuchend stehen.

Die Leute, die auf dem Pfad zu hören gewesen waren, kicherten nun im Wasser. Kai sah sich um. Viel konnte er nicht erkennen, doch Rand schien gegangen zu sein.

ICH KANN einfach nicht aufhören zu lächeln. Rand schaute vom Weg auf den Strand hinab. *Er ist schwul. Unglaublich. Weiß er es?* Er lachte in sich hinein. *Jetzt ganz bestimmt. Oder Kais Schwanz reagiert sehr ungewöhnlich auf kaltes Wasser.* Kichernd ging er barfuß weiter.

Sein Fuß rutschte auf dem losen Sandboden – Mist! – und er schob sich auf die andere Seite des Wegs. *Die Taschenlampe könnte ich jetzt gut gebrauchen. Wahrscheinlich muss ich sie dem Hotel ersetzen.* Lächelnd kämpfte er sich weiter vor. *Den Preis zahle ich gern. Sehr gern.*

DAS SCHÖNE, sanfte hawaiianische Licht brachte die nach einem nächtlichen Regenschauer an Bäumen und Blättern hängenden Wassertropfen zum Glitzern. Durch die Autofenster drang süß duftende Luft hinein und Rand atmete tief durch. Er hatte beschlossen, sich für den Rest des Urlaubs sein eigenes Auto zu mieten, um flexibler zu sein. Als in der Ferne die Ställe auftauchten, hielt er kurz an. Er konnte nicht abstreiten, wie begeistert er davon gewesen war, bei Kai diese Reaktion ausgelöst zu haben. Er hatte sich in den Schlaf gegrinst. Doch jetzt musste er Kai gegenübertreten. Wie würde dieser reagieren? Schockiert hatte ihn seine Erektion jedenfalls nicht – er hatte kein Problem damit gehabt, sie genauso zu beleuchten, wie er es mit Rands gemacht hatte. Was hätte Kai getan, wenn die Leute nicht aufgetaucht wären? Was hätte er selbst getan?

Ohh. Ein Bild flackerte in seinem Kopf auf – wie er vor Kai auf die Knie sank und dieses riesige Ding in den Mund nahm. Das Auto schoss vorwärts, als er zu heftig auf das Gaspedal trat. *Mann, hätte ich das wirklich getan?* Auch wenn er darin nicht unbedingt der größte Experte war, lief ihm beim Gedanken daran das Wasser im Mund zusammen.

Nachdem er das Auto auf dem Parkplatz abgestellt hatte, ging er den Weg zu den Ställen entlang. Er sah viele schwarzhaarige Köpfe, aber nicht seinen. *Ziemlich besitzergreifend, Söhnchen.* Einer der schwarzhaarigen Männer kam auf ihn zu und schüttelte ihm die Hand. „Hallo, ich bin Haku. Sie müssen der Reitlehrer sein."

„Ja, vorläufig. Ich bin Rand."

„Sollen wir uns die Pferde ansehen? Sie sind alle für Kinder, oder?"

„Ja, das glaube ich zumindest. Eins ist für Molly, ein Mädchen aus dem Hotel. Sie hat beim letzten Mal das braune Quarter Horse geritten."

„Oh, das ist Pika. Das bedeutet *Fels* – und das ist er auch. Zuverlässig und berechenbar."

„Gut." Auf dem Weg zum Stall sah er sich um, konnte Kai jedoch nicht entdecken. Ein zweiter Mann führte zwei Quarter Horses und ein Morgan mit Sattel und Trense aus dem Stall. Ein Quarter Horse war Pika. Rand streichelte dem Morgan über die Nase. „Wer ist das?" Er holte eine beim Mittagessen ergatterte Möhre aus der Tasche, an der gleich mit Begeisterung geknabbert wurde.

Haku antwortete: „Das ist Rosebud."

„Hi, Rosebud. Sie hat eine gute Größe." Bei einem Stoß gegen seinen Rücken drehte er sich um und blickte in die vorwurfsvollen Augen eines größeren Wallachs. „Eifersüchtig?"

„Batman mag es nicht, wenn man ihn ignoriert", erklärte Haku lachend.

„Du bist also Batman? Na gut, du bekommst auch eine." Dann verfütterte er die letzte Möhre an Pika. „Und du auch."

Rand wandte sich um, als er ein Auto auf den Schotterparkplatz rollen hörte, und sah den Hotelvan. Das Fahrzeug hatte kaum angehalten, als die Tür aufflog und

Molly heraussprang. „Hallo, Mr. McIntyre. Oh, ich bin so aufgeregt!" Sie rannte zu den Pferden. „Darf ich wieder Pika reiten?"

Er grinste. „Willst du denn?"

„Ja, gerne."

„Tja, ich habe es mit ihm besprochen und er hat zugestimmt. Er ist dein Pferd."

„Juhu!"

Mollys Vater näherte sich. „Muss ich wieder etwas unterschreiben?", fragte er lächelnd. „Sie möchte ihre Eltern nicht unbedingt dabeihaben, also …"

Rand warf Haku einen fragenden Blick zu, doch dieser schüttelte den Kopf. „Nein. Und sie kann während der Stunde ruhig allein bleiben. Wir rufen dann im Hotel an, damit sie abgeholt wird."

Molly war so sehr damit beschäftigt, ihr Pferd zu streicheln, dass sie ihren Vater nicht mehr beachtete.

„Ich glaube, ich muss sie nicht daran erinnern, auf Sie zu hören. Sie möchte so gern reiten, dass sie alle Anweisungen befolgen wird."

Molly drehte sich zu ihnen um und rollte die Augen. „Daddy!"

„Okay, schon gut. Ich fahre dann."

Rand lächelte. „Wie geht es Simon?"

„Der hat so strengen Hausarrest, dass er vielleicht für immer auf der Insel bleiben muss. Aber davon abgesehen geht es ihm gut – Gott sei Dank."

Molly kam herübergelaufen, um ihn zum Abschied zu umarmen. „Danke, Daddy."

Als er gefahren war, holte Molly einen Apfel aus ihrem Rucksack, warf jedoch erst einen fragenden Blick in Rands Richtung. *Braves Mädchen.*

„Weißt du noch, was wir dir beim letzten Mal gesagt haben?"

„Von vorne hingehen und mit flacher Hand."

„Genau. Pika ist da nicht so empfindlich, aber es ist gut, sich das anzugewöhnen. Manche Pferde sind sehr schreckhaft."

Wieder rollten Reifen über den Schotter. Erst dachte Rand, der Van wäre aus irgendeinem Grund zurückgekommen, doch dann sah er Haku winken und schaute auf, um einen alten, staubigen Pick-up auf den Parkplatz fahren zu sehen. Wie bei Molly flog gleich die Tür auf, nur dass diesmal ein schlaksiger Junge mit glänzend schwarzem Haar heraussprang, um den Pick-up stürmte und auf die Pferde zurannte.

Rand hob eine Hand und stellte sich ihm in den Weg. „He, in der Nähe von Pferden wird nicht gerannt – außer es ist dein Pferd und du hast es ausgebildet."

Der Junge blieb stehen und warf Rand einen skeptischen Blick zu, musterte ihn vom Stetson bis zu seinen Stiefeln. „Sind Sie der kalifornische Cowboy?"

„Genau der."

Hinter dem Jungen sagte Kais Stimme: „Aliki, das ist Mr. McIntyre. Du hörst auf ihn oder es gibt keinen Reitunterricht."

„Naaa gut."

Rand hob langsam den Kopf, wodurch er den Anblick etwas länger genießen konnte. Kai trug sein übliches Cowboyhemd mit feinem Karomuster, einen schwarzen Hut und eine enge, schwarze Jeans, die den Eindruck des „Fremden ohne Namen" noch verstärkte. Purer Sex auf zwei Beinen. Allerdings verriet nicht das kleinste Lächeln oder Stirnrunzeln, was Kai im Nachhinein über ihre bewundernden Blicke bei Taschenlampenlicht dachte. *Pokerface.*

Rand riss seinen Blick von Kai los, um ihn auf ein hübsches junges Mädchen hinter ihm zu richten. Sie war etwa in Mollys Alter, hatte davon abgesehen jedoch keine Ähnlichkeit mit ihr. Während Molly vor Fröhlichkeit und Energie sprühte, betrachtete dieses Mädchen die Welt aus alt wirkenden Augen. Sie und der Junge, Aliki, sahen sich dagegen sehr ähnlich, wenn man von seiner welpenhaften Wildheit absah. Kai glichen sie überraschenderweise weniger.

Rand ging lächelnd auf das Mädchen zu. „Hallo, ich bin Rand McIntyre."

Sie nickte ernst. „Guten Tag, Mr. McIntyre. Ich bin Lani. Kai hat uns viel von Ihnen erzählt."

Tatsächlich? „Möchtest du heute auch reiten?"

„Ja, bitte." Endlich ein kleines Lächeln.

„Dann habe ich das perfekte Pferd für dich." Er deutete auf das Morgan. „Darf ich dir Rosebud vorstellen?"

Sie machte einen Schritt vorwärts, warf Rand dann aber einen fragenden Blick zu. Er nickte aufmunternd. Langsam ging sie weiter auf die braune Stute zu. Das Pferd streckte ihr den Kopf entgegen und begrüßte sie mit einem leisen Schnauben. Das Mädchen schaute sich noch einmal um, bevor sie eine Karotte aus der Tasche zog.

Molly, die noch einige Meter entfernt bei Pika stand, sagte: „Oh, darüber wird sie sich freuen."

Lani schaute überrascht zu dem anderen Mädchen hinüber, lächelte jedoch nicht. Sie hielt Rosebud die Karotte auf der flachen Hand hin – so viel schien Kai ihnen bereits beigebracht zu haben. Das Pferd nahm sie vorsichtig entgegen, wobei es mit den Lippen Lanis Hand kitzelte und sie zum Lachen brachte. Molly stimmte ein und Aliki johlte leise.

Rand klatschte in die Hände. „Also gut, dann führt jetzt alle euer Pferd zum Paddock. Wir arbeiten erst ein bisschen dort und machen später einen kurzen Ausritt, in Ordnung?"

Aliki setzte sich selbstverständlich als Erster in Bewegung und führte die Gruppe an, doch da es seinen Wallach nicht zu stören schien, dass er ein wenig an ihm zog, ließ Rand ihn gewähren. Molly wartete auf Lani und ging lächelnd neben ihr her, während Rand ihnen folgte. „Hi, ich bin Molly."

„Lani."

„Ist das deine erste Stunde?"

Lani nickte und führte Rosebud vorsichtig in Richtung Paddock.

„Und Mr. Kealoha ist dein Bruder?"

Lani schaute auf den Boden, nickte aber.

„Cool. Ein echter Cowboy als Bruder."

Lani wirkte überrascht.

„Warum hast du dann bis jetzt nicht reiten gelernt?"

Lanis Gesichtsausdruck schloss sich wie ein Fensterladen. „Kai muss viel arbeiten."

„Oh, das glaube ich. Wow, Reiten und Treiben und Brennen. Das muss anstrengend sein – und so cool!"

Rand warf einen Blick in Kais Richtung. *Cool ist er allerdings.*

8

BEIM PADDOCK angekommen ging Rand mit den Kindern hinein, während Kai sich zum Zusehen an den Zaun lehnte. Ein ablenkender Anblick. Rand sammelte die Kinder um sich und erklärte ihnen grob den Sitz, bevor er ihnen demonstrierte, wie man sich von der Aufstiegshilfe aufs Pferd schwang. „Hebt euer rechtes Bein hoch genug, damit es nicht eure Pferde streift, sonst könnten sie verwirrt sein und sich bewegen." Er winkte Kai, Haku und einem anderen Cowboy zu, der sich das Ganze ebenfalls ansah. Die Männer näherten sich bereitwillig, um die Kinder beim Aufsteigen zu unterstützen. Aliki zappelte ein wenig, hob jedoch sein Bein hoch genug und landete mit einem Grinsen im Sattel.

„Gut gemacht. Jetzt du, Molly."

Molly brauchte zwei Versuche, schaffte es dann aber ohne größere Probleme. Sie kicherte. „Es ist höher, als man denkt."

Rand nickte. „Du hast recht, so fühlt es sich immer an", sagte er freundlich, was sie ein wenig über ihre zwei Versuche hinwegtröstete.

Er wandte sich Lani zu. Ihr ernstes Gesicht veränderte sich nicht, als sie die Zügel und das Sattelhorn in die Hand nahm und sich in den Sattel schwang wie die Königin von Hawaii. Rand lächelte zu ihr hinauf. „Gute Gene", sagte er leise und zwinkerte ihr zu. Er wurde mit einem kurzen Lächeln belohnt.

Rand hob die Hand – hauptsächlich, um Alikis Aufmerksamkeit auf sich zu lenken. Der Junge schien übers Meer nach Mexiko galoppieren zu wollen. „Jetzt kommt etwas Wichtiges." Er schob eine Hand zwischen Lanis Unterschenkel und den Pferdebauch. „Mit diesem Teil des Beins dürft ihr euch nicht festhalten. Das macht ihr mit dem Hintern und den Oberschenkeln, verstanden? Was glaubt ihr, wozu die Unterschenkel sind?"

Aliki und Molly hoben beide eine Hand und winkten wild.

„Molly?"

„Ähm, zur Verständigung."

„Gut. Aliki?"

„Ja, was sie gesagt hat. Um dem Pferd zu zeigen, was es tun soll."

„Genau. Pferde bewegen sich vorwärts, wenn man den Unterschenkel gegen sie drückt. Wenn ihr euch also damit festhaltet, weil ihr das Gleichgewicht verliert, was könnte passieren?"

Molly antwortete: „Das Pferd könnte schneller werden."

„Richtig. Also fangen wir vorsichtig an. Als Erstes müsst ihr euren Po fühlen."

Aliki warf ihm einen Blick zu „Unseren ‚Po'?"

„Verstehst du ,Hintern' besser, Aliki?"

Aliki lachte und Rand stimmte mit ein. „Spürst du diese zwei Knochen in deinem Hintern? Sie müssen beide auf den Sattel drücken. Wenn man sein Pferd anhalten will, setzt man sich tief in den Sattel und schiebt die Hüfte etwas vor, als wollte man damit eine Schublade schließen. Das nennt man Gewichtshilfe – das Wichtigste beim Reiten."

„Gewichtshilfe." Aliki lachte über das Wort.

„He, irgendeinen Sinn muss dein schwerer Hintern doch haben." Er hatte die Worte ausgesprochen, bevor er sich bremsen konnte, und die Kinder lachten laut. Er errötete, als er einen Blick von Kai bemerkte. *Sehr professioneller Unterricht.*

Während Haku und der andere Cowboy zu den Ställen zurückkehrten, blieb Kai bei ihnen. Sie begannen die Reitstunde im Schritt und Rand und Kai gingen neben den Pferden her, um die Kinder zu unterstützen. Kai blieb in Alikis Nähe. *Gute Wahl.* Rand rief: „Nur der Fußballen steht im Steigbügel und die Fersen werden nach unten gedrückt. Lasst die Beine locker, das gefällt den Pferden. Es ist eine Belohnung für sie, wenn sie dort keinen Druck spüren."

Aliki schien kaum auf mehr warten zu können, obwohl man seinen Sitz höchstens als passabel bezeichnen konnte. Molly strahlte mit großen Augen, während Lani ernst auf dem Pferd saß, als wäre sie dazu geboren. Während sie ritten, erklärte er ihnen, wie sie ihre Pferde mithilfe der Beine in eine andere Richtung lenkten. In der nächsten Stunde würden sie vielleicht weit genug zum Traben sein. Normalerweise ließ er sich damit mehr Zeit, doch Zeit hatte er nicht. Hoffentlich würde Kai den Unterricht für seine Geschwister weiterführen, nachdem Rand fort war.

Er spürte ein Stechen in der Brust und holte tief Luft. Warum tat der Gedanke an seine Abreise so weh? Hatte er nicht unbedingt zurückgewollt? Er warf einen Blick auf Kai, der seinem Bruder folgte wie ein Adler einem Kaninchen – und dabei genauso anmutig wirkte.

Hatte die letzte Nacht etwas zu bedeuten? War Kais Erregung ein Hinweis darauf, dass er sich für Rand interessierte? War Kai wirklich schwul? Oder handelte es sich um ein Missverständnis? Er musste es herausfinden. Er wollte sich nicht die Gelegenheit entgehen lassen, diesen eindrucksvollen Schwanz in sich zu spüren. *Wow.* Der Gedanke ließ ihn bis in die letzte Zelle seines Körpers erzittern.

Vielleicht hat Kai überhaupt kein Interesse daran.

Vielleicht. Aber der Gedanke daran, was am Strand hätte passieren können, wenn die Leute nicht aufgetaucht wären – er würde ihm keine Ruhe lassen, bis er es sicher wusste.

„He, Rand, was kommt jetzt?" *Aliki natürlich.*

Er konzentrierte sich wieder auf die Gegenwart und holte seinen Schwanz vom Ansatz einer Erektion zurück. „Gut, dass du fragst. Wie wär's, wenn Kai und ich uns auch in den Sattel schwingen und bei einem kleinen Ausritt mit euch testen, was ihr gelernt habt?"

„Juhuu!"

Kai runzelte die Stirn. „Aliki!"

„Tut mir leid. Entschuldigung, Mr. McIntyre."

Der Junge war sehr höflich, solange er bekam, was er wollte. Rand grinste. *Ich wette, Kai war als Junge auch so.*

Er band Misty vom Tor los und saß vorbildlich auf, wie er es den Kindern gezeigt hatte. Als er zu Kai hinüberschaute, saß dieser bereits auf dem Pferd und stützte sich auf das Sattelhorn. Seinen schwarzen Hut hatte er tief in die Stirn gezogen, sodass seine geheimnisvollen Augen noch dunkler wirkten. Wo war eine Kamera, wenn man sie brauchte? „Willst du vorn reiten?"

Kai nickte knapp und lenkte sein Pferd auf den Weg, der in Richtung Strand führte. Er ritt in zügigem Schritt, trabte jedoch nicht. Trab wäre für die Kinder zu schwer gewesen.

Aliki ritt hinter Kai, dann folgte Molly und Lani reihte sich vor Rand ein. „Du machst das gut, Lani. Du bist wirklich ein Naturtalent."

Sie sah sich mit großen Augen zu ihm um. „Danke."

„Nichts zu danken, Ma'am. Es ist nur die Wahrheit." Er hob eine Hand an seine Hutkrempe, was ihr ein Lächeln entlockte. Dann wandte sie den Kopf, um sich wieder aufs Reiten zu konzentrieren.

Merkwürdig, dass Kai es ihr nie beigebracht hat. Schwer wäre es nicht gewesen.

KAI SAH sich zu Aliki um. Der Junge schwebte praktisch über seinem Pferd. Das vollkommene Glück. Man musste nur aufpassen, dass er nicht übermütig wurde. Kai atmete aus und bemühte sich, mit der Luft auch die Schuldgefühle auszustoßen, die der Anblick von Lani auf ihrem Morgan verursachte. Die geborene Reiterin. Auch wenn er sie nicht hatte unterrichten wollen, hätte er vielleicht doch einen anderen Lehrer finden können. *Ich hätte es wenigstens versuchen sollen.*

Wenn du dir wegen jeder Sache, die du den Kindern nicht geben konntest, Vorwürfe machst, verfällst du in Depressionen, noch bevor sie die Highschool beendet haben.

Außerdem war es ein nahezu Ehrfurcht gebietendes Erlebnis, Rand bei seinem Unterricht zuzusehen. Pures Können. Jede Kleinigkeit war gut durchdacht und vermittelt und er konnte fantastisch mit den Kindern umgehen. Ganz ohne die Hemmungen, die Erwachsene dabei oft verspürten. Mit den Kindern schien er sich sogar wohler zu fühlen als mit Erwachsenen. Ein Naturtalent.

Aber er ist schwul.

Denk nicht dran. Außerdem ist das nicht sicher.

Klar, es war nur die Taschenlampe, die ihn so angemacht hat.

„He, Kai, guck mal!"

57

Er drehte sich zu Aliki um, der sein rechtes Bein benutzte, um Batman nach links zu lenken. Dann brachte er ihn mit etwas mehr Mühe zurück in die Reihe.

Kai hob eine Hand an seine Krempe. „Prima, Kumpel. Du machst das gut."

Damit brachte er Aliki dazu, ihm jeden seiner weißen Zähne zu präsentieren. Verdammt, er würde bald eine Zahnspange brauchen. Bei Lani und ihren geraden Zähnen hatte er Glück gehabt. Alikis wuchsen in alle Richtungen. *Ich muss wohl beim Stall um mehr Schichten bitten.*

Von hinten rief Rand: „Kai, lass uns doch am Strand ein bisschen Pause machen."

Das wäre schön – ohne Kinder im Dunkeln und mit ein paar Flaschen Bier und einer Menge Gleitgel. Seltsam. Eigentlich reichte ihm seine rechte Hand, aber Rand machte ihn ganz kribbelig. Mit einem Seufzer lenkte er sein Pferd auf den Seitenweg zum Strand.

Rand erklärte den Kindern leicht verständlich das Absitzen und band die Pferde an Bäume, wo sie grasen konnten. Aliki und Molly schwangen sich voller Energie vom Sattel in den Sand und Aliki rannte gleich auf das Meer zu. Lani saß langsamer ab und tätschelte ihr Pferd.

„He, Lani, komm schon." Molly winkte ihr auf halber Strecke zum Wasser zu.

Lani hob den Kopf und es war, als ginge in ihrem Gesicht die Sonne auf. Ein leichtes Lächeln legte sich auf ihre Lippen, als sie ihr Pferd anband und dann zu Molly hinüberlief. Wie viel verpasste Lani durch ihr seltsames Leben? Sie kam niemals mit Freunden nach Hause, da es nicht möglich war. Hatte sie Freunde? Konnte man Lani überhaupt *nicht* mögen? *Ich möchte, dass sie glücklich ist.*

Als er zusah, wie Lani auf dieses Mädchen in ihrem Alter zulief, eine mögliche Freundin, brannten seine Gedanken plötzlich wie Feuer. *Zu viel. Das lässt sich alles nicht miteinander vereinbaren. Das schaffe ich nicht.* Er stolperte einige Schritte zurück und wandte sich den Bäumen zu.

Da legte sich eine kräftige Hand um seinen Arm. „Alles in Ordnung, Kai?"

Verdammt. „Ja, natürlich." Doch er konnte sich nicht umdrehen.

„Irgendetwas ist doch los. Bitte sag es mir."

Er schüttelte den Kopf. „Tut mir leid, es ist mir nur nahegegangen, Lani und Molly so zu sehen. Sie ist immer so ernst."

„Sie scheint eine alte Seele zu sein."

Obwohl Kai sich nicht umdrehte, blieb Rands Hand warm und beruhigend auf seinem Arm liegen. „Warum hast du ihr nie das Reiten beigebracht? Sie ist ein echtes Talent."

Scheiße. Er schüttelte die Hand ab. „Weil ich verdammt noch mal kein Lehrer bin und ein Tag nur eine begrenzte Anzahl von Stunden zum Geldverdienen hat."

Rand packte ihn erneut am Arm, woraufhin er sich wütend umdrehte. Doch Rand ließ nicht los. „Hör schon auf, ich bin dein Freund. Du reitest besser als ich.

Sie könnte es allein vom Zusehen lernen. Sie ist klug. Also warum erzählst du mir so einen Unsinn? Was ist los?"

Kai starrte mit zusammengebissenen Zähnen in Rands blaue Augen. *Blau. Verdammter Haole. Was weiß der schon?*

Plötzlich, ohne jede Warnung, Erklärung oder Ankündigung, einfach so – küsste Rand ihn! Presste seine Lippen auf Kais, so kräftig wie seine Hand, doch noch viel wärmer. Nur eine Sekunde lang. Als wäre es überhaupt nicht passiert, auch wenn Kais brennender Mund es besser wusste. Er hob eine Hand – um ihn zu schlagen? Ihn an sich zu ziehen?

„Kai, guck mal!" Alikis Ruf kam von einem anderen Planeten, auf dem kalifornische Cowboys keine Paniolos küssten – zumindest nicht in der verdammten Öffentlichkeit. Er legte seine Hände auf Rands Brust, um ihn von sich zu stoßen, und folgte der Stimme seines Bruders. Scheiße, wenn Aliki sie gesehen hätte? Oder Lani? Rand musste das nicht kümmern. Er würde die Insel bald verlassen. Es war Kais Leben, das damit zerstört worden wäre. Ein Schauer lief ihm über den Rücken. Die Mädchen spazierten durchs flache Wasser und unterhielten sich. Er schaute sich um. Kein verrückter kleiner Bruder. „Aliki, wo bist du?"

„Hier oben."

„Was?" Er hob den Blick. Hoch in einem Feigenbaum saß Aliki und winkte. Scheiße. „Ähm, wie bist du da hochgekommen?"

„Geklettert. Oder siehst du hier irgendwo einen Raketenrucksack?"

„Und wie willst du wieder runterkommen?"

„Genauso."

Er seufzte leise. Er war in seinem Leben schon auf so manchen Baum geklettert. „Na gut, aber der Stamm ist bei diesem Baum sehr rutschig. Also pass gut auf." Er sah zu, als Aliki sich an einem Zweig festhielt und sich streckte, um mit einem Bein den Ast darunter zu erreichen. Der Zweig und die Blätter unter seinen Händen machten keinen besonders stabilen Eindruck. Am Ende fand er keinen sicheren Platz für seinen Fuß und zog ihn wieder hinauf. Der Weg nach unten war nie so leicht wie der nach oben. Kai trat näher an den Baum heran. „Soll ich hochkommen?"

„Ähm, nein. Ich schaffe es. Glaube ich." Er wirkte nervös.

Kai sah sich um, als hinter ihm Gras raschelte. Rand schaute zu Aliki hoch. „He, Kumpel, hör mir zu, aber guck nicht runter. Siehst du diese Einbuchtung an dem Ast rechts von dir und ein bisschen tiefer?"

Aliki sah sich um. „Ja." Er klang etwas zittrig.

„Da kannst du dich mit der rechten Hand festhalten." Aliki gehorchte. „Jetzt lehnst du dich auf dein rechtes Bein, hältst dich gut fest und streckst das linke nach unten."

„Ganz sicher?"

„Absolut."

Mann, er klingt so überzeugend. Kai folgte jeder kleinen Bewegung, die Aliki machte. *Soll ich besser doch hochklettern?*

Aliki hielt sich fest und schob sein Bein nach unten.

„Gut. Jetzt fühl ein bisschen mit deinem Fuß herum. Da ist der nächste Ast." Aliki keuchte, als er ihn mit dem Fuß fand.

„Warte. Stell dich noch nicht drauf. Entspann dich erst etwas, halt dich gut fest und streck deine Arme aus wie ein Äffchen."

Genial. Es sorgte dafür, dass Aliki sich einige Zentimeter weiter strecken konnte.

„Jetzt stell dich auf den Ast. Halt dich mit der rechten Hand fest und leg die linke an den kleineren Ast neben deinem Bauch."

So brachten kleine, gut durchdachte Schritte Aliki Stück für Stück weiter nach unten. Als er sich nicht mehr weit über dem Boden befand, ging Rand auf ihn zu, hob ihn vom Baum und stellte ihn auf *terra firma.* Aliki schaute mit großen Augen und bewunderndem Blick zu ihm auf und legte ihm die Arme um den Hals. Am liebsten hätte Kai es ebenfalls getan. „Danke, Mr. McIntyre. Vielen Dank."

„Ach was, du hattest doch alles im Griff. Du brauchtest nur jemanden, der dir von unten einen Überblick verschafft."

Er hob den Kopf, um Rand anzusehen. „Wirklich?"

„Klar doch. Ich meine – du bist doch runtergekommen, oder?"

Er grinste. „Ja, das stimmt wohl."

„Ich wäre zum Beispiel gar nicht erst so hoch gekommen. Ich habe nämlich Höhenangst."

„Im Ernst?"

„Ja. Aber du solltest etwas daraus lernen: Kletter nicht auf Bäume, wenn nicht jemand bei dir ist, der dir von unten etwas sagen kann. Einverstanden?"

„Ja, okay."

„Und jetzt sollten wir zurückreiten."

„Noch mal danke, Mr. McIntyre." Er rannte in Richtung der Pferde und der Mädchen, die in ein Gespräch vertieft am Strand standen.

Kai ließ die Luft aus seiner Lunge entweichen. Seine Brust schmerzte, weil er den Atem so lange angehalten hatte. „Danke."

Rand zuckte mit den Schultern. „Du hättest ihn ja runterbekommen. Auf diese Art hat er sich nur etwas erfolgreicher gefühlt."

„Ich bin nicht sicher, ob er noch mehr Selbstbewusstsein braucht." Kai grinste.

„Davon hat er wirklich eine Menge. Aber es wird ihm im Leben eher helfen als schaden."

„Hast du wirklich Höhenangst?"

„Ja."

„Ernsthaft? Mit beiden Füßen auf dem Boden zu bleiben wird manchmal überbewertet." Als Kai sich lachend seinem Pferd zuwandte, kamen Lani und

Molly auf ihn zugelaufen. „Kai, Molly hat gefragt, ob Aliki und ich morgen zum Mittagessen mit ihrer Familie an den schwarzen Strand kommen wollen."

Sie strahlte vor Freude. *Verdammt, Hotelgäste.* „Machen wir es doch so: Wenn Mollys Eltern sie gleich abholen, fragen wir sie erst, bevor ich irgendetwas verspreche, in Ordnung?"

Molly hüpfte auf und ab. „Oh, sie werden nichts dagegen haben, Mr. Kealoha. Ganz sicher nicht."

„Aber wir fragen sie vorsichtshalber erst, okay?"

„Na gut."

Nachdem Rand die Gelegenheit genutzt hatte, ihrem Aufsteigen den letzten Schliff zu geben – und dem Cowboy zuzusehen, brachte Kai wieder auf dumme Gedanken –, ritten sie ohne weitere Vorfälle zum Stall zurück. Mollys Eltern warteten bereits auf dem Parkplatz im Van. Molly und Lani schienen es kaum abwarten zu können, sie zu fragen, doch Rand hob eine Hand, um sie zu bremsen. „Erst wird anständig abgesessen und dann bringt ihr die Pferde in den Stall und helft, sie abzusatteln. In der nächsten Stunde werden wir uns damit beschäftigen, wie man ein Pferd putzt."

Die drei Kinder gaben sich große Mühe, vorbildlich vom Pferd zu steigen. Kai warf einen Blick auf die Eltern. Gut, sie wirkten beeindruckt. Anschließend führten sie die Pferde in den Stall und sahen hauptsächlich zu, als die Cowboys die Pferde absattelten. Rand erklärte die Details und machte den beinahe vor Ungeduld platzenden Mädchen klar, wie wichtig es war, sich nach einem Ritt um sein Pferd zu kümmern.

Endlich erlaubte er Molly, zu ihren Eltern zu laufen. Lani wollte ihr folgen, woran sie Kai jedoch hinderte. „Lass Molly fragen, Kaikuahine. Sonst wird es unangenehm für sie, falls sie beim Mittagessen keine Gesellschaft wollen."

Sie nickte und schaute auf den Boden. „Ja, du hast recht." Doch dann richtete sich der Blick ihrer dunklen Augen wieder auf Molly, die lebhaft mit ihren Eltern redete.

Schließlich stürmte Molly wieder auf sie zu. „Sie haben nichts dagegen. Wie ich es gesagt habe."

Kai näherte sich Mollys Eltern, während Molly Lani hinter sich herzog. Auch Rand schloss sich an. Kai nickte den Axelrods zur Begrüßung zu. „Vielen Dank für die Einladung. Und zwei Kinder mehr machen Ihnen wirklich nichts aus?"

Mrs. Axelrod lächelte. „Nein, es wäre uns eine Freude. Molly ist schon ganz aufgeregt. Bringen Sie sie morgen einfach irgendwann nach halb elf an den Strand. Wir bleiben mindestens bis zum Mittagessen dort, vielleicht auch länger." Sie wandte sich an Rand. „Danke für den Unterricht, Mr. McIntyre. Molly redet von nichts anderem."

Rand nickte und zupfte an seiner Hutkrempe. „Gern geschehen. Wahrscheinlich können wir noch eine Stunde einschieben, bevor mein Urlaub zu Ende ist. Vielleicht am Tag nach Weihnachten?"

Molly explodierte praktisch. „Oh, das wäre so toll! Oh mein Gott! Können Lani und Aliki auch kommen?"

„Natürlich."

Mollys Vater fragte: „Sind Sie morgen auch zum Mittagessen am Strand, Rand? Ihre Eltern scheinen davon begeistert zu sein."

„Ähm, nein. Ich glaube, ich nutze die Zeit, um mir in meiner Hütte einen Mittagsschlaf zu gönnen."

Mr. Axelrod lachte. „Eine gute Idee."

„Ja, Sir. Zu Hause habe ich selten Gelegenheit mich, ähm, auszuruhen."

Kai warf ihm einen Seitenblick zu. Rand verzog keine Miene.

9

„RAND, SCHATZ, möchtest du nicht mit uns an den Strand kommen? Denk an die Fischsandwiches."

Rand aß einen letzten Bissen Papaya, bevor er den Teller von sich schob.
„Nein, danke. Ich bleibe lieber hier. Vielleicht mache ich ein Schläfchen."

„Ach ja?" Sie zog etwas zu vielsagend die Augenbrauen hoch und trank betont ruhig einen Schluck Kaffee. „Gibt Julie heute zufällig Schwimmunterricht?"

„Ich bin nicht sicher."

Sie grinste. „Wie war eigentlich der Reitunterricht – obwohl ich nicht verstehe, warum du dich im Urlaub zu Reitstunden überreden lässt."

„Sie ist gut gelaufen. Das ist ein Grund, aus dem ich heute nicht an den Strand möchte. Die drei Kinder haben sich angefreundet und werden alle dort sein. Da hätten sie vielleicht das Gefühl, von mir überwacht zu werden."

„Ich kann mir nicht vorstellen, dass es sie stören würde."

Wechsle das Thema. „Jedenfalls waren die Eltern ziemlich glücklich, dass Molly eine Reitstunde bekommen hat. Der Stall bietet normalerweise keine an."

„Sie sind dir sicher sehr dankbar, Schatz." Sie lehnte sich zurück. „Dann genieß deinen Tag und leiste uns Gesellschaft, falls du es dir anders überlegst."

„Das werde ich." Er stand auf. Es wurde Zeit, zu überprüfen, ob das eine oder andere Vögelchen den Brotkrumen gefolgt war, die er gestern ausgestreut hatte. Und mit Vögelchen meinte er in diesem Fall große, dicke Schwänze.

Seine Mutter wandte sich zu ihm um. „Übrigens habe ich organisiert, dass wir mit dem Auto zum Flughafen zurückfahren."

„Was? Ach ja, sehr gut." Er wollte jetzt nicht ans Abreisen denken. Nur ans Kommen. Er winkte ihr noch einmal zu, bevor er den offenen Raum verließ und sich auf den Weg zu seiner Hütte machte.

KAI SCHOB sich durch die Bäume, die den Hotelrasen umgaben. Falls ihn auf dem Weg zu Rands Hütte doch jemand bemerkte, sähe es hoffentlich so aus, als wäre er mit Rand zum Reiten verabredet. Das war auch der Fall, nur ging es ihm um eine andere Art des Reitens.

Vor dem kleinen hölzernen Gebäude mit der breiten Veranda und großen Fenstern in Richtung der Bäume blieb er stehen und betrachtete es. *Die Tür ist zu und die Fensterläden sind verschlossen. Ist er nicht da?* Kai ging näher heran – und grinste. An der Türklinke hing ein großes Bitte-nicht-stören-Schild. Deutlicher konnte eine Einladung nicht sein.

Sollte ich das wirklich tun? Er ist ein Hotelgast.

Genau, also reist er bald ab und ich muss ihm nicht jeden Tag begegnen.

Aber ist er wirklich schwul?

Ähm, er hat dich geküsst, Idiot.

Stimmt.

Aber wäre es nicht trotzdem besser, sich nicht mit ihm einzulassen?

Besser für wen?

Er näherte sich der Seite der Hütte und klopfte vorsichtig an die Fensterläden. Von innen klopfte es ebenfalls dreimal. Er kam sich vor wie James Bond.

Da nichts weiter passierte, schlich er wieder zur Vorderseite, schaute sich noch einmal um und eilte auf die Veranda. Als er auf die Türklinke drückte, ließ sich die Tür problemlos öffnen.

Drinnen war das Licht gedämpft. Es roch warm und würzig – ein Geruch, den er nicht mit Rand in Verbindung gebracht hätte, der jedoch durch und durch zu ihm passte. *Niemand da.* „Hallo?"

„Suchst du mich?" Rand trat aus dem Badezimmer, lediglich mit einem atemberaubenden, umwerfenden Handtuch bekleidet – durch dessen Öffnung bereits ein Streifen nackte Haut zu sehen war, da es vorn von Rands Körper abstand wie die Krone eines Banyanbaums. Dieses Baumwollzelt musste wesentlich bequemer sein als der enge Jeansstoff, der Kais wachsende Erektion einzwängte.

Zu viel Luft strömte mit Kais Worten aus seinem Mund, sodass er klang, als hätte er gerade an einem Halbmarathon teilgenommen. „Ich hatte gehofft, dass die Sache mit dem Mittagsschlaf eine Nachricht für mich war."

„War sie."

„Und was hast du geplant, Cowboy?"

„Vielleicht eine Reitstunde."

„Mit dir als Lehrer?"

„Nein, ich wollte das Quarter Horse sein."

Mir bleibt das Herz stehen. „Du willst dich von mir ficken lassen?"

„Allerdings."

„Du liebe Güte."

Rand betrachtete grinsend Kais Jeans. „Also gefällt dir die Idee?"

„Und wie."

„Gut. Kondome und Gleitgel liegen auf dem Bett. Mein Arsch – dein wilder Hengst, meine ich – wartet schon auf dich."

Kai stolperte zur Fußbank vor einem Sessel in der Ecke, sank darauf und machte sich daran, die Stiefel von seinen Füßen zu zerren. Rand näherte sich gelassen. „Darf ich dir deinen Hut abnehmen, Cowboy? Oder willst du ihn dabei auflassen?"

Was? Oh, verdammt. Wie lange war sein letztes Mal mit einem Mann her? Sein Schwanz pochte und stand kurz davor, Feuer zu fangen.

Rand warf Kais Stetson auf den Couchtisch, bevor er seinen anderen Stiefel packte. Mit zwei angehobenen Füßen kippte Kai hintenüber, sodass er wie eine riesige Schildkröte auf dem Sessel lag, doch Rand löste unbekümmert den einen Stiefel von seinem Fuß, half ihm beim anderen und schleuderte sie von sich, bevor er sich Kais Jeans widmete. „Es ist immer so viel Arbeit, die richtige Reitkleidung anzuziehen."

Kai lachte. „Sollten wir dir nicht schon mal deine Pferdedecke abnehmen?" Er zog an Rands Handtuch, unter dem schmale Hüften, ein großer Schwanz, dessen rote Eichel Rands Bauch berührte, und tief hängende Hoden in einem Nest aus dunkelblondem Haar zum Vorschein kamen. Der Anblick war so schön, dass er Kai beinahe Tränen in die Augen getrieben hätte.

Rand sah Kai an und in seinem hübschen Gesicht zeichnete sich trotz seines entschlossenen Auftretens Unsicherheit und etwas Angst ab.

Kai leckte sich über die Lippen. „Der hübscheste Hengst, den ich je gesehen habe."

„Hättest du ihn aus der Herde gefangen?"

Kai lächelte. „Ohne zu zögern."

Grinsend widmete sich Rand wieder Kais Jeans und zog sie ihm von den Hüften, bis er einen warmen Luftzug auf seinen Hoden spürte. Kai öffnete währenddessen die Knöpfe seines Hemdes und riss es sich vom Körper, sodass er nur noch Socken trug. Nachdem er sich auch diese von den Füßen gezogen hatte, schaute er zu Rand hoch.

Rand sah Kais nacktes Hinterteil an, als könnte er mit dessen Hilfe alle Geheimnisse des Universums ergründen. Plötzlich sank er auf die Fußbank, packte Kais Hüften und schob ohne jede Vorwarnung seine Zunge in Kais Loch. „Verdammt!"

Rands Finger zogen seine Hinterbacken auseinander und seine Zunge versank noch tiefer, bis Kais Verstand sich ausschaltete und er sich auf nichts anderes mehr konzentrieren konnte. Jeder Nerv, jede Zelle seines Körpers frohlockte, als fände dort eine Party statt. Nur ein einziger Mann hatte das bisher bei ihm getan – und das war lange her. Er hatte es in Pornos gesehen, doch ihm war nicht klar gewesen, wie es sich anfühlen konnte – einfach nur perfekt. „Warte. Oh Gott, warte. Das ist zu gut. Dann komme ich gleich und ruiniere unseren Ritt."

Rand löste sich von ihm.

Mist, vielleicht habe ich meine Meinung geändert.

Rand lächelte. „Eigentlich würde mich das nicht stören, aber ich sehne mich so sehr danach, diesen Riesenschwanz in meinem Arsch zu haben, dass ich ohne ihn wahrscheinlich zerschmelze wie die böse Hexe im ‚Zauberer von Oz'."

Kai lachte, obwohl sein Kopf und sein Hintern noch kribbelten. „Ist sie nicht auf einem Besen geritten?"

„Da habe ich wohl meine Metaphern durcheinandergebracht."

„Aber ich würde jetzt gern dich reiten."

65

„Ja." Rand warf sich geradezu rückwärts aufs Bett und hatte die Knie bis an seine Ohren gezogen, bevor er gelandet war.

„Du willst es von vorn?"

„Ja."

„Na gut." Er hatte es selten so getan. Bei einem schnellen Fick in einer dunklen Gasse kam man sich nicht besonders nahe. Kai atmete tief durch und streifte ein Kondom über, während Rand sich mit Gleitgel vorbereitete und den Rest auf Kais eingehülltem Schwanz schmierte. „Fertig für unseren Ausritt, mein Pferdchen?"

„Immer." Rand zog seine Beine wieder hoch.

Kai brachte sich in Position. *Wow, ein schöner Anblick.*

„Gefällt dir, was du siehst?"

„Verdammt, ja. Und ich kann es kaum erwarten, zu sehen, wie er sich reinschiebt."

„Ich wünschte, ich könnte es auch sehen. Beschreib es mir."

Keine leichte Aufgabe für einen schweigsamen Mann. „Tja, es sieht vor allem aus, als würde er niemals reinpassen."

„Das wird er. Glaub mir. Das Teil, mit dem ich übe, ist so groß wie der Texas Panhandle."

Kai schnaubte belustigt. „Du übst?"

„Klar. Wie sollte ich denn sonst so einen Schwanz schaffen?"

„Also gut." Kai presste sich gegen ihn. „Okay, das Loch weitet sich. Oh Mann, die Spitze schiebt sich rein. Verschwindet. Gott, dein Loch zieht an meinem Schwanz wie Treibsand. Als würde er darin verschwinden und nie wieder auftauchen." *Oh, Gott.* Hitze umschloss jeden Nerv in seinem Schwanz, bis feurige Flüsse in seine Eier und direkt in sein Gehirn schossen.

„Würde dir das gefallen? In mir zu verschwinden?"

„Oh, Scheiße, Rand." Kai stieß tief hinein und zog sich schnell wieder zurück, bis er das Gefühl hatte, zu brennen wie ein Weihnachtsbaum. „Besser als alles andere."

„Noch mal, mehr, mehr."

Kai beugte sich über Rands großen Körper und bewegte die Hüften. Wie heftig er auch zustieß, Rand nahm ihn gierig in sich auf und bat um mehr. Rein, raus, rein, raus. Lange Stöße und kurze schnelle Stöße, die mit seinem Schwanz wie unterschiedliche, jedoch wunderschöne Musik spielten. Er wollte so gern kommen, allerdings nicht ohne seinen Hengst. Er schob eine Hand zwischen sie, damit er sie um Rands Schwanz legen konnte.

„Den brauchst du nur einmal anzufassen, dann explodiert er."

„Gut. Genau das will ich."

„Dann gehört er ganz dir, Cowboy."

Merkwürdig, wie gut das klang. Er legte die Finger um Rands Schwanz und strich darüber, einmal, zweimal, während er sich so weit in Rands muskulöses

Hinterteil schob wie möglich. „Ich wünschte, mein Schwanz wäre doppelt so lang und ich könnte noch mehr von dir spüren." Dreimal. „Oh, Scheiße!"

Rand warf den Kopf in den Nacken und die Sehnen an seinem Hals traten hervor, als er ein langes, lautes Stöhnen ausstieß und seine Hüften hochschob, um sich noch weiter auf Kais Schwanz zu rammen. Heiße, klebrige Flüssigkeit schoss in Kais Hand.

Als hätte jemand die Glocke beim Rodeo geläutet, gab Kai jede Zurückhaltung auf und ließ es geschehen. Explosion! Sein Kopf schien zu zerspringen und seine Hoden Feuer zu fangen, als er sich Schub für Schub in das Kondom ergoss. *Besser als je zuvor.* Mit einem leisen Lachen brachte er heraus: „Ich weiß nicht, wie ich ohne das hier leben soll, wenn du weg bist."

„Das habe ich auch gerade gedacht."

Da schaltete sich Kais Verstand wieder ein und jeder Muskel in seinem Körper spannte sich an. *Was zum Teufel habe ich da gesagt? Nicht gut. Überhaupt nicht gut.* Obwohl er sich kaum bewegen konnte, holte er tief Luft und versuchte, sich von Rands klebriger Brust zu erheben.

Doch Rand hielt ihn fest. „Warte, beruhig dich, Cowboy. Du hast mir keinen Heiratsantrag gemacht und ich habe auch nicht ja gesagt." Kai verspannte sich noch mehr, doch Rand ließ ihn nicht los. „Entspann dich einfach. Manchmal darfst du etwas genießen."

Also gut, von mir aus. Er ließ sich wieder auf Rand sinken und vergrub das Gesicht an seinem Hals, um seinen würzigen, männlichen Duft einzuatmen. „Du riechst nach Sex."

„Gut. Dann haben wir wohl was richtig gemacht."

„Und wie."

Rands Lachen vibrierte durch Kais ganzen Körper. „Für Anfänger waren wir nicht schlecht."

„Also lebst du es zu Hause nicht offen aus?"

„Nein."

„Aber deine Eltern wissen es?"

„Nein."

„Mann, das muss schwer sein."

„Was ist mit dir? Weiß deine Mutter es?"

„Äh, nein."

„Die anderen Cowboys?"

„Gott, nein."

„Also warum ist es schwer für mich, aber nicht für dich?"

„Ich habe Kinder. Ich kann mich nicht outen."

Rand schob den Kopf etwas zur Seite, damit er Kai ansehen konnte. „Du hast Kinder?"

„Ich meinte Lani und Aliki."

„Also wissen sie es nicht?"

„Nein, niemand weiß es."

„Mit wem hast du dann Sex? Du bist nämlich ein verdammt guter Reiter." Er grinste.

„Manchmal fahre ich zur anderen Seite der Insel, um mir jemanden zu suchen. Und du?"

„Bei mir ist es ähnlich – nur dass mir dazu ein größeres Gebiet zur Verfügung steht."

Stille. „Und du lässt dich immer ficken?"

Rand schnaubte leise. „Nein. Als Mann von meiner Größe ist es nicht leicht, diese Vorliebe zuzugeben. Außerdem ist eine dunkle Gasse dafür nicht unbedingt der richtige Ort."

„Ich bin jedenfalls dankbar, dass ich dich, äh, reiten durfte."

„Gern geschehen."

„Lässt du mich jetzt aufstehen? Sonst kriegst du bald keine Luft mehr. Ich bin nicht gerade klein."

„Drehst du durch, wenn ich dir sage, dass ich dich am liebsten so hierbehalten würde – für … verdammt, vielleicht für immer?"

„Nein." Aber eigentlich schon ein bisschen, weil er es nur allzu gut verstand.

„Wie feierst du Weihnachten?"

Die Anspannung kehrte ganz von selbst zurück. Rand strich ihm mit einer großen Hand über den Rücken. „Entschuldige. War das eine schwierige Frage?"

Er musste aufstehen. In dieser Position verriet er zu viel. Er rollte sich zur Seite, sodass er mit spermaverklebter Brust neben Rand auf dem Rücken lag. „Igitt. Lass mich kurz etwas holen, um uns abzuwaschen." Er schob sich von der Matratze und ging ins Badezimmer, wo er einen Waschlappen fand, den er mit warmem Wasser tränkte. Dabei fiel sein Blick auf den Spiegel. Gott. Zerzaustes schwarzes Haar, ein Körper, der einige Kilo mehr gebrauchen konnte, und trostlose Augen. Kein schöner Anblick. Er wrang den Waschlappen aus und säuberte sich zügig, bevor er mit frischem Wasser zu Rand zurückkehrte, der auf einen Arm gestützt dalag. Kai lächelte. *Verdammt, dieser Cowboy ist unglaublich heiß. Wie aus einem alten Western, in denen sie noch wie echte Helden aussahen.* Er ließ sich auf der Matratze nieder, um mit dem Waschlappen Rands Brust und Schaft zu reinigen.

„Danke."

Kai lächelte. „Gern geschehen."

„Ich habe jetzt übrigens etwas Wichtiges vor."

„Ach ja? Was denn?" Er warf den Lappen in Richtung Badezimmer und schaffte es, statt des Holzbodens die Fliesen zu treffen.

„Ich muss dringend planen, wie wir das möglichst oft wiederholen können, bevor ich abreise."

Kai stieß ein lautes Lachen aus. „Dann kannst du auf dem Rückflug nicht sitzen."

„Mir egal."

Mit einem Schulterzucken sagte Kai: „Für mich wird es nicht leicht. Die Kinder müssen ein paar Tage nicht zur Schule und da ich für ein Hotel arbeite, bekomme ich über Weihnachten keinen Urlaub."

„Damit wären wir wieder bei meiner Frage: Wie feierst du mit den Kindern Weihnachten? Ihr müsst wahrscheinlich bei eurer Mutter sein, oder?"

„Ähm, morgens. Danach ist sie bei unserer Tante."

„Okay, sollen wir dann was zusammen machen? Auch wenn meine Eltern dabei sind?"

Er schüttelte den Kopf. „Es ist dein Urlaub. Warum solltest du ihn mit mir und zwei Kindern verbringen wollen?"

„Ich liebe Kinder", antwortete Rand mit einem schiefen Grinsen. „Und du? Na ja, du bist eben dabei."

Kai spürte einen Kloß in seinem Hals. „Aber deine Eltern ..."

„Lieben Kinder mehr, als sie mich lieben." Er lachte. „Und wenn sie andere Pläne haben, müssen sie sich ja nicht anschließen. Vielleicht können wir auch eure Mutter einladen."

Kai hob den Kopf. „Ähm, nein. Das muss nicht sein. Sie verbringt gern Zeit mit meiner Tante."

„Also ...?"

„Na gut. Wir überlegen uns etwas. Aber jetzt muss ich los, damit die Kinder nicht alleine am Strand sind."

Rand küsste Kais nackte Schulter. „Sie würden die Kinder niemals alleine zurücklassen, das weißt du genau. Jedenfalls verbringen wir einen Teil des Weihnachtstags miteinander, richtig?"

Er holte tief Luft und schob sich über die Bettkante. „Ja."

Rands Lächeln erhellte den ganzen Raum.

Was zum Teufel tue ich da?

10

„DU HAST heute ein fantastisches Sandwich verpasst." Seine Mutter aß einen Bissen Salat.

Rand grinste. Er hatte sich für sein „Sandwich" eine viel bessere Füllung gegönnt. „Ich habe noch nie erlebt, dass du so wild aufs Essen bist. Sonst bist du mit den Gedanken eher bei deiner nächsten Pilatesstunde."

Sie seufzte. „Ich weiß. Aber das Essen hier ist einfach so gut. Du hast hoffentlich auch Spaß?"

„Ja, den habe ich tatsächlich." Er trank einen Schluck Wasser. „Hast du die Kinder bemerkt, die heute am Strand waren?"

Sie sah seinen Vater an. „Heute waren mehrere Kinder am Strand, nicht wahr, Liebling?"

Er nickte. „Meinst du die niedlichen hawaiianischen Kinder?"

„Ja, ein ungefähr zwölfjähriges Mädchen und ein wilder Junge, der ein paar Jahre jünger ist."

„Die zwei haben mit einem rothaarigen Mädchen und einem ziemlich frechen Jungen gespielt. Sind das die Reitschüler?"

„Ja, genau. Bis auf den frechen Jungen." Er lehnte sich zurück und wischte sich über den Mund. „Das rothaarige Mädchen ist die Tochter der Axelrods und die hawaiianischen Kinder sind die Geschwister eines Mannes namens Kai, den ich bei den Ställen kennengelernt habe."

Seine Mutter murmelte durch einen Mundvoll Salat: „Ach so. Es sind bezaubernde Kinder."

Einatmen. Trauen. „Jedenfalls würde ich Kai und die Kinder gern zu einem Weihnachtsessen mit uns einladen. Mittags oder abends. Ich bezahle auch."

Seine Mutter hörte auf zu kauen und warf seinem Vater einen Seitenblick zu.

„Ähm, eigentlich dachte ich, du würdest zu Weihnachten vielleicht Julie einladen."

So ein Mist. „Daran hatte ich nicht gedacht. Das ginge natürlich auch. Nur haben diese Kinder eine kranke Mutter und so selten einen Grund, sich zu freuen. Da wollte ich ihnen die Feiertage ein bisschen verschönern."

Die Augen seiner Mutter weiteten sich, als wäre ihr ein Licht aufgegangen. „Oh, wie nett von dir. Und sie wirken wirklich wie wundervolle Kinder." Sie legte seinem Vater eine Hand auf den Arm. „Was denkst du, Liebling?"

„Ich denke, dass es auch Rands Urlaub ist, also soll er auch etwas entscheiden dürfen. Und was ist Weihnachten schon ohne Kinder? Mit ein paar Gästen haben wir sicher Spaß."

Seine Mutter strahlte. „Siehst du? Ich übertreibe nicht, wenn ich sage, dass du ein großartiger Vater wärst."

Der Kellner brachte ihren Fisch und lenkte damit glücklicherweise von Rands langem Seufzer ab. Wenigstens würde er Zeit mit Kai verbringen können.

„KAI, SIEHT das auch wirklich gut aus?" Lanis Augen glänzten – halb vor Aufregung, halb vor Tränen.

„Perfekt. Das Kleid passt gut und du siehst darin wunderschön aus." Er streichelte ihr über das seidige Haar.

Sie lächelte schüchtern. „Du hast es gut ausgesucht." Dann kehrten die üblichen Sorgen zurück. „Aber wie können wir uns das leisten? Es sieht teuer aus."

„Keine Sorge Ich habe etwas gespart. Und so teuer war es nicht." Zumindest der zweite Teil stimmte.

Aliki kam in seiner einzigen ordentlichen Hose, die bereits zu kurz wurde, und einem Hawaiihemd aus dem Schlafzimmer. Hätte Kai auch nur einen Cent für Alikis Kleidung anstatt für seine Geschenke ausgegeben, hätte er es ihm nie verziehen. So lag ein neues Videospiel auf dem Couchtisch, das Aliki an diesem Morgen bereits dreimal gespielt hatte. „Worüber sollen wir mit diesen Leuten reden, Kumpel?"

„Ihr habt doch auch mit Rand geredet. Ihr mögt ihn. Seine Eltern sind sicher genauso nett."

„Kann ich nicht hierbleiben und du gehst nur mit Lani?" Er unterstrich die Frage mit seinem charmantesten Lächeln. „Du könntest sagen, ich bin bei Ma."

„Nein. Du kommst mit. Rand hat euch beide eingeladen. Außerdem bekommt ihr selten so gutes Essen wie im Hotel."

Er starrte auf den Boden. „Manchmal bringst du uns welches mit."

„Aliki, du kommst mit und dabei bleibt es."

„Na gut." Er schlüpfte in sein einziges Paar Schuhe, das nicht nur aus Gummi bestand.

Lanis sagte: „Geh ruhig schon raus. Ich muss noch meine Strickjacke holen "

Als Aliki zum Auto lief, packte sie Kai beim Arm. „Ich habe eine E-Mail von Alikis neuer Lehrerin bekommen. Sie besucht die Familien ihrer Schüler, um sich vorzustellen."

„Verdammt." Er hob den Kopf. „Entschuldige."

„Schon gut, es war das passende Wort." Sie lächelte angespannt.

„Hat sie geschrieben, wann?"

„Nein. Sie hat was von ‚Vorbeikommen' gesagt."

„Oh, Mann." Er schluckte und schaute in ihr ernstes Gesicht. „Wir kümmern uns morgen darum, okay? Du siehst toll aus. Jetzt lass uns Spaß haben."

Trotz des ernsten Blicks bemühte sie sich um ein Lächeln. „Okay."

Zwei Stunden später erkannte er Lani kaum wieder. Ihre Augen leuchteten und Grübchen zierten ihre Wangen. „Ja, Ma'am, ich finde auch, dass wir mehr Frauen unter den Abgeordneten brauchen. Aber bevor das passieren kann, müssen wir einen Weg finden, Frauen die gleichzeitige Teilnahme am Familienleben und am öffentlichen Leben zu ermöglichen, ohne dass sie dafür von der Gesellschaft bestraft werden."

Kai starrte sie mit offenem Mund an – *wer ist diese erwachsene Frau?* – und sah, dass Rand ein Lächeln unterdrücken musste.

Rands Mutter nickte Lani ernst zu. „Das hast du sehr gut ausgedrückt. Hast du dir schon Gedanken übers College gemacht? Vielleicht solltest du eine Karriere im öffentlichen Dienst anstreben."

College. Gott. Er wollte sie lediglich irgendwie durch die Schule bringen.

Eine Falte bildete sich zwischen ihren Augenbrauen. „Mein Bruder arbeitet sehr hart, um für uns sorgen zu können, Mrs. McIntyre. Ich würde gern ein College besuchen, aber das könnte dauern, da ich erst einen Job finden und meine Familie unterstützen möchte."

„Ich verstehe." Mrs. McIntyre sah Kai an, bevor sie ihren Blick wieder auf Lani richtete. „Und welche Art von Job hattest du dir vorgestellt?"

Lani legte eine Hand an ihr Kinn. „Nun, ich beherrsche alles, was für die Arbeit in einem Büro nötig wäre, aber ich lerne auch etwas über Pferde. Vielleicht kann ich also mit Kai für den Stall arbeiten." Sie aß einen Löffel Eis, bevor sie den Löffel zwischen den Fingern baumeln ließ. „Oder wir bauen uns unseren eigenen Stall mit einem größeren Angebot von Dienstleistungen auf."

Rand erstickte beinahe, als er sein Lachen mit einem Husten kaschierte.

Kai atmete tief durch. Es war unglaublich, wie gut Lani das ehrliche Interesse und die anregenden Kommentare einer Frau taten. Das arme Kind war in einem Männerhaushalt aufgewachsen.

Mrs. McIntyre aß vorsichtig etwas von ihrem Sorbet, bevor sie fragte: „Und was ist mit Ihnen, Kai? Waren Sie auf dem College?"

Er schluckte den Schmerz in seinem Hals herunter. „Ähm, nein, Ma'am. In unserer Familie kann niemand anders Geld verdienen, also musste ich es tun. Alles andere konnten wir uns nicht leisten." Er bemühte sich um ein Lächeln. „Außerdem gibt es hier keine Hochschule. Ich hätte die Insel verlassen müssen."

„Natürlich. Ein Mann tut wohl, was er tun muss."

Sie wollte noch etwas hinzufügen, doch in diesem Moment beschloss Mr. McIntyre, sich ebenfalls am Gespräch zu beteiligen. „Aliki, ich habe gehört, ihr lernt reiten?"

„Ja, Sir. Das ist ziemlich cool. Mein Bruder ist ein echter Paniolo, wussten Sie das?"

„Nun, dann müsstest du doch auch einer sein, oder?" Er lächelte.

Alikis Gesicht verfinsterte sich. „Nein. Wir haben verschiedene Väter. Kais Dad war Cowboy, meiner nicht."

Nachdem er einen Augenblick lang etwas schockiert wirkte, tätschelte Mr. McIntyre Aliki den Kopf. „Tja, bestimmt kannst du trotzdem lernen, wie einer zu reiten." Er schob seinen Stuhl nach hinten. „Und jetzt sollten wir es uns in unserer Hütte gemütlich machen – Mrs. McIntyre, Rand und ich haben da einige kleine Überraschungen für euch."

Aliki sprang von seinem Stuhl auf. „Ich liebe Überraschungen!"

„Das dachte ich mir."

Kai sah Rand an, doch das Gesicht des Cowboys verriet nichts. In Lanis großen Augen spiegelte sich Aufregung wider, als sie aufstanden und den McIntyres hinaus in die Nachmittagssonne folgten. Aliki ging neben Mr. McIntyre her. „Wohnen Sie in Kalifornien, Sir?"

„Ja. Ja, das tue ich."

„Wie ist es da?"

Rand ließ sich etwas zurückfallen, um auf Kai zu warten, und grinste ihm zu. Gott, Kai war zugleich glücklich und verärgert. Rand brauchte sich nicht einzumischen – er konnte sich selbst um seine Kinder kümmern. Andererseits genossen Aliki und Lani unübersehbar jede einzelne Minute. Vermutlich war er ein undankbarer Idiot. Also erwiderte er das Lächeln.

Er hatte bereits einige Male eine der Hütten betreten – nicht nur bei seinem heimlichen Besuch in Rands Hütte am Vortag –, doch diese hier war besonders schön. Er musste grinsen, als er den Topf mit einem Hibiskus sah, an den einige Christbaumkugeln gehängt worden waren. Darunter lagen mehrere in buntes Papier verpackte Geschenke.

Mr. McIntyre setzte sich auf eine Fußbank neben den Geschenken, während sich Rands Mutter strahlend auf einem Sessel niederließ. Rand entschied sich für die Couch und Kai setzte sich nach kurzem Zögern mit etwas Abstand zu ihm. Lani blieb unentschlossen stehen, bis Rand auf das Sofa neben sich klopfte, woraufhin sie schüchtern neben ihm Platz nahm. Aliki ließ sich natürlich einfach auf den Teppich fallen.

Mr. McIntyre nahm eins der Pakete in die Hand. „Hmm, offenbar hat uns der Weihnachtsmann besucht, obwohl wir verreist sind. Ein kluger alter Kopf."

Aliki rümpfte die Nase. „Es gibt keinen Weihnachtsmann."

„Wirklich nicht? Wo kommen dann die Geschenke her?" Er hielt sich das Paket neben das Ohr und schüttelte es.

„Mrs. McIntyre – Rand – oder Sie haben sie gekauft."

„Tatsächlich?" Er betrachtete das Kärtchen. „Jedenfalls scheint das hier für dich zu sein."

Aliki riss die Augen auf. „Wirklich?"

„Ja. Und woher sollte ich wissen, was du dir zu Weihnachten wünschst?" Er zuckte unsicher mit den Schultern. „Wahrscheinlich weiß Rand es."

„Woher?"

„Von Kai?"

Rand sah Kai an. „Hast du mir verraten, was sich Aliki zu Weihnachten wünscht?"

„Nein." Das hatte er tatsächlich nicht.

Mr. McIntyre betrachtete das Geschenk. „Dann ist es vielleicht nur ein Irrtum." Er legte es auf den Boden. „Hier ist eins für Lani."

„Sir?" Aliki schaute mit angehaltenem Atem zu ihm hoch.

„Ja?"

„Ich hätte nichts dagegen es, äh, herauszufinden. Ich könnte es aufmachen."

„Meinst du? Na, von mir aus. Hier." Er reichte ihm das Paket.

Aliki war so auf das Geschenk konzentriert, dass ihm Mr. McIntyres Lächeln entging. Als er das Paket schüttelte, war ein zufriedenstellendes Klappern zu hören, das absolut nicht nach Kleidung klang. Grinsend begann er, das Papier zu zerreißen, hielt dann jedoch inne. „Entschuldige, Lani. Willst du vielleicht erst deins aufmachen?"

Okay, auch wenn Kai den Jungen manchmal umbringen wollte, hätte er ihn in Momenten wie diesen küssen können.

Sie lächelte. „Nein, fang ruhig an."

Kai hatte kaum gezwinkert, da war das Papier bereits fort. Aliki starrte mit offenem Mund sein Geschenk an. „Oh, wow." Er betrachtete das Videospiel – nicht irgendein Spiel, sondern das neueste und coolste –, als handelte es sich um einen Irrtum. Dann wandte er sich an Mr. McIntyre. „Ist das wirklich …?"

„Für dich?" Er schaute fragend zu seiner Frau und Rand hinüber. „Hat einer von euch den Weihnachtsmann um ein Videospiel gebeten?"

„Also ich nicht, Liebling. Du etwa?"

„Nein." Mr. McIntyre nahm ein weiteres Geschenk in die Hand. „Ob das vielleicht dazugehört?"

Alikis Hände zitterten vor Ehrfurcht, als er vorsichtig das Paket entgegennahm und das Papier entfernte. Dann betrachtete er die nagelneue Handheld-Konsole auf seinem Schoß wie den Heiligen Gral. Tränen glitzerten in seinen Augen. „Das kann nicht für mich sein."

Mr. McIntyre legte ihm eine Hand auf den Rücken. „Warum nicht, mein Sohn? Der Weihnachtsmann scheint doch alles richtig gemacht zu haben."

„Aber es ist so teuer."

Kai wischte sich mit der Hand über die Augen und warf einen Seitenblick auf Rand, der dasselbe tat.

Mr. McIntyre strich mit einer Hand über die schmalen Schultern. „Manchmal reicht es beim Weihnachtsmann eben für etwas mehr. Nicht immer, das weißt du natürlich."

Aliki nickte. „Das ist wirklich toll. Ich weiß nicht, wie ich Ihnen danken soll – dem Weihnachtsmann, meine ich."

Mrs. McIntyre putzte sich die Nase. „Ich glaube, das hast du schon."

„Jetzt ist Lani an der Reihe." Mr. McIntyre schob ihr zwei Pakete zu.

Ihre Wimpern senkten sich über ihre großen Augen. „Das wäre doch nicht nötig gewesen."

„Ja, wirklich nicht!", bestätigte Aliki, obwohl er bereits die Plastikverpackung von seiner Konsole entfernte.

Mrs. McIntyre lächelte. „Da müsst ihr euch wohl beim Weihnachtsmann beschweren. Mach deine Geschenke auf, Schatz."

Lani erhob sich langsam vom Sofa und öffnete vorsichtig das erste Paket, als könnte sich darin Sprengstoff befinden. Dann stieß sie ein Keuchen aus. In dem Paket befand sich ein weißes, besticktes Tuch, das schön genug für eine Prinzessin gewesen wäre. Lani legte es sich um die Schultern, als wäre es eine Rüstung, die sie vor allem beschützen konnte. „Das ist wunderschön. Vielen Dank."

„Wow, das sieht toll aus, Lani!", steuerte Aliki bei, bevor er sich wieder seinem Spiel widmete.

„Du bekommst noch etwas, Schatz." Mrs. McIntyre beugte sich vor und schob die große, flache Schachtel weiter in ihre Richtung.

Nachdem Lani vorsichtig das Klebeband von dem schönen Papier gelöst hatte, um es nicht zu beschädigen, faltete sie es und öffnete die Schachtel. Sie starrte. Cowboystiefel. Aber nicht irgendwelche, sondern weiße mit pinkfarbenen und blauen Blumen aus gehämmertem Leder. Lani schlug die Hände vor den Mund. „Oh, ich habe noch nie so etwas Schönes gesehen."

„Probier sie an. Ein paar dicke Socken müssten auch dabei sein."

„Oh." Sie streifte ihr einziges Paar Ballerinas ab, zog die Socken an und hatte es nach kurzem Ziehen geschafft, in die Stiefel zu schlüpfen. „Oh, wie schön."

„Stell dich hin und geh ein Stück. Wie fühlen sie sich an?"

Lani gehorchte, bevor sie die Hände vors Gesicht schlug und weinte. Kai sprang auf, um sie in die Arme zu schließen. „Freudentränen?"

Sie nickte.

Über ihren Kopf hinweg sah er die McIntyres an, die beide lächelten. „Wenn ich jemals etwas für Sie tun kann, sagen Sie es einfach." Er richtete den Blick auf Rand. „Das ist fantastisch."

Rand lächelte ihm voller Wärme zu, warf dann jedoch einen Seitenblick auf seine Eltern und unterdrückte das Lächeln. „Keine große Sache."

Lani ließ Kai los und warf sich praktisch auf Rand, damit sie ihn ungeschickt umarmen konnte. „Für uns schon. Danke, dass Sie an uns gedacht haben."

Er schloss sie mit einem strahlenden Lächeln in seine langen Arme. Kai ließ sich von dem Lächeln anstecken. *Mann, was für ein netter Kerl. Er macht es einem nicht leicht, Abstand zu halten.*

„Ich würde sagen, der Weihnachtsmann hat richtig gute Arbeit geleistet", erklärte Mr. McIntyre und lehnte sich auf der Fußbank zurück, wobei er beinahe hinuntergefallen wäre. Die Kinder lachten, womit auch die letzten Tränen versiegten.

Lani kehrte auf ihren Platz zwischen Rand und Kai zurück. Als Kai ihr einen Arm um die Schultern legte, stieß er mit der Hand gegen Rand. Ein winziger Stromschlag kroch seinen Hals hinauf bis in seinen Kopf. *Mach keine große Sache daraus.* Er ließ die Finger locker hängen, woraufhin Rand sich etwas aufrichtete, damit sie wieder die Rückseite seiner Schulter berührten. Kai konnte sich nicht zurückhalten: Seine Finger bewegten sich sanft über Rands Schulter, einmal, zweimal.

Rand schlug langsam und unauffällig die Beine übereinander – offenbar musste er ein wachsendes Problem verbergen. Kai unterdrückte ein Grinsen, auch wenn sich das Kribbeln, das durch seinen Arm wanderte, ebenfalls allmählich bis in seine Hoden ausbreitete.

Da sich die McIntyres angeregt mit Aliki über sein neues Spiel unterhielten, nutzte Kai die Gelegenheit und wurde mit seinem Streicheln mutiger. Obwohl er wusste, wie dumm es war, konnte er dem sexy Spiel einfach nicht widerstehen. Kai würde die Kinder nach Hause bringen müssen. Aber später, falls Tantchen auf sie aufpassen konnte, würde es ihm vielleicht möglich sein, sich fortzuschleichen. Er holte tief Luft. Scheiße, beim Gedanken daran machte sich sein großer *Boto* ebenfalls bemerkbar. Rands Arsch stand eindeutig ganz oben auf seiner Liste dringender Erledigungen.

Mrs. McIntyre stand auf. „Wer möchte ein Gingerale?"

Aliki riss eine Hand hoch. „Ich! Ähm, bitte."

„Du auch, Lani?"

Da Rands Mutter genau in ihre Richtung schaute, bewegte Kai seine Hand vorerst nicht.

„Ja, bitte, Ma'am."

Mrs. McIntyre winkte ihr auffordernd zu. „Ich habe hier auch noch ein paar andere schöne Sachen. Komm doch mit und such dir etwas aus. Du auch, Aliki."

Als Lani aufstand, sank Kais Hand auf die Couch. Rand rückte unauffällig etwas näher und beugte sich vor, sodass Kais Finger nun seinen Hintern berührten. Lediglich der dünne Stoff seiner Leinenhose befand sich dazwischen. Kai musste sich auf die Zunge beißen, um ein Lachen – oder ein Stöhnen – zu unterdrücken. Verdammt, wie bald konnten sie es treiben?

„Mögt ihr Pfefferminz-Käsekuchen?", hörte er Rands Mutter im kleinen Küchenbereich fragen. „Liebling, hol dir auch ein Stück."

Mr. McIntyre kam der Aufforderung nach und stand auf, um einen Teller mit Kuchen entgegenzunehmen. Dann aß er und unterhielt sich mit den Kindern.

Kai schob einen Finger unter Rands Hintern und streichelte durch die Ritze. Rand rutschte einige Zentimeter nach hinten und spreizte seine Beine ein Stück, damit niemand sehen konnte, was auf der Sitzfläche passierte – nämlich dass Kais Finger sich jetzt auf die Stelle hinter Rands Hoden presste. *Oh, Scheiße.* Er bewegte seinen Finger. Zwischen Leinen und Haut spürte er definitiv keine Unterwäsche. Er ließ den Finger zu Rands Loch wandern. Rand beugte sich vor und tat, als müsste er seine Flipflops zurechtrücken. *Treffer.* Endlich hatte er Platz, um seinen Finger zwischen warme Hinterbacken zu schieben und gegen die richtige Stelle zu drücken. Rand räusperte sich und musste eindeutig gegen andere Laute ankämpfen. *Verdammt, wer hätte gedacht, dass solche Spielchen so viel Spaß machen.*

„Wer möchte noch Käsekuchen?" Gerade, als sich Mrs. McIntyre ihnen näherte, klopfte es an der Tür. Kai und Rand erstarrten, während Mr. McIntyre die Tür öffnete.

„Hallo. Ich hoffe, ich komme nicht zu spät für den Nachtisch." Die blonde Haole, mit der Rand in der Bar getanzt hatte – wie war ihr Name? Julie? –, lächelte Mr. McIntyre zu.

Sofort brachte Rand unauffällig Abstand zwischen sie.

Mrs. McIntyre eilte durchs Zimmer. „Hallo, meine Liebe. Ich freue mich, dass du es geschafft hast. Gerade rechtzeitig für den Nachtisch. Komm doch rein."

Julie winkte. „Hi, Rand. Hi, Kai."

Rand nickte ihr zu. „Hi, Julie."

Während Mrs. McIntyre Julie die Kinder vorstellte, hörte Kai nur das Rauschen in seinen Ohren. *Dumm. So dumm. Vielleicht habe ich mich nie geoutet, aber ich muss trotzdem die Kinder beschützen. Rand kommt nicht einen verdammten Tag ohne seine Alibi-Frauen aus.*

Jetzt bist du unfair.

Das ist mir scheißegal.

Er stand auf. „Noch einmal vielen Dank für diese unglaubliche Großzügigkeit. Aber jetzt müssen wir so langsam los, Kinder."

„Oh, Kai, müssen wir das wirklich?" Er kämpfte gegen das Bedürfnis an, Aliki zu erwürgen. *Erst will er nicht mitkommen, dann will er nicht gehen.*

„Ja, das müssen wir. Bedank dich bitte."

Rand starrte auf den Boden, während Aliki die Arme um Mr. McIntyres Hals schlang. „Vielen Dank, Sir. Ich kann nicht in Worte fassen, wie sehr mir die Geschenke gefallen."

„Das freut mich, mein Sohn. Mehr wollten wir nicht."

Er ging weiter zu Mrs. McIntyre, während Lani sich leise bei Rands Vater bedankte.

Aliki wandte sich an Rand. „Morgen bekommen wir noch eine Reitstunde, oder?"

„Ja. Die bekommt ihr." Er lächelte, doch die entspannte Zufriedenheit war verflogen.

Kai schüttelte Mr. McIntyre die Hand, umarmte Mrs. McIntyre und nickte Julie zu. „Schön, dich zu sehen."

„Ich wollte nicht die Stimmung verderben." Julie wirkte leicht erschüttert.

„Das hast du nicht. Wir müssen wirklich nach Hause."

Selbst Lani warf ihm einen etwas finsteren Blick zu, als sie die Hütte verließen.

Das macht nichts. Bald ist Rand fort und sie werden ihn vergessen. Bestimmt.

RAND HOB den Kopf und begegnete dem Blick seiner Mutter. Es war ein seltsamer Blick. Überrascht? Hinterlistig? Wer wusste das schon? Sie lächelte. „Ich habe Julie gestern beim Wasseraerobic getroffen und sie eingeladen."

„Wie nett."

„Da wir Erwachsenen jetzt unter uns sind, könnten wir im Hotel ein paar Cocktails trinken."

Sein Herz hämmerte. Was dachte Kai jetzt bloß? Wenn er ihm folgte, würde er ihn noch einholen? Aber wie? Er hatte keine Ahnung, wo Kai wohnte, und auch keine Telefonnummer. *Ich sehe ihn morgen. Morgen früh.*

Wie ein verdammter Hund stand er auf, um seinen Eltern und Julie zum Hotel zu folgen. Nachdem sie sich Plätze auf der Terrasse gesucht hatten, bestellten sie Getränke und lauschten einer ortsansässigen Band, die stark polynesisch angehauchte Musik spielte. Rand stürzte ein Bier hinunter und bemühte sich, normal zu wirken.

Julie nippte an ihrem Mai Tai. „Bleiben Sie über Silvester?"

Rands Mutter schüttelte den Kopf. „Nein, leider nicht. Elson war es wichtig, gegen Ende der Woche an einer geschäftlichen Veranstaltung teilzunehmen. Wir reisen übermorgen früh ab. Allerdings fahren wir über die lange Straße, worauf ich mich schon freue. So müssen wir nicht zu plötzlich in die Zivilisation zurückkehren."

Julie lachte. „Ja, sehr plötzlich geht das mit unserer Straße wirklich nicht. Allerdings ist sie wirklich wunderschön. Hatten Sie Zeit, sich die Sieben Heiligen Pools anzusehen?"

„Nein, ich habe zwar oft davon gehört, aber am Ende war der Strand jeden Tag verlockender als Besichtigungen. Sehr viele Tage waren es ohnehin nicht." Sie warf seinem Vater mit hochgezogener Augenbraue einen Blick zu.

„Ich finde es schade, dass du schon wieder abreist", sagte Julie an Rand gewandt. „Ich hatte gerade das Gefühl, dich etwas kennenzulernen."

„Ja, das sehe ich auch so."

Rands Blick wanderte in Richtung Strand. So sah er es wirklich. Nur nicht in Bezug auf Julie.

11

RAND LENKTE seinen Mietwagen auf den Parkplatz des Stalls. Ja, er war zu früh. Er hatte es einfach nicht mehr ertragen, auch nur eine Sekunde länger darauf zu warten, sich bei Kai zu entschuldigen und ihm die Sache mit Julie zu erklären.

Er stieg aus und knirschte sich über den Schotter bis zu den Ställen. Aliki schaute aus der Tür. „Hi, Mr. McIntyre. Wir putzen gerade die Pferde."

Rand grinste. Gut. Jetzt musste er nur noch einen Weg finden, sich eine Minute allein mit Kai zu unterhalten. Vielleicht während des Ritts. Auch wenn er den Kindern heute das Traben beibringen wollte, wobei er sie kaum aus den Augen lassen konnte.

Im Stall stand Lani neben Rosebud. Ihre langen, dünnen Beine steckten in Jeans, die sie in ihre neuen Stiefel geschoben hatte. Von der anderen Seite des Pferdes winkte ihm Haku zu. Seltsam. Wo war Kai?

Rand hob zur Begrüßung eine Hand an seinen Hut. „Ms. Lani, Sie sehen regelrecht fantastisch aus."

Sie ließ sich zu einem Lächeln hinreißen. „Ich wollte sie für besondere Anlässe aufheben, aber Kai sagt, Stiefel sind zum Tragen da und ich bin sonst bald wieder rausgewachsen, ohne sie zu benutzen."

„Ein kluger Mann." Er sah sich um. Zwei andere Cowboys brachten Sattelzeug und begannen, die Pferde für die Stunde vorzubereiten. Kein Kai. „Und wo ist der kluge Mann?"

Lanis Blick wandte sich ihrem Pferd zu. „Ähm, er musste heute auf der Ranch arbeiten."

Rand runzelte die Stirn. „Wie seid ihr dann hergekommen?"

Aliki sah ihn unter seinem Pferd hindurch an. „Er hat uns hier um Viertel nach dunkel oder so abgesetzt. Ich glaube, ich brauche auch Stiefel."

Rand wandte sich zu ihm um. „Was? Oh, wahrscheinlich dachte der Weihnachtsmann, ein Videospiel wäre dir lieber."

„Ja, da hatte er recht." Er richtete sich auf, warf dann jedoch noch einen Blick unter dem Pferdebauch hindurch. „Oder irgendjemand hatte recht." Er lachte.

Rand trat in die frühe Morgensonne hinaus. *Nicht hier.* Bedeutete es, dass Kai noch von der Sache mit Julie schockiert war? Oder musste er wirklich woanders arbeiten? *Mann, ich habe die ganze Nacht damit verbracht, an die Decke zu starren und darüber nachzudenken, wie ich sie lieber verbracht hätte. Ganz bestimmt nicht damit, allein herumzuliegen und mir Sorgen darüber zu machen, was Kai wohl denkt.*

Lani führte Rosebud aus dem Stall.

„Da seid ihr ja schon."

Sie lächelte.

Bleib gelassen. Mach dich nicht lächerlich. „Äh, noch mal zu Kai – ist mit ihm wirklich alles okay?"

Der Blick ihrer dunklen Augen senkte sich zum Boden. „Ähm, ja. Er hat nur viel zu tun, verstehen Sie?"

Das Wort entschlüpfte ihm gegen seinen Willen. „Wirklich?"

Sie hob den Kopf, schien etwas abzuwägen. „Er ist immer ein bisschen …" Sie zuckte mit den Schultern. „… hin- und hergerissen, könnte man sagen."

Wie gelang es dem Mädchen nur, wie eine fünfzigjährige Frau zu klingen? „Weswegen?"

Sie starrte wieder auf den Boden. „Er kümmert sich schon lange um uns. Vier Jahre. Ich glaube, er fürchtet sich davor …" Ein weiteres Schulterzucken. „… dass jemand Interesse an ihm, ähm, an uns zeigt. Weil … Ich weiß nicht, warum."

„Weil es etwas verändern könnte und Veränderungen oft schlecht sind." Er sagte es mit so viel Überzeugung, dass sie überrascht aufsah.

„Das könnte es sein."

Hinter ihnen knirschten Reifen auf dem Schotter. Es war der Hotelvan und Molly sprang heraus, um Lani kräftig zu umarmen. Dann lächelte sie Rand zu. „Hi, Mr. McIntyre. Ich scharre schon mit den Hufen!" Die Mädchen lachten. Kurz darauf führte Aliki Batman aus dem Stall und nachdem Molly ebenfalls ihr Pferd geholt hatte, konnte die Reitstunde beginnen.

Zwei Stunden später saßen die Kinder ab und Aliki massierte sich ausgiebig das Hinterteil. „Jetzt weiß ich, was Sie mit Gewichtshilfe meinen, Mr. McIntyre." Er lachte schallend, während Haku und die anderen Cowboys die Pferde in den Stall brachten. Sie waren so lange geritten, dass für das Putzen keine Zeit mehr blieb.

„Ja. Traben ist schwer. Wenn Kai euch das nächste Mal Unterricht gibt, achte darauf, wie tief er dabei im Sattel sitzt." Er senkte die Stimme. „Du kannst ihm helfen, Lani."

Aliki schüttelte den Kopf. „Er unterrichtet uns niemals."

„Doch, bestimmt."

Lani hob den Kopf. „Nein, Aliki hat wahrscheinlich recht. Kai sagt schon immer, er kann uns nicht unterrichten, weil er kein Vorbild ist."

„Warum sollte er das denken?"

Lani warf Aliki einen Seitenblick zu. Der Junge wirkte ungewöhnlicherweise traurig. Sie seufzte. „Unser Vater hat Kai oft angeschrien. Er hat ihm immer gesagt, dass er uns nichts beibringen soll, weil er kein gutes Vorbild ist."

Aliki verzog das Gesicht. „Nur hat er dabei viele unschöne Wörter benutzt."

Mann, Scheiße. „Es reicht schon, wenn ihr ihm einfach zuseht, okay? Er reitet besser als ich. Lani, wenn du Kai zusiehst, kannst du Aliki helfen."

Aliki sagte finster: „Ich wünschte, Sie würden hier wohnen."

„Vielleicht könnt ihr mich mal auf meiner Ranch besuchen."

Keines der Kinder wirkte auch nur annähernd hoffnungsvoll. Es brach ihm das Herz.

Molly winkte dem Fahrer des Vans zu, damit er wartete, und kam noch einmal zu Rand herübergehüpft. „Ich wünschte auch, Sie würden in meiner Nähe wohnen. Darf ich Sie umarmen?"

„Aber immer doch, Ma'am."

Als er in die Hocke ging, schlang sie ihm grinsend die Arme um den Hals. „Wenn ich wieder zu Hause bin, werde ich meine Eltern sofort um Reitstunden bitten. Ich möchte nichts vergessen."

„Du hast Talent. Wenn du so weitermachst, sehen wir dich bestimmt eines Tages bei Turnieren."

„Oh, das hoffe ich." Sie umarmte ihn ein letztes Mal. „Wir sehen uns noch im Hotel, oder?"

„Vielleicht. Ich reise schon morgen früh ab."

Lani hob eine Hand an den Mund. „O nein."

Er schaute in diese tiefgründigen Augen, die er einige Male beinahe glücklich gesehen hatte. Nun schien Lani wieder die Last sämtlicher Probleme dieser Welt auf ihren Schultern zu tragen. „Ich bin auch wirklich traurig." Eine verdammte Untertreibung.

Der Fahrer des Vans hupte, woraufhin Molly Lani umarmte. „Hoffentlich sehen wir uns noch mal, bevor ich fahre. Ich bin noch bis Neujahr hier."

Ein Lächeln legte sich auf Lanis Lippen, erreichte jedoch nicht ihre Augen. „Das wäre schön."

Molly schien den Tränen nahe zu sein. „Tja, dann tschüs. Mach's gut, Aliki." Sie drehte sich um und rannte zum Van.

Nachdem Rand ihr kurz nachgesehen hatte, wandte er sich wieder den Geschwistern zu. Von der Weihnachtsfreude war in ihren Gesichtern definitiv nichts mehr zu sehen. „Wie kommt ihr nach Hause?"

Aliki stieß mit dem Fuß gegen einen Stein. „Haku bringt uns, wenn er fertig ist."

„Wie wäre es, wenn ich euch fahre?"

„Das wäre super."

Lani packte Alikis Arm. „Nein, das können wir nicht von Ihnen verlangen Mr. McIntyre. Es ist Ihr letzter Urlaubstag. Außerdem ist gerade niemand zu Hause. Es ist besser, wenn wir auf Haku warten."

Rand musterte sie. Das Mädchen mochte eine dreihundert Jahre alte Seele haben, doch lügen hatte sie nie gelernt. „Ich bleibe einfach bei euch, bis eure Mutter oder Kai nach Hause kommen. Holt eure Sachen. Mein Auto steht gleich da drüben."

„Nein, wirklich, Mr. McIntyre. Es ist besser, wenn wir warten."

Als er sie ruhig ansah, senkte sie den Blick. „Hol deine Sachen."

Während der Fahrt schien Lani Aliki mit ihrer Anspannung anzustecken. Beide schwiegen. *Keine Ahnung, was da los ist – aber ich habe vor, es herauszufinden.*

Nachdem sie dem Highway gefolgt waren, bis man ihn eigentlich nicht mehr so nennen konnte, bogen sie auf einen holprigen Weg ab, der sich durch Büsche und Bäume wand. Neben ihm wurde Lani mit jeder Kurve angespannter. Endlich kam eine letzte Biegung und – verdammte Scheiße. Der alte Pick-up stand vor einem niedrigen hölzernen Haus, das einst eine Veranda besessen zu haben schien. Jetzt konnte es lediglich vier Holzstufen vorweisen, die zur Haustür führten. Rand bremste.

Lani sah ihn kurz an und sagte: „Kai ist wohl früher fertig geworden", bevor ihr Blick zum Fenster huschte.

Wie wahrscheinlich war es, dass Kai am Tag nach Weihnachten auf der Farm arbeitete, aber dann nur wenige Stunden? Nicht sehr. Er parkte neben dem Weg und überprüfte mit einem Blick, ob die Kindersicherung aktiviert war. Er konnte darauf verzichten, dass eines der Kinder aus dem Auto sprang und zum Haus rannte, um Kai vor dem großen, gefährlichen Haole zu warnen.

„Danke fürs Herfahren, Mr. McIntyre. Ich wünsche Ihnen eine schöne Heimreise." Lani sah ihn beim Reden nicht an.

Aliki hatte die allgemeine Nervosität eindeutig gespürt. „Ja, danke, Mr. McIntyre. Schöne Reitstunde. Hätte gerne mehr gehabt. Bis dann." Er zog am Türgriff.

Rand richtete seinen Blick auf Lani. Sie hob den Kopf. „Ist Kai wütend auf mich?"

„Ich … ich glaube nicht. Vielleicht."

„Und er möchte nicht mit mir reden?"

„Ganz so ist es nicht."

Oh Gott, sie wirkte so niedergeschlagen. Er konnte ihr das nicht länger antun. „Na gut, Lani. Dann sag ihm bitte, dass es mir leidtut. Ich hatte nichts mit der Sache gestern zu tun. Das war meine Mutter. Ich hätte etwas sagen sollen, ich bin nur … Na ja, ich war kein besonders guter Gastgeber. Jedenfalls hätte ich mich gern verabschiedet, aber ich möchte auch niemandem Probleme machen." Er entriegelte die Türen. „Es war wundervoll, dich und Aliki kennenzulernen – und Kai. Ich wünschte, ich müsste nicht weg – obwohl es so vermutlich am besten ist."

Aliki öffnete seine Tür, hielt jedoch inne, da Lani sich nicht bewegte. „Er mag Sie sehr."

„Wer?"

„Kai. Ich weiß, dass er es nicht immer zeigt, aber das tut er. Ich merke es. Er hat nicht viele Freunde. Jeder kennt ihn, aber er lässt niemanden an sich ran."

Aliki beugte sich vor. „Stimmt. Er ist zu sehr damit beschäftigt, sich um uns zu kümmern."

Lani nickte. „Damit will ich wohl sagen, dass er einen Freund gebrauchen könnte."

„Und wie kann ich das werden?"

Sie zuckte mit den Schultern. „Kommen Sie mit und sagen Sie ihm, was Sie uns gesagt haben."

„Ist das in Ordnung? Ich habe das Gefühl, niemand will mich in euer Haus lassen. Mag eure Mutter keinen Besuch?"

„Ich bezweifle, dass sie da ist." Sie warf Aliki einen Blick zu. „Es ist ein guter Zeitpunkt."

Rand öffnete die Fahrertür und betrat den Weg aus Sand und Schotter. Aliki rannte um das Auto herum und ergriff seinen Arm. „Kommen Sie schon."

Er folgte Aliki, während Lani eilig vorausging. Als sie die Stufen erreichten, öffnete Lani bereits die Tür, steckte den Kopf hinein und rief: „Wir haben Besuch." Dann machte sie einen Schritt zurück, damit Rand als Erster eintreten konnte.

Was habe ich erwartet? Jedenfalls nicht das. Der kleine Raum, eine Kombination aus Wohnraum, Esszimmer und Küche, strahlte so hell und sauber, dass man die Ärmlichkeit kaum bemerkte. Ein altes Sofa war mit einer farbenfrohen, geblümten Decke verziert worden. Gegenüber befanden sich zwei etwas abgenutzte, jedoch gemütlich wirkende Sessel. Im Mittelpunkt des Ganzen stand ein mit nicht zusammenpassendem, buntem Geschirr für drei Personen gedeckter Tisch und am Ofen, mit Shorts, Flipflops und einer Schürze bekleidet, stand Kai.

Er sah Rand finster an. „Was zum Teufel machst du hier?"

„Ich habe die Kinder nach Hause gebracht." Er verschränkte die Arme. *Ich gehe nicht weg.*

Kais dunkle Augen richteten sich auf seine Schwester. „Verdammt, Lani."

Rand machte einen Schritt auf ihn zu. „Schrei sie ja nicht an, nur weil du zu feige bist, mir gegenüberzutreten."

„Feige?" Er warf einen Blick auf Lani und Aliki und seine Brust füllte sich mit einem tiefen Atemzug. „Es ist kompliziert."

Rand näherte sich dem Sofa und setzte sich. „Ich habe Zeit, es mir anzuhören."

Kai wandte sich mit einem verärgerten Schnauben wieder den duftenden Zwiebeln in seiner Pfanne zu. „Geh zurück zu deiner Freundin und lass uns in Ruhe."

Rand warf einen Blick auf Lani, die ihn ansah, als erwartete sie etwas von ihm. „Ich habe Lani und Aliki schon gesagt, wie leid mir das mit der Party tut. Meine Mutter hat Julie eingeladen und ich war so überrascht, dass ich nicht richtig reagiert habe. Ich entschuldige mich."

Aliki ging zu Kai und schlang die Arme um seine Taille. „He, Kumpel, sei nicht zu streng zu dem Cowboy. Er ist doch unser Freund, stimmt's?"

Kai schaute auf seinen Bruder hinab. Sein Gesichtsausdruck war sanft. „Ja, Kaikaina, er ist unser Freund." Er hob den Kopf und sah mit neutralem Blick Rand an. Sein Brustkorb dehnte sich aus, zog sich zusammen. Dann sagte er: „Willst du zum Essen bleiben, Kumpel?"

Rand nickte. „Ja, das wäre schön. Kann ich helfen?"

83

„Vielleicht lässt sich Aliki zu etwas Salat überreden, wenn sein Reitlehrer ihn gemacht hat?" Er legte eine Hand an Alikis Kinn und sah ihn an. Doch der Junge rümpfte die Nase und flüchtete in den hinteren Teil des Hauses. „Zieh dich um und dann komm helfen", rief Kai.

Lani hatte ihre Stiefel ausgezogen und säuberte sie mit einem Tuch. „Ich ziehe mich auch um. Bis gleich." Mit einem Grinsen in Rands Richtung verließ sie den Raum.

Endlich allein. „Die Sache gestern tut mir wirklich leid."

„Dir muss nichts leidtun. Und was ihr für die Kinder getan habt, ist unglaublich." Er schüttelte den Kopf, doch sein Blick verließ nicht den Inhalt der Pfanne, zu welchem er nun Tomaten, Rinderhackfleisch und eine Mischung aus Gewürzen hinzufügte, die den ganzen Raum mit ihrem Duft erfüllten und Rands Magen zum Knurren brachten.

„Ich rede von uns. Von dir und mir. Es tut mir leid, dass ich dich in eine komische Lage gebracht habe."

Er warf Rand einen finsteren Blick zu und senkte die Stimme. „Es gibt kein ‚uns'. Du bist ein Haole, ein Tourist, der morgen zu seinem Leben zurückkehrt. Ich bin ein Schulabbrecher mit brauner Haut, der Mäuler stopfen muss."

Ein Schlag ins Gesicht, aber die absolute, reingoldene Wahrheit. „Und wenn ich nicht fahre?" Er hörte die Worte, als stammten sie von einem Fremden, der ins Zimmer gekommen war und sie ausgesprochen hatte.

Kai starrte ihn mit offenem Mund an, bevor er einen flüchtigen Blick in den hinteren Teil des Hauses warf und eine große Dose Tomaten mit so viel Schwung in die Pfanne schüttete, dass etwas davon auf seine Schürze spritzte. „Warum zum Teufel solltest du das nicht tun?"

„Wo ist der Salat?"

„Was?"

„Ich soll mich doch um den Salat kümmern."

„Oh." Er zeigte auf den Kühlschrank – ein laut gluckerndes Gerät, das in einer Antiquitätenshow mit etwas Glück viel Geld gebracht haben könnte.

Rand öffnete ihn und nahm den Romanasalat heraus, den er im Gemüsefach fand. Nachdem er sich neben Kai gezwängt hatte, nahm er ein Messer zur Hand und entfernte den Strunk, bevor er die Blätter wusch, mit einem Papiertuch trocknete und in kleinere Stücke zupfte, um sie in eine große Metallschüssel zu werfen, die er auf dem Kühlschrank entdeckt hatte. „Ich bin nicht sicher."

„Was?"

„Warum ich hierbleiben möchte. Ich weiß nur, dass mir der Gedanke ans Abreisen nicht gefällt. Und glaub mir, Mann, es gibt für mich kaum etwas Schöneres, als vor dem Kamin in meinem Farmhaus zu sitzen. Es ist also verdammt ungewöhnlich."

„Vergiss es, Kumpel. Wir sind wie ein Autounfall: Sieh einmal hin, aber dann fahr weiter."

„Was hast du sonst noch?"

„Wie bitte?"

„Für den Salat. Was soll sonst noch rein?"

Kai schüttelte den Kopf. „Was du im Schrank oder im Kühlschrank finden kannst."

„Ich mag dich."

Kai knallte seinen Kochlöffel auf die Arbeitsplatte und presste eine Hand gegen Rands Brust. „Ich komme mir gerade vor wie im falschen Film."

„Ich könnte doch wenigstens bis Neujahr bleiben. Das machen doch die meisten Haole-Touristen, oder? Dann könnte ich mehr Zeit mit den Kindern verbringen, ihnen noch eine Reitstunde geben, mir die Sieben Heiligen Pools ansehen …"

„Es gibt mehr als sieben und sie sind nicht heilig."

„Egal. Du könntest mir Makawao zeigen oder einige andere Dinge, die dir einfallen …" Er grinste. „… und das sehr oft." Flüsternd fügte er hinzu: „Am besten jede Nacht."

Nach einem Blick in den Flur – ja, die Kinder ließen sich Zeit – presste Kai durch die Schürze eine Hand auf seinen Schwanz und murmelte: „Fuck."

„Genau."

„Komm, Aliki, wir helfen Kai."

„Okay, Lani, gehen wir."

Als er die Stimmen der Kinder hörte, musste Rand lachen. Viel einstudierter als diese laut vorgetragenen Sätze konnte eine Aussage kaum klingen. Er flüsterte: „Anscheinend wollten sie uns Zeit geben, damit wir uns vertragen konnten."

„Und haben wir das getan?"

„Na, das hoffe ich doch." Er öffnete den Schrank, wo er auf eine Dose mit schwarzen Oliven stieß, und fand im Kühlschrank Sellerie und Tomaten. Lani näherte sich ihm mit einem verschwörerischen Lächeln. *Wofür die Kinder die Sache zwischen mir und Kai wohl halten?*

„Was kann ich tun?"

„Setzt euch doch hin und erzählt Kai von eurer Stunde. Dann sehen wir, was ihr heute gelernt habt."

Aliki ließ sich aufs Sofa fallen, doch Lani füllte Gläser mit Eistee, während sie von ihrer Trabstunde erzählten. Nicht lange danach nahmen sie mit einer Variante von Chili, einem Salat mit Dressing aus Blauschimmelkäse – das beste Mittel, um einen gewissen kleinen Jungen dazu zu verlocken – und einem knusprigen Knoblauchbrot am Tisch Platz. „Und jetzt kann ich kaum noch sitzen", schloss Aliki den Bericht über die Reitstunde ab.

Lachend ließen sie es sich schmecken. Nach seinem ersten Mundvoll sagte Rand: „Wow, das ist gut."

Lani grinste. „Wir nennen es Chili Kai Carne."

„Jedenfalls danke ich euch für die Einladung."

Sie warf Rand einen Seitenblick zu. „Haben Sie vorhin etwas davon gesagt, dass Sie länger bleiben wollen?"

Er sah Kai an, bevor er den Blick zu seinem Teller senkte. „Eventuell. Ich muss erst ein paar Anrufe erledigen."

Aliki klopfte mit seinem Messergriff auf den Tisch. „Ausgezeichnet."

Tue ich das wirklich? Sieht so aus. Er aß einen weiteren Bissen, während er sich in dem gemütlichen, mit Gelächter und angenehmen Gerüchen angefüllten Raum umsah. Seltsam, dass er keinen Hinweis auf ihre Mutter entdeckte.

12

RAND LEGTE das Handy auf sein Bett und aktivierte den Lautsprecher. „Kannst du mich gut hören? Ich habe endlich mal ein Netz."

„Ja. Es knistert ein bisschen, aber es geht."

„Also, wie ist der Unterricht gelaufen?"

„Gut. Ohne Probleme, *Patron*." Manolo grinste. Er hörte es an seiner Stimme.

„Wie würde es dir gefallen, noch ein paar Tage länger *Patron* zu bleiben – wäre das in Ordnung?"

Kurzes Schweigen. „Du bleibst länger?"

„Ich denke drüber nach, aber nur, wenn ihr mich nicht braucht. Also sei ehrlich."

„Ganz ehrlich? Niemand braucht deinen hässlichen Hintern", lachte Manolo.

Rand grinste. „Wenn wir den mal kurz vergessen – wäre es für unsere Finanzen besser, wenn ich zurückkäme?"

„Nein, wir kommen schon zurecht. Aber was ist los mit dir? Es scheint dir ja wesentlich besser zu gefallen, als du dachtest. Ist deine Mutter zu Hause geblieben?"

„Nein, sie macht es mir so schwer wie befürchtet. Allerdings reisen sie und mein Vater morgen ab. Er hat einen Geschäftstermin. Aber ich habe ein paar nette Leute kennengelernt und möchte noch ein bisschen bleiben."

„Ernsthaft? Hast du etwa eine Frau kennengelernt?"

„Nein, aber nette Kinder. Und einen echten hawaiianischen Cowboy, der mir mehr vom Leben eines Paniolo zeigen will."

„Ja, von der Sache mit den Cowboys auf Hawaii habe ich gehört. Klingt interessant. Wahrscheinlich stammt er von meinen Leuten ab."

„Ja, so vor zweihundert Jahren vielleicht."

„He, Blut lässt sich nicht verleugnen." Er lachte.

„Aber noch mal ernsthaft: Ich muss wirklich nicht morgen zurückkommen?"

„Nein. Wir kommen klar. Was sich an Arbeit für dich ansammelt, hat Zeit bis zum neuen Jahr."

„Das ist gut. Wenn ihr mich doch braucht, ruf einfach an. Allerdings werde ich von dem schicken Hotel in ein kleineres umziehen, also musst du es mit dem Handy versuchen."

„Wird's dir da zu teuer?"

„Ja. Es ist wirklich schön, aber da ich von jetzt an selbst bezahle, muss ich ein bisschen sparen."

„Und es geht um Kinder? Nach denen warst du ja schon immer verrückt."

„Allerdings. Und du wirst nicht glauben, was ich tue."

„Da muss ich nicht lange raten: Du bringst ihnen das Reiten bei."

Rand lachte. „Du bist ein mexikanischer Gedankenleser."

„Nein, nur ein Rand-Leser. Jedenfalls wünsche ich dir viel Spaß. Du hast ihn dir verdient. Und mach ein paar Fotos von den Paniolos, ja?"

„Mach ich. Danke, Manolo."

Er legte auf. Eine Hürde gemeistert. Für die nächste verließ er seine Hütte, um die seiner Eltern aufzusuchen. Die Tür war einen Spalt geöffnet. Seine Mutter hatte Taschen auf dem Boden ausgebreitet und war damit beschäftigt, zu packen. „Hallo, Schatz. Warum scheint das Gepäck mehr zu werden, wenn man für die Heimreise packt?"

Sein Vater hob den Blick von seinem allgegenwärtigen Handy, das im Augenblick ebenfalls zu funktionieren schien. „Vielleicht weil du tausend Dollar in Bekleidungsgeschäften ausgegeben hast?"

Seine Mutter grinste und stopfte weiter Kleidungsstücke in Taschen. „Hast du schon gepackt?"

„Ja, aber ich wollte euch sagen, dass ich morgen nicht mit euch zurückfliege."

„Was?"

Selbst sein Vater sah ihn überrascht an.

„Ähm, ich habe beschlossen, noch bis Neujahr zu bleiben und später zu fliegen."

„Ich dachte, du hast gepackt?" Sie wirkte verwirrt.

„Ich ziehe in ein kleines Hotel ein Stück den Highway runter. Das ist wesentlich billiger. Hier war es wirklich schön, aber auf Dauer ist es doch etwas zu viel Geld." Er lächelte.

Ihr Gesicht bewegte sich in Zeitlupe – von einem Stirnrunzeln über eine plötzliche Erkenntnis zu einem strahlenden Lächeln. „Das machst du doch nicht etwa wegen" – das letzte Wort war ein Quietschen – „Julie?"

Er unterdrückte einen finsteren Blick. „Nein, Mom, damit hat es wirklich nichts zu tun. Ich bin nur richtig begeistert von der ganzen Cowboysache hier und möchte mehr darüber erfahren. Ich möchte mir Makawao ansehen. Da gibt es Rodeos und Line Dance – du weißt, wie sehr ich so was liebe."

„Wirklich?" Sie wirkte verwirrt und etwas unglücklich.

Sein Vater hob den Kopf. „Du hast ihn zu diesem Urlaub eingeladen, damit er Spaß hat. Den hat er jetzt. Freu dich doch."

„Ja, du hast wohl recht, Liebling." Sie faltete eine weitere Bluse. „Planst du, mehr Zeit mit den Kindern zu verbringen?" Sie warf ihm einen Blick zu. „Und ihrem Bruder?"

Beantworte den leichten Teil. „Ja. Ich will ihnen noch mindestens eine Reitstunde geben."

„Eulen nach Athen tragen." Sie lächelte, wenn auch etwas angespannt.

„Dann sehen wir uns morgen früh."

Sie sah seinen Vater an. „Vielleicht sollten wir doch zum Flughafen fliegen, anstatt zu fahren, wenn Rand sowieso nicht mitkommt?"

„Wenn du möchtest. Ich kann an der Rezeption fragen, ob sich das einrichten lässt." Er erhob sich, schob sein Handy in die Tasche und folgte Rand aus der Tür. Draußen sagte er: „Sie möchte nur, dass du glücklich bist."

„Sie glaubt mir einfach nicht, dass ich es bin."

Sein Vater antwortete mit einer Umarmung und einem Seitenblick: „Das wird sie vielleicht, wenn du es glaubst." Er winkte Rand ein letztes Mal, als er sich dem Hauptgebäude zuwandte. „Ich hoffe, wir sehen uns morgen noch."

Ich liebe diesen Mann. Nachdem er ihm einige Sekunden nachgesehen hatte, drehte er sich um und rannte zu seiner Hütte, um sich seine Reisetasche zu schnappen und sie zu seinem Mietwagen zu bringen. Auch wenn er erst morgen auschecken würde, wollte er nicht länger darauf warten, das Bett in seiner neuen Bleibe auszuprobieren.

Eine Stunde später war er tief gesunken. Aus der kleinen Hütte sah man ebenfalls den Strand, womit die Gemeinsamkeiten allerdings bereits endeten. Sie besaß ein großes, leicht quietschendes Bett mit rauerem Bezug, mit dem er, da Kai ihm das Hotel empfohlen hatte, jedoch einige Erwartungen verband. Nachdem Rand sich angemeldet hatte, hängte er einige Kleider in den Schrank und verstaute eine beeindruckende Menge Gleitgel im Nachttisch. Anschließend zog er sich die Schuhe aus, setzte sich ans Kopfende gelehnt auf das Bett und lauschte dem Rauschen der Wellen. Jetzt konnte er nur noch hoffen, dass Kai etwas Zeit für ihn finden würde – er hatte etwas von einer Tante gemurmelt, die sich manchmal um Lani und Aliki kümmerte.

Obwohl er in ihrem Haus keinen Hinweis auf diese Tante oder ihre Mutter vorgefunden hatte. Die Kinder teilten sich ein Zimmer, also gab es definitiv ein zusätzliches Schlafzimmer am Ende des Flurs, dessen Tür verschlossen gewesen war. Aber konnte sich wirklich jeder einzelne Gegenstand, der ihrer Mutter gehörte, nur in diesem Raum befinden? Es wurde immer mysteriöser. Warum sollten sie eine Geschichte über eine Mutter erfinden?

Und warum sollte es ihn interessieren? Er hatte fünf Tage Spaß vor sich, die beste Art von Spaß. Er entspannte sich und schloss die Augen.

OHHH. ICH muss gestorben sein. So kann sich nur der Himmel anfühlen.

Gott! Er riss die Augen auf und sah glänzendes schwarzes Haar, das sich auf und ab bewegte. Rands Schwanz schob sich in eine warme, feuchte Kehle, die um ihn herum schluckte. „Oh, Scheiße!"

Kai löste sich von Rands Schwanz, um ihm mit vor Speichel glänzenden Lippen zuzulächeln. „Irgendwie musste ich doch das Schnarchen stoppen."

„Hoffentlich werde ich jetzt immer so geweckt."

„Möchtest du weiterschlafen?" Er grinste.

„Äh, lass mich überlegen." Er hob abwägend eine Hand. „Schlafen?" Er hob die andere. „Oder mich von Kai Kealohas Riesenschwanz ficken lassen? Mann, wie soll ich mich da bloß entscheiden?"

Kai lachte.

„War es schwer für dich, herzukommen?"

„Nein. Tantchen schaut bei den beiden vorbei. Außerdem ist die Gegend sehr sicher und Lani ist verantwortungsbewusster als ich."

Rand schnippte gegen seinen schlaff werdenden Schaft. „Ich weiß nicht, wie sicher es hier wirklich ist. Offenbar schleichen sich fremde Männer in Schlafzimmer und lutschen heimlich Schwänze."

„Oh, stimmt – das hatte ich vergessen. Hana ist bekannt für seine Blowjob-Überfälle. Aber davon abgesehen ist es hier so sicher wie in einer Kirche."

„Und das Schlimmste ist: Dann hören sie einfach auf!"

Kai zog sein T-Shirt aus. „Tja, da die Natur leider dafür gesorgt hat, dass sich gleichzeitiges Blasen und Ficken nicht mit der menschlichen Anatomie vereinbaren lässt, wirst du dich wohl für eins entscheiden müssen, Cowboy. Ich stehe dir auf jede Weise zur Verfügung." Da er seine Flipflops an der Tür gelassen hatte, musste er sich nun nur noch die Shorts abstreifen. Darunter kam dieser majestätische Schwanz zum Vorschein, der bereits halb steif war.

„Ficken. Eindeutig Ficken." Rand schob sich so eilig die Jeans von den Hüften, dass er mit im Jeansstoff gefangenen Beinen hintenüberfiel. *Gestrandete Meeresschildkröte.*

„Braucht da jemand ein bisschen Hilfe?" Kai näherte sich ihm auf Knien und stieß ihn weiter auf den Rücken, sodass er seine Zunge zwischen Rands Hinterbacken schieben konnte.

„Oh, wow." Feuchte Hitze umgab sein Loch, bevor sie sich in ihn schob und kribbelnde Lust an seinem Rücken hinauf und in seine Hoden sandte. Er hatte es kaum erwarten können, von Kai gefickt zu werden, und bereits der Anfang war atemberaubend. „Scheiße, wo hast du das gelernt?"

Kai zog seine Zunge heraus. „Als ich dreizehn war, hat das in einem Stall ein Junge vom Festland bei mir gemacht. Ich habe es nie vergessen. Mehr?"

„Lieber den Schwanz, bitte."

„Oh, wie höflich. Dann werde ich auch artig meinen kleinen Finger abspreizen, während ich dich richtig durchficke."

„Das will ich doch hoffen." Er kämpfte sich aus seiner Jeans und rutschte auf der Matratze nach hinten, damit er die Schublade mit dem Gleitgel erreichte.

Kai nahm die riesige Flasche entgegen und hielt sie hoch. „Ähm, hattest du vor, damit ein Aquarium für Delfine einzurichten? Oder eine Rutschbahn für Kinder anzulegen?"

„Ich bin einfach gerne gut vorbereitet."

„Mal sehen, ob wir das ganz aufbrauchen können, bevor du abreist."

Das klang vielversprechend – bis auf den Teil mit der Abreise.

Kai streifte ein Kondom über und strich es mit Gleitgel ein, während Rand sich ebenfalls mit ausreichend Gel versorgte. Dann folgte ein Augenblick freudiger Erwartung. *Oh, ja.* Kai brachte seinen Schwanz in Position, bedachte Rand mit einem trägen Grinsen und schob sich hinein.

Rand atmete tief durch und entspannte sich, obwohl sein Körper das Gegenteil tun wollte. Zwei Stöße später und … Scheiße! „Ich hatte vergessen, wie fantastisch das Ding brennt."

„Zu viel?"

„Niemals."

Mit einem Lachen schob Kai Rands Beine näher an seinen Kopf, um sich besser in ihn schieben zu können. „Mann, ich liebe das."

„Da bist du nicht der Einzige."

„Ich will dich an jedem Ort auf Maui ficken."

„Dann hast du ja gut angefangen."

Kai sah ihm tief in die Augen. „Dein Arsch ist wie für mich geschaffen. Fühlst du, wie gut wir zusammenpassen?" Er zog sich zurück und schob sich wieder hinein.

„Ja."

„Nicht zu eng, nicht zu weit, sondern genau richtig. Ich spüre dich mit jedem Nerv. Ohhhh." Er keuchte, als er sich mit gemächlichen Stößen bewegte.

Die langsamen Bewegungen über seine Prostata brachten jede Zelle in Rands Körper zum Aufflammen wie eine Leuchtreklame mit der Aufschrift *besser ficken.* Oh, verdammt, wie sollte er jemals wieder darauf verzichten können?

Sowohl Kais Atmung als auch seine Stöße beschleunigten sich. Heftiger und heftiger, schneller und schneller, wehendes schwarzes Haar und zusammengekniffene Augen. Ein Bild purer Leidenschaft. Rand gab sich dem Feuer hin und schob sich Kais Stößen entgegen, bis ihre nackte Haut so laut aufeinanderprallte, dass sie vermutlich selbst die Fische weckten. Das quietschende Bett stimmte mit ein, während das Kopfende gegen die Wand knallte. *Klatsch, quietsch, bums, klatsch, quietsch, bums! Keine Kontrolle mehr.* „O Gott, oh, oh." Kais Bauch schob sich mit jedem Stoß über Rands pochenden Schwanz, bis weißes Licht hinter seinen Augenlidern aufblitzte und … „Oh, Scheiiiiße!" Konnte man mit einem explodierten Kopf weiterleben? Feuer schoss durch seine Eier und in seinen Bauch, schnürte ihm die Kehle zu und entflammte seinen Verstand.

Irgendwo in weiter Ferne schrie Kai: „Großer Gott!"

Rand kam so heftig, dass er sich fühlte, als wäre er auf Öl gestoßen. Schwall auf Schwall und es hörte nicht auf. Er zitterte noch, als Kai auf seine Brust sank und seine Beine auf die Matratze legte. „Ich bewege mich nie wieder. Wenn wir das an jedem Ort auf Maui tun wollen, musst du mich tragen."

„Dann genieße ich diesen Arsch lieber hier."

Rand legte die Arme um Kai. „Kannst du bleiben?"

91

„Nein, ich muss zurück zu den Kindern. Ich lasse sie nicht gern über Nacht allein."

Komisch. Wieso waren sie mit ihrer Mutter „allein"?

„ICH WÜNSCHE euch einen guten Flug. Vielen Dank, dass ihr mich hierher eingeladen habt. Es war wirklich toll."

Seine Mutter musterte ihn nicht zum ersten Mal an diesem Morgen. „Offensichtlich."

Er bemühte sich, nicht zu erröten. Nachdem er am Morgen eilig aufgebrochen und zum Hana Maui gefahren war, hatte er seine Hütte verlassen, als wäre er die ganze Nacht dort gewesen. Er wandte sich eilig seinem Vater zu und schüttelte ihm die Hand. „Gute Reise."

„Und dir noch ein paar schöne Tage."

Als hinter ihnen Schritte zu hören waren, drehten sie sich um. *Oh, Mann.* Julie kam die Zufahrt hinauf. „Guten Morgen. Ich wollte mich nur verabschieden." Sie trug Blumenketten, von denen sie jetzt eine nahm und seiner Mutter um den Hals legte, bevor sie sie umarmte. „Hoffentlich zeigt sich die ‚Long and Winding Road' von ihrer besten Seite."

Während Julie seinem Vater eine Blumenkette umlegte, warf seine Mutter Rand einen finsteren Blick zu. „Eigentlich haben wir uns doch entschieden, das Flugzeug nach Kahului zu nehmen."

Julie wirkte überrascht. „Oh, wie schade. Auf der Fahrt gibt es so viel zu sehen. Aber sie dauert natürlich auch sehr lange." Sie wollte die letzte Blumenkette um Rands Hals legen, doch er wich zurück.

„Ähm, ich reise noch nicht ab. Ich werde noch ein paar Tage bleiben."

„Was? Wirklich?" Nach einem verwirrten Blick kehrte das Lächeln zurück. „Wie schön. Dann muss dir unser kleiner Teil der Welt ja wirklich gefallen."

„Ja. Ich möchte mich ein bisschen mehr mit der Paniolo-Tradition beschäftigen. Ich wollte nach Makawao fahren und mir vielleicht ein paar Bücher besorgen – für die Gäste meiner Ranch könnte das wirklich interessant sein."

„Das klingt gut." Sie schien noch etwas hinzufügen zu wollen, hielt dann aber inne. „Lass es mich wissen, wenn ich dir irgendwie helfen kann."

„Das ist nett."

„Hier, den *Lei* kannst du trotzdem haben. Schließlich muss er nicht gleich Abschied bedeuten." Sie stellte sich auf die Zehenspitzen, um ihm die Kette umzulegen und ihn auf die Wange zu küssen. Über ihren Kopf hinweg bemerkte Rand den Blick seiner Mutter.

„Danke."

Der Fahrer des Vans räusperte sich. Was war besser: sich noch länger in der Gegenwart seiner Eltern zu befinden oder mit Julie allein zu sein? „Ihr solltet jetzt lieber fahren, sonst verpasst ihr euren Flug."

Seine Mutter verabschiedete sich mit einem letzten Kuss auf Rands Wange. „Viel Spaß, Schatz." Dann stiegen sie in den Van und fuhren davon.

Rand atmete tief durch.

„Wie kam es zu der Entscheidung, noch zu bleiben?"

Er zuckte mit den Schultern. „Auf meiner Ranch ist vor Anfang des Jahres nicht viel los und es gibt hier so viel, das ich noch nicht gesehen habe. Meine Mutter wollte hauptsächlich Zeit mit ihren Fischsandwiches verbringen."

Julie musterte ihn aufmerksam. Viel konnte man ihr nicht vormachen.

Er richtete den Blick auf die Straße. „Außerdem habe ich die Kealoha-Kinder lieb gewonnen. Ich möchte ihnen noch ein paar Reitstunden geben – Kai will es ja nicht tun."

„Sie heißen Kahele."

„Was?"

„Lani und Aliki Kahele. Ein anderer Vater."

„Ja, stimmt, das vergesse ich immer. Was ist aus ihm geworden?"

„Ich glaube, er hat sich einfach nicht für die Familie interessiert. Man hört nicht viel über ihn."

„Er muss lange genug in der Nähe geblieben sein, um mit zwei Jahren Abstand zwei Kinder zu zeugen."

Sie zuckte mit den Schultern. „Ich bin nur eine Haole, die noch nicht lange hier wohnt. Also weiß ich nicht viel darüber. Man kann nur vermuten, dass ihre Mutter naiv genug war, um sich gleich zweimal mit einem nichtsnutzigen Typen einzulassen."

„Wenigstens sind dabei fantastische Kinder herausgekommen. Was stimmt nicht mit der Mutter?"

„Keine Ahnung."

Er seufzte. „Jedenfalls scheint Kai sich komplett für sie verantwortlich zu fühlen."

„Ja. Schon komisch – er spielt den coolen Cowboy, aber beschützt die Kinder wie eine Löwin. Übrigens liegt das mit den Reitstunden nicht daran, dass er es ihnen nicht beibringen *möchte*. Er glaubt wirklich, dass er es nicht kann."

„Ja, den Eindruck hatte ich auch."

„Jemand muss ihm einmal zu oft eingeredet haben, dass er unfähig und nutzlos ist. Zumindest wirkt er auf mich so."

„Es sieht aus, als wäre das der kinderzeugende Versager gewesen."

„Das klingt logisch. Ein fieser Stiefvater. Mann, die Welt ist voll von miesen Typen."

Rand starrte weiter die Straße hinab. „Und es ergibt keinen Sinn – hast du Kai mal auf dem Pferd gesehen?"

„Ja, habe ich."

„Ein Traum. Und Lani ist auch ein Naturtalent – vielleicht, weil sie einen Teil seiner Gene hat." Er lächelte.

„Du magst ihn sehr."

Es war keine Frage. Rand sah sie an. „Ja. Ein toller Kerl. Ich bewundere Menschen, die sich so liebevoll um Kinder kümmern."

„Warum hast du dann keine?"

Okay, schlechtes Thema. „Ich halte es für das Beste, wenn ein Kind mit zwei Eltern aufwächst und bisher hatte ich einfach keine Zeit für eine ernste Beziehung. Vielleicht nehme ich irgendwann ein Risikokind in Pflege oder so."

Sie antwortete lediglich mit einem Lächeln. „Mein Unterricht findet übrigens um eins statt. Du kannst gerne kommen und ein bisschen schwimmen."

„Ähm, eigentlich ziehe ich in ein billigeres Hotel um."

„Oh, in welches?"

„Eine Pension nicht weit von hier. Es ist nicht das Hana Maui, aber ich brauche nur einen Platz zum Schlafen." *Nicht rot werden. Nicht rot werden.*

„Da musst du aber Insiderinformationen bekommen haben, mein Sohn. Wer hat dir davon erzählt?"

„Kai."

In ihrem Lächeln lag Interesse, Spekulation und Belustigung – wenn er sich das nicht nur einbildete. „Jedenfalls hast du meine Nummer. Ruf mich an, wenn du etwas brauchst." Mit einem letzten Winken drehte sie sich um und ließ ihn mit seinem *Lei* um den Hals stehen.

13

„ICH WILL hier ungefähr ein Jahr lang bleiben und nur diese Dinger essen, okay?" Aliki lehnte sich gegen den erhöhten Holzgehweg vor der Bäckerei und schloss die Augen, als er genüsslich in den Rest seines Donuts am Stil biss.

Lani leckte Sahne von ihrem Windbeutel. „Der schmeckt auch großartig."

Rand klopfte sich auf den Bauch. „Du machst uns noch alle fett." Er seufzte und biss von seinem Donut ab. „Aber ich bereue nichts."

Kais Blick fiel auf den flachen Bauch, wobei ihm gleich das Gefühl von Rands Schwanz zwischen ihnen einfiel. *Mann, denk an was anderes.* „Ja. Angeblich soll es die beste Bäckerei in Hawaii und weit darüber hinaus sein." Er genoss den einmaligen Anblick des Städtchens Makawao. „Was wollt ihr jetzt machen?"

Aliki rief: „Noch einen Donut essen!"

Lani warf einen Blick auf die Kunstgalerien und die dazugehörigen Läden. „Willst du dir die Geschäfte ansehen, Lani?"

Aliki rümpfte die Nase. „Nein, keine Geschäfte. Die sind für Mädchen."

„Du gehst gerne in welche, um dir Videospiele zu kaufen. Sie scheinen also nicht nur für Mädchen zu sein."

„Das ist was anderes." Er aß den letzten Bissen Donut, als wäre es der letzte seines Lebens.

„Wir können uns doch ein paar Läden ansehen, dann etwas essen und danach zum Rodeoplatz gehen. Das Rodeo haben wir zwar verpasst, weil es Anfang des Monats war, aber es ist trotzdem interessant, den Platz zu besichtigen." Er sah Rand an. „Es ist das größte Rodeo von Hawaii."

Rand nickte interessiert. „Einer meiner Angestellten ist Rodeoreiter." Der Ausflug mit Kai und den Kindern schien ihm wirklich zu gefallen. Seltsam. Die meisten schwulen Männer wären nicht wild darauf gewesen, Zeit mit Kais Geschwistern zu verbringen, wenn sie sich davon nicht mehr Blowjobs erhofft hätten. Bei Rand schien das anders zu sein. Obwohl es ihm tatsächlich mehr Blowjobs einbringen würde.

Eine Stunde später hatte Aliki seine Meinung über die Geschäfte geändert. „Mann, das ist der Hammer." Er starrte ein riesiges Gemälde an, das Paniolos der Ranches von Maui zeigte, bevor er den Blick mit offenem Mund auf die kleine Statue eines Cowboys auf einem bockenden Pferd richtete. „Guck mal, Kumpel, das könntest du sein." Er zeigte auf das Gesicht des Cowboys.

Rand beugte sich über Kais Schulter. „Er hat recht. Der sieht dir wirklich ähnlich. Hast du in deiner Freizeit Modell gestanden?" Er lachte.

Lani warf einen Blick auf Kai. „Kais Vorfahren sind seit vielen Generationen auf der Insel. Es ist gut möglich, dass er mit dem Modell für die Statue verwandt ist."

Aliki stieß eine Faust in die Luft. „Wahnsinn! Wir sollten sie kaufen."

Kai tippte auf das kleine Preisschild am Sockel. „Hast du etwa irgendwo vier Tausender rumliegen, Aliki? Dann brauchen wir die nämlich fürs College." Er grinste, bemerkte beim Hochsehen jedoch ein leichtes Stirnrunzeln von Rand. „Also gut, lasst uns etwas essen."

Während sie sich auf dem Weg zum kleinen mexikanischen Restaurant an der Ecke befanden, warf Rand einen Blick in Lanis hübsches Gesicht und fragte: „Ist eure Mutter auch hawaiianisch?"

Sie wich dem Blick aus und sagte: „Äh, ja, größtenteils. Ein bisschen Weiß ein paar Generationen zurück."

Wenige Minuten später machten sie sich begeistert über Käse-Enchiladas und gefüllte Chilischoten her.

Rand wischte sich über den Mund. „Mann, das ist mindestens so gut wie das mexikanische Essen in Kalifornien."

„Wir sind ja auch enger mit Mexiko verbunden als ihr – abgesehen von der Sache, wo ihr Haoles ihnen Kalifornien weggenommen habt", antwortete er lachend.

Rand drehte seine Gabel zwischen den Fingern. „Als Vertreter der hellhäutigen Geißel der Menschheit muss ich jedenfalls sagen, dass es ausgesprochen gut schmeckt."

Lani prustete, woraufhin er sie mit dem Ellbogen anstupste und ihr zuzwinkerte. Kai aß nachdenklich einen Bissen. Vielleicht war es keine gute Idee gewesen, Rands längerem Aufenthalt zuzustimmen. Abgesehen von der Gefahr, entdeckt zu werden, bauten die Kinder eine noch stärkere Bindung zu ihm auf. *Verdammt, es wird schwer für sie sein, wenn er abreist.*

Nachdem sie mit vollen Bäuchen das Restaurant verlassen hatten, machten sie sich auf den Weg zum Rodeoplatz. Als sie an einem der beliebten Lokale vorbeigingen, schallte aus dem Eingang Line-Dance-Musik. Kai schaute hinein. „Es scheint ein spezielles Ferienprogramm zu geben. Sonst wird eigentlich erst abends getanzt."

Rand strahlte wie der Weihnachtsbaum auf dem Rasen vor der Kirche. *Ja, dieser Cowboy liebt das Tanzen.*

Lani legte eine Hand auf Kais Arm. „Können wir reingehen? Rand sieht aus, als wollte er gerne."

Aliki ließ die Schultern hängen. „Tanzen? Ach Mann! Ich dachte, wir sehen und den Rodeoplatz an."

Kai warf einen Blick in Rands leuchtende blaue Augen. „Ich finde, wir sollten eine Weile reingehen."

Nach dem strahlenden Sonnenschein wirkte die Bar dunkel und beengt, doch als sich seine Augen an das schwächere Licht gewöhnt hatten, entdeckte Kai einige andere Kinder. Ein gutes Zeichen. Eine Frau, die mit drei anderen Leuten an einem Tisch saß, winkte ihnen zu, bevor sie aufstanden, um zu gehen. Er schob sich durch die Menge und wich einigen Tänzern aus, bis er den Tisch erreicht hatte. „Danke."

„Für einen so stattlichen Cowboy immer gerne." Sie zwinkerte ihm zu, bevor sie ihren Begleitern zur Tür folgte. Rand führte die Kinder zum Tisch und ließ sie und Kai allein, um Getränke zu holen.

Lani nutzte die Gelegenheit, um Aliki anzustupsen. „Stell dich nicht so an. Rand hat so viel für uns getan und scheint sich wirklich aufs Tanzen zu freuen."

Aliki sah sich um. „Wie soll er hier tanzen? Er kennt niemanden."

Kai lächelte. „Das ist das Schöne am Line Dance. Es geht überall und mit jedem."

Rand schob sich durch die Menge an den Tisch, um seine Flaschen mit kaltem Malzbier abzustellen. „Das Schöne am Line Dance ist, dass wir es dir beibringen werden." Er schnappte sich Alikis Hände und zog ihn von seinem Stuhl.

„Auf keinen Fall!"

„Auf jeden Fall." Er wandte sich an Kai und Lani. „Kommt mit."

Rand eröffnete mit Aliki neben sich eine eigene Reihe hinter den anderen Tänzern. Kai stellte Lani neben Aliki und reihte sich neben ihr ein. Rand klatschte im Rhythmus der Musik. „Also gut: Country Slide. Das ist nur Schritt, zusammen, Schritt, Fußspitze. Schaut zu." Wie er diesen großen Körper so verdammt elegant bewegen konnte, war ein Geheimnis. Jedenfalls sah es unglaublich sexy aus. Anfangs waren Alikis Versuche etwas ungeschickt, doch bald packte ihn sein begeisterungsfähiges Wesen. Lani ging mit einigen Blicken sicher, dass sie niemand beobachtete, bevor sie den Tanzschritt wiederholte, als beherrsche sie ihn seit Jahren. Einige Minuten später klatschten und tanzten die Kinder ohne jedes Zögern.

Bald änderte sich die Musik, woraufhin Rand wieder zum Lehrer wurde und die Schritte für den Cowboy Charleston zeigte. Nachdem sie bereits einige Grundlagen gelernt und ihre Hemmungen abgelegt hatten, begriffen sie schnell.

Dann hallte „What Was I Thinking" durch den Raum und Rand warf einen Seitenblick auf Kai, während er in den Grundschritt, den er Aliki und Lani gezeigt hatte, mehr und mehr Variationen einbaute, Drehungen, Kicks und Two-Step-Schritte. Kai machte es ihm nach. Sie tanzten um die Kinder herum und zwischen ihnen hindurch, während die zwei lachten und klatschten. Andere Leute stimmten mit ein und eine Frau stieß einen lauten Pfiff aus. Bald hörte Aliki auf zu tanzen und dann Lani, sodass Rand und Kai allein zurückblieben. *Oh Mann, was für ein Arsch.* Rand hatte sich umgedreht und sich mit einigen Tanzschritten ein Stück von ihm entfernt, wobei sich seine Hüften auf verführerische Weise bewegten. Der Anblick der schmalen Hüften und des knackigen Hinterteils unter abgetragenem Jeansstoff machten seinen Schwanz zu einem wilden Rodeopferd, das sich nicht bremsen ließ.

Er spürte, wie er sich beim Tanzen gegen den rauen Stoff seiner Jeans presste. Rand sah hinunter, seine Augen weiteten sich und er warf Kai einen Blick zu, der beinahe seine Gürtelschnalle zum Schmelzen gebracht hätte. Scheiße, er hätte am liebsten das ganze nächste Jahr in einem Bett mit Rand verbracht.

Kai schaute sich um. Die anderen Gäste sahen ihnen interessiert zu. *Verschwinde von dieser Tanzfläche.* Er drehte sich und machte einen Schritt zur Seite, sodass er mit Schwung auf seinem Stuhl landete. Lani und Aliki klatschten, doch Lani betrachtete ihn mit einem Lächeln und großen, neugierigen Augen. *Verdammt, sie ist zwölf, nicht blind. Sei vorsichtiger, Mann.*

Rand tanzte ebenfalls zum Tisch und ließ sich lachend auf seinen Stuhl fallen, während die Leute noch applaudierten und pfiffen. „Das hat Spaß gemacht. Hat es euch gefallen?"

„Ja. Voll toll." Aliki schien sich mit seiner üblichen Begeisterung bekehren lassen zu haben.

Lani sah Rand an, dann Kai. „Ich fand es auch schön. Aber ihr zwei solltet öfter zusammen tanzen."

Kai kämpfte gegen ein Stirnrunzeln an. *Sie denkt sich nichts dabei.* „Tja, in den meisten Cowboybars würde man uns nicht zusammen tanzen lassen, da kannst du dir sicher sein."

„Das ist traurig." Sie trank von ihrem Malzbier, als hätte sie nicht gerade ihrer Unterstützung für Schwulenrechte Ausdruck verliehen.

Rands Handy klingelte. Er wirkte überrascht. „Wow. Es funktioniert hier so selten." Er betrachtete das Display und runzelte die Stirn. „Entschuldigt mich kurz." Er hielt sich das Handy ans Ohr. „Mrs. Orwell? Sind Sie das?" Er lauschte. „Nein, ich bin noch auf Maui. Ich habe den Urlaub um ein paar Tage verlängert." Er schenkte Kai ein Lächeln. „Ist alles in Ordnung?" Die Falte zwischen seinen Augenbrauen wurde zu einem tiefen Graben. „Nein, Sie stören nicht. Ich bin nicht in Hana, sondern in Makawao." Nachdem er einige Sekunden aufmerksam zugehört hatte, sagte er: „Warten Sie mal, Mrs. O." Er hielt eine Hand über das Gerät. „Wie weit sind wir von Paia entfernt?"

„Ungefähr eine Viertelstunde."

„Wirklich? Hättest du was dagegen, hinzufahren? Eine Freundin hat ein großes Problem. Sie …"

Kai hob eine Hand, um ihn zu unterbrechen. „Lass uns gehen. Den Rest kannst du uns unterwegs erzählen." Nur Rand konnte sich mit Leuten anfreunden, die ihn auf einer Insel, die er selbst kaum kannte, um Hilfe baten.

Als Kai nach seinem Portemonnaie greifen wollte, schnappte Rand sich die Rechnung und ging zur Bar, um zu bezahlen. Dann verließen sie mit den Kindern das Lokal und eilten zum Parkplatz einige Straßen weiter, auf dem ihr Mietwagen wartete. Als sie einstiegen, lachte Kai leise. „Ich sollte diese Parklücke versteigern. Zur Mittagszeit gibt es in Makawao nichts Wertvolleres." Er setzte zurück und lenkte das Auto in eine andere Richtung als die, aus der sie in die Stadt gekommen waren. „Also, was ist passiert?"

Aliki beugte sich so weit nach vorn, wie es der Sicherheitsgurt erlaubte. „Ja, Onkel Rand, was ist los?"

Onkel Rand? Sein Herz machte einen Hüpfer.

Rand lächelte nur, als wäre es ganz normal für Kais Kinder, ihn als Onkel zu bezeichnen, und drehte sich ein Stück auf seinem Sitz, um sich an Kai und die Kinder zu wenden. „Es geht um eine Freundin, die ich im Flugzeug nach Maui kennengelernt habe. Mrs. Orwell. Ich habe doch erwähnt, dass ich Höhenangst habe? Jedenfalls erstreckt die sich auch aufs Fliegen. Ich glaube, ohne sie hätte ich es nicht überlebt." Er lachte und die Kinder lachten mit ihm. „Sie muss schon um die achtzig sein. Jedenfalls ist ihre Tochter, die ich kurz getroffen habe, mit einem Soldaten verheiratet, der sich gerade im Einsatz befindet. Ihr Exmann ist ein richtig mieser Typ und anscheinend hat er gerade angerufen und ihnen Angst gemacht. Mrs. Orwell hat sich daran erinnert, dass ich ungefähr um diese Zeit abreisen wollte, und dachte, ich wäre vielleicht gerade auf der Straße zum Flughafen, die in ihrer Nähe vorbeiführt. Sie hofft nämlich, dass ein großer Mann den Typen etwas einschüchtert."

„Warum ruft sie nicht einfach die Polizei?" Kai fuhr etwas langsamer, als sie den Außenbezirk von Paia erreichten. „Wohin jetzt?"

Rand warf einen Blick auf sein Handy. Sie musste ihm eine Wegbeschreibung geschickt haben. „Rechts." Er zeigte auf den richtigen Abzweig. „Der miese Typ ist auch beim Militär und ich schätze, Gesetzeshüter sind in solchen Fällen ein bisschen … voreingenommen gegenüber einer Frau. Na ja, vielleicht müssen wir später trotzdem die Polizei rufen, weil wir ja nicht lange bleiben können. Aber ich habe fest versprochen, ihr zu helfen, egal wobei."

„Mann, sie muss dir ja echt geholfen haben."

„Du kannst dir nicht vorstellen, wie sehr."

Merkwürdig. Rand wirkte immer so ruhig und vernünftig. Er konnte sich ihn nur schwer verängstigt vorstellen.

Rand runzelte die Stirn. „Wenn wir beim Haus ankommen, lasst mich erst die Lage überprüfen. Ich will Lani und Aliki nicht in Gefahr bringen." Er deutete wieder aus dem Fenster. „Hier links."

Während es in Makawao vor allem um Cowboys und Kunst ging, wurde Paia von der Surfkultur bestimmt, wenn auch nur im kleinen Rahmen. Obwohl es nur wenige Tausend Bewohner hatte, gab es viele Läden mit Surfzubehör und an den Gehwegen reihten zum Verkauf stehende Bretter aneinander.

Sie fuhren durchs Stadtzentrum und bogen in eine kleine Wohnsiedlung ein, bis sie vor einem zweistöckigen Haus ankamen, das mithilfe von Pfeilern erhöht gebaut worden war, sodass es noch weiter in den Himmel ragte. Der riesige Balkon im zweiten Stock bot sicher einen atemberaubenden Meerblick. Dennoch machte es keinen übertrieben luxuriösen Eindruck und die Spielzeuge auf dem Rasen verliehen ihm eine gemütliche Note. Kai nickte in Richtung des Hauses. „Das ist die Adresse, die du mir gesagt hast."

„Sieht passend aus. Bleibt hier, ich sehe es mir an."

„Nein, die Kinder können im Auto bleiben. Da kann ihnen nichts passieren. Falls der Typ zusieht, sollten wir ihn gleich doppelt einschüchtern."

Nachdem er ihn kurz angesehen hatte, nickte Rand energisch und stieg aus. Kai drehte sich zu den Kindern um. „Bleibt hier und verriegelt hinter mir die Türen, okay?" Mehr musste er nicht sagen. Lani wusste, was zu tun war.

Nachdem er ausgestiegen war, schlug er die Tür zu und ging mit seinem bedrohlichsten Gesichtsausdruck neben Rand her. *Na gut, Rand ist einige Zentimeter größer und wiegt wahrscheinlich fünfundzwanzig Kilo mehr, aber ich kann verdammt fies sein.* Er unterdrückte ein Grinsen.

Kaum hatte Rand die Hand zum Klopfen gehoben, flog die Tür auf. Eine alte Dame stürzte heraus und schloss Rand in die Arme. „Es tut mir leid, dass ich Ihnen so viel Mühe mache, mein Lieber. Aber ich hatte gehofft, Sie wären in der Nähe."

„Es war gutes Timing." Er wandte sich leicht in Kais Richtung. „Mrs. Orwell, das ist ein Freund von mir, Kai Kealoha."

„Noch ein Cowboy. Wer hätte gedacht, dass Sie sich auf einer Insel inmitten des Pazifik finden würden?"

Ähm, wie meint sie das? Kai streckte seine Hand aus, doch sie umarmte ihn stattdessen.

„Kai war der Meinung, zu zweit wären wir abschreckender."

Eine angespannt wirkende Frau um die vierzig näherte sich mit einem Mädchen im Teenageralter, dem sie einen Arm um die Schultern gelegt hatte. Zwei weitere Mädchen, vermutlich etwas jünger als Aliki, spähten aus der oberen Etage die Treppe herab.

Mrs. Orwell sagte: „Das sind meine Tochter Genevieve und ihre Mädchen Katie" – sie deutete auf das ältere Mädchen neben ihrer Mutter – „und da oben Olivia und Melissa."

Genevieve zeigte auf das Wohnzimmersofa. „Bitte setzen Sie sich. Ich hole uns etwas zu trinken."

Rand hob eine Hand. „Erst wüssten wir gern, wie die Situation ist. Kais jüngere Geschwister warten im Auto. Ist es hier sicher? Können wir sie reinbringen?"

Mrs. Orwell runzelte die Stirn. „Bisher hat er sich nicht sehen lassen. Gestern Abend hat er Genevieve angerufen und ihr gesagt, dass er wieder auf der Insel ist. Heute hat er sich wieder gemeldet. Er klang betrunken und hat damit gedroht, Katie zu holen. Er weiß nicht unbedingt, wo sie ist, aber wir können nicht sicher sein."

Rand warf einen Blick auf Katie. „Glauben Sie, er würde etwas, äh, Unerwartetes tun?"

Genevieve drückte ihre Tochter an sich. „Leider weiß Katie nur zu gut über ihn Bescheid. Er ist ein Misshandler." Sie zuckte mit den Schultern. „Da müssen wir wohl mit allem rechnen."

„Sind alle Mädchen seine Kinder?" Rand lächelte ihnen zu.

„Nur Katie. Olivia und Melissa sind die Töchter meines zweiten Mannes." Rand sah Kai an. „Was meinst du?"

Kai nickte. „Ich hole sie." Kaum hatte er die Tür geöffnet, sprangen Lani und Aliki aus dem Auto. Sie wollten eindeutig einbezogen werden. Nachdem er sie ins Haus gebracht hatte, stellte er sie Mrs. Orwell und ihrer Tochter vor.

Mrs. Orwell sagte: „Das ist Katie. Und da oben sind Olivia und Melissa."

Kai grinste. „Tja, Aliki. Sie sind in der Überzahl."

Der Junge zuckte mit den Schultern. „Kein Problem. Wer mag Videospiele?" Er holte seine Konsole aus der Tasche und die jüngeren Mädchen hoben augenblicklich die Hände. „Ich zeige es euch, okay?"

Kai lächelte. Manchmal entdeckte er überraschende Seiten an Aliki. Er musste bemerkt haben, wie nervös die Mädchen waren. Als Kai den Kopf hob, sah er, dass Rand dem Jungen ebenfalls voller Wärme zulächelte.

Lani näherte sich Katie. „Hi."

„Hi", erwiderte Katie lächelnd. „Willst du mein Zimmer sehen?"

„Gerne."

Damit waren alle Kinder nach oben verschwunden. Gut. Falls das Arschloch auftauchte, waren sie vor ihm sicher. Genevieve führte sie ins Wohnzimmer. „Bitte setzen Sie sich. Ich nehme an, Sie können nicht lange bleiben, aber meine Mutter war der Meinung, dass große Männer im Haus meinen Ex von Dummheiten abhalten könnten, falls er uns beobachtet."

Kai grinste. „Ein großer Mann." Er zeigte auf Rand. „Und ein mittelgroßer." Er machte eine kleine Verbeugung.

Sein Scherz löste die allgemeine Anspannung ein wenig und das durchs Haus schallende Lachen der Kinder half ebenfalls.

„Haben Sie schon gegessen?", erkundigte sich Mrs. Orwell.

Rand nickte. „Oh ja. Kai hat uns die natürliche Überlegenheit des mexikanischen Essens in Makawao demonstriert. Meine Figur wird sich nie wieder erholen."

„Mit Ihrer Figur gibt es keine Probleme, mein Lieber", lachte Mrs. Orwell. Da hatte sie so was von recht. „Dann können wir direkt zum Nachtisch übergehen. Ich habe gestern Haferflockenkekse mit Rosinen gebacken – die dürften aber ziemlich gut ankommen."

Kai und Rand folgten den beiden Frauen in die Küche. Zwanzig Minuten später verließen sie diese mit einem Tablett voller Schüsseln mit Vanilleeis, garniert mit Zimt und köstlich riechenden Keksen. Sie trugen sie in den ersten Stock, wo von einem zum Balkon führenden Flur die Kinderzimmer abzweigten. Lani und Katie unterhielten sich angeregt in Katies Zimmer. Als Rand eintrat, verstummten sie, nahmen jedoch gern die Leckereien entgegen.

Die jüngeren Kinder, angeführt von einem begeisterten Aliki, empfingen sie hüpfend und jubelnd. Als sie das Zimmer verließen, war es wieder still, da nun alle mit Vanille und Haferflocken beschäftigt waren. Als sie beinahe die Treppe erreicht hatten, sah Rand sich um, bevor er Kai mit einem Grinsen ein Stück Keks zwischen die Lippen schob.

„Wie verführerisch." Kai nahm den Keks entgegen, wobei es ihm gelang, ein wenig an Rands Finger zu saugen. Oooh, warm und süß – womit er nicht nur den Keks meinte.

Lust flackerte in Rands Augen auf und Kai musste daran denken, wie Rands knackiger Hintern beim Tanzen ausgesehen hatte, was seinen Schwanz wiederum daran erinnerte, wie sehr er sich nach diesem Arsch sehnte – eine Kettenreaktion. Er saugte noch heftiger an Rands Finger.

Rand flüsterte: „Ich wünschte, das wäre ein anderer Körperteil."

„Ganz deiner Meinung, Baby."

„Ob sie uns vermissen, wenn wir einen zweistündigen Zwischenstopp im Badezimmer einlegen?"

Kai lachte. „So lange hältst du es mit meinem Schwanz in dir aus, bis du kommst?"

„Nein, ich hatte vor, mehrmals zu kommen."

„Scheiße, Rand." Er legte eine Hand auf seinen Schwanz und drückte zu, um ihn zu bändigen.

„Wir holen es später nach."

„Darauf kannst du deinen süßen Arsch verwetten."

„Und jetzt lass uns runtergehen, bevor alle Kekse weg sind."

Lachend trampelten sie die Treppe hinab.

14

ALS SIE das Wohnzimmer betraten, hielt Mrs. Orwell bereits zwei Schüsseln mit Vanilleeis bereit, natürlich abgerundet mit Keksen. Sie ließen es sich schmecken.

Anschließend leckte sich Rand lächelnd die Lippen. „Danke, Mrs. O. Eigentlich dachte ich, ich könnte nie wieder etwas essen, aber diese Kekse sind ein Meisterwerk."

Sie trank einen Schluck Tee. „Wie haben Sie zwei sich eigentlich kennengelernt?"

Rand lächelte Kai zu. „Wir sind beide begeisterte Tänzer und ich bin in einer Cowboybar gelandet, in der Kai gerade einen Two Step hingelegt hat."

Kai lachte. „Und da wir beide natürlich *kein* bisschen ehrgeizig sind, haben wir versucht, uns gegenseitig aus der Bar zu tanzen. Das hat nicht funktioniert, also haben wir beschlossen, Freunde zu werden."

„Kai leitet Ausritte für das Hana Maui und hat mich überredet, Reitunterricht zu geben." Rand zuckte mit den Schultern. „Der Rest ist Geschichte."

„Wie wunderbar." Mrs. Orwell lächelte. „Ich bin so froh, dass es für Sie doch ein schöner Urlaub geworden ist, Rand. Ich habe es Ihnen ja gesagt. Wissen Sie noch?"

Rand hob den Kopf und ein Lächeln legte sich auf seine Lippen, das jedoch abrupt wieder verschwand. Stattdessen errötete er und warf einen Seitenblick auf Kai. „Äh, nein, Mrs. O., so ist das nicht. Ich meine …"

Plötzlich drang Lärm aus der Küche, das Klirren von Glas und das Geräusch zersplitternden Holzes. Mrs. Orwell und Genevieve stießen einen Schrei aus, während Rand aufsprang. Kai folgte ihm einen Augenblick später. Noch bevor Rand das Wohnzimmer verlassen hatte, stolperte ein großer, rothaariger Mann in den Raum. Er war durchtrainiert und in guter Verfassung, wenn man vom Ansatz eines Bierbauchs und seinem leicht verrückten Blick absah. „Wo ist sie? Ich will meine verdammte Tochter. Du hast nicht das Recht, sie einem anderen Mann zu geben."

Rand baute sich zwischen dem wütenden Eindringling und den anderen auf – einschließlich Kai.

Mrs. Orwell trat einen Schritt vor. „Hör schon auf, Mitchell. Niemand hat deine Tochter jemand anderem gegeben. Wenn du dich wie ein vernünftiger Vater benimmst, kannst du Katie sehen, so oft du willst."

„Misch dich nicht ein, du Schlampe." Er hob eine Hand, doch Rand trat näher und hielt sie fest.

„Vergiss es."

„Wer zum Teufel bist du?" Er versuchte vergeblich, sich aus Rands Griff zu befreien.

„Jemand, der auf die Menschen in diesem Haus aufpasst und groß genug ist, um sie vor dir zu schützen. Warum gehst du jetzt nicht lieber und nüchterst dich aus? Dann kannst du später mit Genevieve über Katie reden."

„Ja, tolle Idee." Der Typ grinste höhnisch und schaffte es, Rand seinen Arm zu entreißen. „Ich will nur meine Tochter sehen." Ihm traten Tränen in die Augen.

Der Typ musste Drogen genommen haben. Anders waren so heftige Stimmungsschwankungen nicht zu erklären.

Zum ersten Mal meldete sich Genevieve zu Wort. „Geh schon, Mitch. Wenn du mich später anrufst, können wir absprechen, wie du unter gerichtlicher Aufsicht Katie sehen kannst."

Er stolperte einige Schritte nach hinten, bis er an der Wand lehnte, hob einen Arm über die Augen und begann zu weinen.

Tja, verdammt. Vielleicht fehlte ihm Katie wirklich. Doch als Rand sich ihm näherte, rammte Mitch ihm seine Schulter in die Brust, womit er ihn ein ganzes Stück zur Seite stieß, und rannte mit Kai auf den Fersen zur Treppe.

Scheiße! Rand folgte ihnen. „Halt ihn auf, Kai."

Wenige Sekunden hinter ihnen erreichte er die erste Etage und hielt mit offenem Mund inne. In der Tür zu Katies Zimmer stand Lani. Sie hielt einen Baseballschläger in den Händen, bereit zum Schlag, und ihre dunklen Augen funkelten Mitch wütend an. „Komm näher und du wirst es bereuen."

Es hätte albern wirken sollen – oder vielleicht niedlich. Doch das tat es nicht. Es wäre unmöglich gewesen, sie nicht ernst zu nehmen.

Rand hob beschwichtigend die Hände. „Schon gut, Lani. Wir kümmern uns um ihn."

Während Rand sich näherte, hatte Kai dem Mann bereits von hinten einen Arm um den Hals gelegt und zog ihn von der Tür weg. Doch Mitch musste mindestens zehn Kilo schwerer als Rand sein, womit es im Vergleich zu Kai fast fünfunddreißig waren. Er nutzte sein größeres Gewicht aus und warf sich nach hinten, sodass Kai mit ihm rückwärts gegen die Gipskartonwand stolperte und seinen Würgegriff nicht beibehalten konnte.

Lani näherte sich mit dem Baseballschläger. „Lass meinen Bruder in Ruhe!"

Rand warf sich zwischen sie und den Mann, doch dieser fuhr herum, packte Kai bei der Kehle und zerrte ihn durch den Flur in Richtung Balkon.

„Kai!" Rand rannte ihm nach, als Mitch plötzlich mit der Hand, die nicht mit dem Versuch beschäftigt war, Kai den Hals zu brechen, ein Messer aus der Tasche zog. Es war klein – aber mehr als groß genug, um jemandem die Halsschlagader durchzuschneiden. *Scheiße!* Rand erstarrte und hob die Hände. „Mach keine Dummheiten."

„Kai!", rief Lani. Dann ließ ein Schrei Rand herumfahren und er entdeckte Aliki, der mit weit aufgerissenen Augen und offenem Mund zusah, wie sein Bruder auf den Balkon gezerrt wurde.

Rand rief: „Lani, pass auf Aliki auf", bevor er sich Schritt für Schritt Mitch näherte. Der Mann schleifte Kai praktisch über den Boden, während dieser stolpernd versuchte, auf die Füße zu kommen, um seine Kehle zu entlasten. *Gott, das muss wehtun.* „Mitch, das ist doch sinnlos. Wohin willst du da draußen? Lass einfach Kai los, dann kannst du gehen."

„Ich gehe nicht ohne meine Tochter."

„Dir muss doch klar sein, dass es nicht möglich ist. Dann wirst du nur wegen Entführung festgenommen."

„Dafür muss man mich erst erwischen."

Hinter sich hörte Rand Lani zischen: „Du willst sie doch nur, damit du ihr wieder wehtun kannst."

Was zum ...? Rand sah sich um. Lani stand mit zusammengekniffenen Augen da und hielt nach wie vor den Baseballschläger umklammert. Sie befand sich nur zwei Schritte hinter ihm.

Rand wandte sich wieder Mitch zu, der Lani anstarrte, als wäre sie eine giftige Schlange. „Halt das Weib von mir fern."

In einer einzigen fließenden Bewegung nahm Rand Lani den Baseballschläger aus den Händen, ließ sich auf den Boden des Balkons sinken und schlug ihn mit aller Kraft gegen Mitchs Knie.

„Au! Verdammte Scheiße!", brüllte er, während er wie ein Büßer beim Gebet auf die Knie fiel und Kai losließ. Kai stolperte nach hinten, nach hinten ... bis er in grauenhafter Zeitlupe über den Rand des Balkons verschwand.

„Kai. Nein! Nein!" Rand sprang auf, knallte den Schläger gegen Mitchs Kopf, woraufhin er wie eine alte Socke auf dem Boden zusammensank, und stürzte mit Bildern eines zerschmetterten Körpers im Kopf zum Balkonrand. Zitternd spähte er hinunter ... in Kais nach oben gewandtes Gesicht. Er hing mit einer Hand an einem Fahnenhalter etwa eine halbe Etage unter Rand. „Scheiße."

Kai hob den anderen Arm und versuchte, sich damit ebenfalls festzuhalten, doch das Metallstück war zu klein. Als er die Hand über die andere legte, rutschte er lediglich.

Lani war neben Rand aufgetaucht. „Bitte hilf ihm."

Rand nickte, obwohl ihm schwindlig war und sein Körper zu Eis erstarrt zu sein schien. „Sag Mrs. O., sie soll die Polizei verständigen."

„Hat sie schon."

„Gut." Er eilte zur anderen Seite des breiten Balkons, wo ein großer, eiserner Tisch mit schmiedeeisernen Stühlen stand. „Hilf mir." Er begann, den schweren Tisch in Richtung Rand zu ziehen. „Lass nicht los, Kai." Er drehte sich um, als Mrs. Orwell und Genevieve auf den Balkon rannten, um beim Schieben zu helfen. „Ein Seil. Ich brauche ein Seil."

Genevieve eilte davon, während Rand über die Tischplatte nach unten schaute.

Kai erwiderte den Blick mit einem kleinen Kopfschütteln.

„Kai, lass nicht los. Ich bin gleich bei dir." *Oh, verdammt. Schaffe ich das?*
„Schnell."

Oh, Gott. Ihm darf nichts passieren. Das darf es einfach nicht.

Genevieve traf mit einem der gelben Kunststoffseile ein, die man benutzte, um Gegenstände auf Autodächern zu befestigen. Sirenen waren zu hören, allerdings noch in weiter Ferne. Rand schlang sich das Seil um die Hüften und band das andere Ende am Tischsockel fest. „Setzt euch alle auf den Tisch."

Die Kinder und Genevieve gehorchten. Sogar Mrs. Orwell lehnte sich mit der Hüfte dagegen.

Jetzt darf ich nur nichts falsch machen.

Er schob sich über die niedrige Umrandung und streckte so weit wie möglich seine langen Arme aus. Nicht weit genug. Kai konnte sich nicht viel bewegen oder weit strecken. Er hatte nur eine Chance, nach Rand zu greifen, oder … tot.

Rand schob sich weiter vor, bis er gerade noch das Gleichgewicht halten konnte. Die Gefühle durchfluteten ihn, die Stimme hallte in seinem Kopf. *Du hast doch nicht wirklich gedacht, ich will dich ficken, du Schwuchtel? Als würde ich so ein schleimiges Ding wie dich anfassen. Du bist nur für eins gut. Stirb, Arschloch, stirb.* Das große Küchenmesser bohrte sich in seinen Rücken, während die lose, steinige Erde unter seinen Füßen bröckelte. Alles in seinem Innern schien zu verdorren. Der Junge, den er geliebt hatte. Von dem er geglaubt hatte, dass er ihn ebenfalls liebte. Plötzlich wirkte der Tod kaum noch erschreckend.

Er schüttelte den Kopf. *Nein, du Idiot. Kai ist nicht wertlos. Er muss überleben.* Er schob sich mit Schwung nach vorn und vertraute sein Gewicht dem Seil an.

Es ist nicht der Tod. Es ist das Fallen.

Vergiss das Fallen. Kai muss überleben.

Das Geräusch des Tisches, der über den Balkon rutschte, brachte jeden Nerv in seinem Körper zum Kribbeln. *Was passiert, wenn Kais Gewicht dazukommt?*

„Rand. Kann nicht mehr. Tut mir leid. So leid."

Kai schloss die Augen.

„Vergiss es." Mit einem Ruck warf er sich nach vorn, packte mit der einen Hand Kais und legte die andere um sein Handgelenk. Das Kreischen des Tisches und die Schreie der Kinder hallten durch die Luft. Rand bewegte sich Zentimeter für Zentimeter nach vorn und sein Mut sank noch schneller. Zwar konnte er Kai festhalten, konnte jedoch nichts dagegen tun, dass er rutschte.

„Wir haben Sie!"

Kräftige Hände – mindestens vier – packten Rands Beine und zogen ihn Stück für Stück hinauf.

Die Stimme fuhr fort: „Halten Sie ihn fest, wir spannen unten ein Netz."

Rand löste widerwillig seinen Blick von Kais Gesicht, um auf die Straße zu schauen, wo er zwei Feuerwehrautos und einen Polizeiwagen entdeckte. Die Hände legten sich noch fester um seine Beine und er hielt Kai ebenso fest. „Sie haben mich und ich habe dich", brachte er keuchend heraus.

Kai wirkte gequält, aber zeigte seine Zähne. Rand verstand den gequälten Ausdruck nur allzu gut. Seine Arme brannten wie Feuer, die Gelenke seiner Beine fühlten sich an, als lösten sie sich aus ihren Pfannen, und in seinem Kopf schien eine Sicherung durchgebrannt zu sein. *Denk nicht darüber nach. Halt ihn einfach fest.*

Unter ihnen war mittlerweile von einigen Männern ein Netz aufgespannt worden. Rand deutete mit seinem Kinn darauf. „Jetzt ist ein Netz unter dir. Selbst wenn du fällst, passiert dir nichts."

Kai blinzelte.

Rands Beine streckten sich, als er wieder einige Zentimeter hinaufgezogen wurde. Eine Stimme rief: „Lassen Sie ihn los. Er wird aufgefangen."

Rand sah Kai an. *Auf keinen Fall.* „Nein, so ist es sicherer. Ziehen Sie uns hoch."

Jemand brummte etwas, doch der Druck auf seine Beine verstärkte sich. *Scheiße. Ob meine Kronjuwelen das heil überstehen werden?* Mit ihnen über die Umrandung gezogen zu werden, war verdammt unangenehm. Allerdings kamen seine Füße damit dem Balkon immer näher. Er versuchte, Kai dichter an sich zu ziehen, doch seine schmerzenden Schultern gehorchten ihm nicht. *Halt ihn einfach fest.*

Dann folgte der wunderbare Augenblick, in dem seine Füße den Boden berührten. Mehrere Arme schoben sich um ihn herum, um ihm Kais Gewicht abzunehmen, während das Blut in seine Gliedmaßen zurückkehrte. *Großer Gott.* Er ließ sich auf den Boden sinken und kämpfte gegen einen Aufschrei an. Während er sich noch die Arme rieb, tauchte Kai über dem Rand des Balkons auf.

Rand starrte ihn an. Sein Herz hämmerte und warme Flüssigkeit sammelte sich in seinen Augenwinkeln. Schlucken? *Unmöglich.* Er kämpfte sich auf die Füße. *Kai wäre fast gestorben. Wegen mir. Weil ich ihn in Gefahr gebracht habe. Er hätte tot sein können. Dann hätte ich verloren ...*

Er stolperte auf Kai zu, der mit einer Decke der Sanitäter auf den Schultern wie ein begossener Pudel dastand. Als Rand die Arme ausstreckte, hob er den Kopf. Seine Augen weiteten sich, doch ... *Alles andere ist mir egal, solange es ihm gut geht.*

Rand zog Kai an seine Brust und schloss ihn fest in die Arme. „Es tut mir leid. So leid."

„Schon gut, Cowboy. Ich bin in Ordnung. Du hast mir das Leben gerettet."

„Oh Gott, ich dachte ... Ich weiß nicht, was ich getan hätte ..." Der Anblick von Kai, wie er in der Luft baumelte, blitzte glühend heiß in Rands Kopf auf. Ihm drehte sich der Magen um. Hastig ließ er Kai los, hielt sich eine Hand vor den Mund und stürzte zur Topfpflanze in der Ecke des Balkons. *Macht's gut, Kekse.*

Kurz darauf registrierte sein von Panik erschütterter Verstand Mrs. Orwells warme Hand, die ihm über den Rücken strich. „Alles ist gut, mein Süßer. Ich weiß, wie beängstigend es ist, beinahe einen geliebten Menschen zu verlieren. Aber Sie haben das großartig gemacht. Sie haben sich wie ein echter Held durch Ihre Angst gekämpft. Bravo, Rand."

Als er keuchend aufstand, reichte sie ihm einige Taschentücher, mit denen er sich den Mund abwischen konnte, und lächelte ihm zu. „Außerdem wurde Mitchell ins Kittchen abtransportiert und bedroht jetzt *meine* geliebten Menschen nicht mehr. Vielen Dank, mein Lieber. Sie und Kai und diese wundervollen Kinder haben so viel für uns riskiert – mehr als Sie vorhatten, ich weiß. Mehr als wir je von Ihnen verlangt hätten. Wir stehen für immer in Ihrer Schuld." Sie umarmte ihn. Er erwiderte die Umarmung, obwohl sein Nervensystem sich nur im Zeitlupentempo zu bewegen schien. Er kam kaum mit.

Eine blonde Sanitäterin näherte sich. „Ich würde Sie mir gern ansehen, bevor wir fahren. Ihre Schultern und Ihre Gelenke wurden stark belastet."

Nickend setzte er sich auf den Stuhl, den sie ihm anbot. Sie öffnete sein Hemd, um sich die Abschürfungen vom harten Beton anzusehen und seine Schultergelenke abzutasten. Rand sah währenddessen zu Kai hinüber, der ebenfalls untersucht wurde. Er schaute finster drein und die geraden schwarzen Brauen hatten sich über seinen Augen zusammengezogen. Rands Magen wurde erneut etwas unruhig, doch er schluckte und atmete tief durch. Wovon hatte Mrs. Orwell gesprochen? Jemanden zu verlieren? Einen gel… *Nein! Vergiss es.* Er wandte sich an die Sanitäterin und sagte leise: „Die Mädchen könnten unter Schock stehen. Der Mann hat seine Tochter bedroht und das Mädchen mit den dunklen Haaren hat sie beschützt." *Gott, dieser wilde Blick.* Mit dem Schläger hatte sie ausgesehen wie ein Racheengel.

Die Frau nickte. „Danke." Sie machte einen Schritt zurück und fügte lauter hinzu: „Es wird eine Weile richtig wehtun, aber davon abgesehen ist alles in Ordnung."

Der Sanitäter bei Kai nickte ebenfalls. „Für Sie gilt dasselbe. Schlafen Sie sich gut aus und halten Sie sich von Abgründen fern. Sonst scheint es Ihnen gut zu gehen."

Die Sanitäterin wandte sich noch einmal an Rand: „Aber falls Ihnen schwindelig wird oder die Schmerzen in Ihren Schultern zu stark werden, sollten Sie einen Arzt aufsuchen."

„Es wird schon gehen. In ein paar Tagen fliege ich nach Hause. Vielleicht lasse ich mich dann noch mal untersuchen." *Ja, bestimmt.*

„Nach Hause?"

„Kalifornien."

„Mist. Und ich hatte schon gehofft, der Cowboyanteil auf Maui wäre angestiegen."

„Nur für die Ferien." Er bemühte sich um ein Lächeln. Hätte er einen Eimer mit Wasser gehabt, hätte er den Kopf hineingetaucht, um vielleicht endlich wieder klar denken zu können. Sein Gehirn fühlte sich wie Matsch an. Verwirrender Matsch. Er wurde als Held bezeichnet, obwohl er sich wie eine matschig-weiche Versagerschwuchtel vorkam.

Als die Sanitäterin sich entfernte, stand er auf, bereute es und ließ sich wieder auf den harten Terrassenstuhl fallen. Lani lief eilig zu ihm und kniete sich vor den Stuhl. „Geht es dir gut, Onkel Rand?"

Onkel Rand. Die Worte vertrieben endlich den Nebel aus seinem Kopf und er brachte ein echtes Lächeln zustande. „Alles in Ordnung, ich bin nur zu schnell aufgestanden." Er streichelte ihr über das rabenschwarze Haar. „Und wie geht es dir, Süße?"

„Gut."

„Das war ziemlich erschreckend, oder?"

„Ja. Katie war ganz verängstigt. Wahrscheinlich hat ihr Vater sie geschlagen, als sie ihn das letzte Mal gesehen hat." Ihr hübsches Gesicht wurde finster.

„Aber heute hat ihn jemand eines Besseren belehrt, stimmt's?"

Ihre Augen verdunkelten sich kurz, bevor sich ein Grübchen auf ihrer Wange zeigte. „Ja."

„Hat dich jemand geschlagen, Lani?"

Das Stirnrunzeln kehrte zurück. „Es versucht."

„Dein Vater?"

„Ja."

„Was hat ihn daran gehindert?"

„Kai."

Er legte ihr schweigend eine Hand an den Hals.

Sie seufzte, tief und lange. „Er war erst vierzehn. Er hat seinen Baseballschläger genommen und meinen Vater damit bedroht, bis er geflüchtet ist."

„Vierzehn? Dann musst du ja noch ein Baby gewesen sein – zwei oder drei Jahre alt."

„Nein. Vielleicht sechs. Ich kann mich ganz genau an alles erinnern."

„Hm." Er warf einen Blick auf Kai, bevor er sich wieder an Lani wandte. „Also hattest du daher die Idee mit dem Baseballschläger?"

„Ja." Jetzt grinste sie.

„Courage liegt in der Familie."

„Wir haben meinen Vater nie wiedergesehen. Meine Mutter hat später gehört, dass er gestorben ist." Sie starrte ins Leere, als wäre der Tod für eine Zwölfjährige etwas völlig Normales. Dann sah sie ihn an. „Hast du nicht gesagt, du hättest Höhenangst?"

109

Er legte eine Hand auf seinen Bauch. „Erinnere mich nicht daran." Es war nicht ganz scherzhaft gemeint.

Mrs. Orwell rief: „Gehen wir doch alle hinein. Ich glaube, die Polizei muss uns einige Fragen stellen und wir können eine Limonade gebrauchen."

Er warf einen Blick auf Kai, den dieser mit einem undurchschaubaren erwiderte.

15

DREI GLÄSER Limonade später war Aliki mit dem Kopf in Kais Schoß auf dem Sofa eingeschlafen und Lanis Lider wurden zunehmend schwerer. Nach einem Blick auf die Uhr sah Rand den hawaiianischen Polizeidetective an, der ihm gegenübersaß. „Sind wir allmählich fertig? Die Kinder sind sehr müde und wir haben eine lange Fahrt vor uns."

Der Mann warf einen Blick in sein klischeehaftes Notizbuch. „Ja, ich glaube, wir haben das Wichtigste. Kehren Sie bald nach Kalifornien zurück, Mr. McIntyre?"

„Ich habe geplant, gleich am Neujahrstag abzureisen."

Er hob den Kopf, als er von der anderen Seite des Zimmers ein leises „Oh" hörte. Lani lächelte traurig.

Der Detective schloss sein Notizbuch. „Rufen Sie mich doch freundlicherweise vor Ihrer Abreise an – nur für den Fall, dass wir doch noch Fragen haben." Er reichte Rand eine Visitenkarte. „Aber eine Sache wundert mich: Sie haben Mrs. Orwell auf dem Weg im Flugzeug kennengelernt?"

„Ja."

„Und Mr. Kealoha und die Kinder kennen Sie auch erst seit letzter Woche?"

Rand nickte. „Ich habe den Kindern Reitstunden gegeben."

„Ist es nicht etwas ungewöhnlich, für so neue Bekannte gleich sein Leben zu riskieren?" Er lachte, doch in der Frage schwang eine gewisse Schärfe mit.

Rand unterdrückte ein Stirnrunzeln und zwang seinen Blick, sich von Kai zu lösen. „Mrs. Orwell brauchte Hilfe und wir waren in der Nähe. Niemand hat mit ernsthafter Gefahr gerechnet."

Kai stand abrupt auf. „Ich bringe die Kinder ins Auto."

Rand holte die Schlüssel aus der Tasche und warf sie Kai zu, der sie mit einer Hand auffing. Aliki schob sich vom Sofa und ließ sich von Kai überreden, mit schweren Beinen zur Tür zu schlurfen. Lani sah sich mit besorgtem Blick zu Rand um, während Mrs. O. zu ihnen lief und sie umarmte. Sie blickte in Lanis große Augen. „Du bist unglaublich tapfer. Ich bin so stolz auf dich." Sie reichte ihr ein Stück Papier. „Wenn du jemals etwas brauchen solltest, ruf mich oder Genevieve an. Ich habe beide Nummern aufgeschrieben."

„Danke, Ma'am. Bitte grüßen Sie Katie von mir. Und die Mädchen."

Genevieve hatte die Kinder bereits ins Bett gebracht, da sie nach der Aufregung erschöpft gewesen waren.

„Das werde ich, Schatz. Sie haben sich sicher auch gefreut, dich kennenzulernen."

Lani winkte noch einmal, bevor sie Aliki und Kai durch die Tür folgte.

Rand erhob sich und der Detective stand ebenfalls auf. „Ich wollte ihn nicht beleidigen. Aber Mrs. Orwell hat Ihre Höhenangst erwähnt und die scheinen Sie überwunden zu haben, um Mr. Kealoha das Leben zu retten."

„Ich fühlte – fühle mich verantwortlich, weil ich ihn und die Kinder in Gefahr gebracht habe." Er zuckte mit den Schultern. „Und manchmal weiß man nicht, wozu man fähig ist, bevor man in eine solche Situation gerät." Er schüttelte dem Mann die Hand und verabschiedete sich mit einer herzlichen Umarmung von Mrs. Orwell und Genevieve.

„Ich weiß nicht, wie wir Ihnen danken sollen", sagte Genevieve, als sie ihn umarmte, „aber Mama findet bestimmt einen Weg." Sie lächelte.

Mrs. Orwell berührte seinen Arm. „Vergessen Sie nicht, was ich Ihnen über diesen Urlaub gesagt habe. Sehr wichtig. Denken Sie dran. Ich wünschte, ich könnte mit Ihnen zurückfliegen – um Ihre Hand zu halten."

„Das wäre schön." Er brachte ein Lächeln zustande.

„Sie könnten den Flug umgehen, indem Sie hierbleiben." Sie grinste.

„Aber zu Hause ist alles, was ich liebe, Mrs. O."

Sie legte den Kopf schräg. „Nein. Bei weitem nicht."

Er atmete ein, ließ die Luft langsam entweichen, küsste sie auf die Wange und trat in die Abenddämmerung hinaus.

Aliki und Lani saßen aneinandergelehnt auf dem Rücksitz und Aliki, mit dem Kopf auf der Schulter seiner Schwester, atmete bereits wieder tief und gleichmäßig. Kai blickte aus dem Beifahrerfenster, während Rand losfuhr und Mrs. O. und Genevieve auf der Veranda zuwinkte.

Okay, die Stimmung war eindeutig angespannt. „Wie lange brauchen wir für die Rückfahrt?"

Kai sah kurz zu ihm hinüber, bevor er wieder grübelnd aus dem Fenster schaute. „Normalerweise ungefähr zwei Stunden, aber im Dunkeln müssen wir langsam fahren."

„Es ist schade, dass ich die Hana Road bei meiner ersten Fahrt darauf nur im Dunkeln sehe."

„Du solltest erst hier in Paia tanken. Da vorne." Er zeigte die Straße hinauf, ohne Rand anzusehen.

Rand fuhr zur Tankstelle und stieg aus. Als er getankt hatte und wieder im Auto saß, schienen beide Kinder zu schlafen. „Wohin jetzt?"

Kai hob eine Hand. „Da lang. Wenn wir die Stadt verlassen haben, geht es nur noch in eine Richtung."

„Okay."

Er fuhr schweigend weiter, bis die Straße schmaler und dunkler wurde. Dann schaltete er das Fernlicht ein und richtete sich etwas in seinem Sitz auf. Am besten sagte er es jetzt einfach. „Es tut mir wirklich leid, dass ich dich und die Kinder in Gefahr gebracht habe."

„Das hast du nicht. Damit hätte niemand rechnen können." Doch seine kühle Stimme klang nicht versöhnlich.

„Es tut mir trotzdem leid."

Eine Zeit lang herrschte Schweigen. Unangenehmes Schweigen. Rand behielt die schmale, kurvenreiche Straße genau im Auge. Links glitzerte Mondlicht auf dem Wasser, während vor ihnen immer wieder unerwartete einspurige Brücken auftauchten. Dann hielt er jedes Mal an, bis er sicher war, dass ihnen niemand entgegenkam, bevor er sie überquerte.

Nach einer Weile sah Kai ihn an. „Soll ich lieber fahren? Ich kenne die Straße besser."

„Okay, warum nicht?" Er fuhr noch ein Stück, bis er im Scheinwerferlicht auf der rechten Seite eine kleine Ausweichstelle entdeckte. Er hielt an und schaltete den Motor aus. Schließlich öffnete er die Tür und wurde von lautem Wasserrauschen empfangen. Er näherte sich Kai, der ebenfalls ausgestiegen war und gerade um die Vorderseite des Autos herumging. „Was ist das für ein Geräusch?"

„Ein Wasserfall. Die meisten Haltebuchten sind in der Nähe von einem, damit Leute anhalten und sie fotografieren können."

„Wo ist er?"

Kai deutete hinter ihn. Rand ging einige Meter, bis ein Geländer ihn zum Stehenbleiben brachte. Er holte sein Handy aus der Tasche und suchte nach der Taschenlampenfunktion, um in Richtung des Rauschens zu leuchten. „Wow. Wie schön." Wasser stürzte einen steinigen Hang hinab, umgeben von Büschen, Blumen und Bäumen. „Dahinter sieht es wie im Dschungel aus."

„Das liegt daran, dass es einer ist."

„So anders als Hana." Er holte tief Luft. „Warum bist du wütend?"

Rand hörte Kai trotz des Lärms ausatmen. „Ich bin nicht wütend." Er starrte den Wasserfall an.

„Doch, bist du. Es tut mir wirklich leid, dass du wegen mir an einem Fahnenhalter hängen musstest."

„Nicht deine Schuld – und du hast verdammt erfolgreich deinen Arsch riskiert, um mich zu retten."

„Solltest du mich dann nicht lieber küssen, anstatt mich zu behandeln, als hätte ich deinen Hund umgebracht?"

„Ich habe keinen Hund und es ist kompliziert."

„Was du nicht sagst." Rand stützte sich auf das Geländer. „Ist es so kompliziert, dass ich morgen abreisen sollte?"

Schweigen.

„Okay, schon verstanden." Er richtete sich auf. „Ich werde gleich morgen früh versuchen, einen Flug zu kriegen. Ich kann nicht versprechen, dass ich noch für morgen einen bekomme, aber ich bemühe mich."

Kai drehte sich zu ihm um. „Hör zu, wenn ich allein wäre, ohne die Kinder, würde ich dich bitten zu bleiben und mich nicht darum kümmern, was die Leute denken und sagen. Aber das bin ich nicht. Ich habe die Kinder. Wir beide sind scharf aufeinander und andere bemerken es." Mit einem Schulterzucken fuhr er fort: „Wie viel Spaß hast du an deinem Urlaub, wenn du die ganze Zeit darauf achten musst, nur wie ein Freund zu wirken? Und ich muss auch weiterhin hier leben, nachdem du abgereist bist."

„Das sehe ich ein." *Lügner.* Er holte Luft. „Aber Aliki ist – wie alt? Zehn? Willst du dann wirklich den Hetero-Macho-Cowboy spielen, bis er achtzehn ist? Oder einundzwanzig?"

Das war kein finsterer Blick mehr, sondern bereits ein böser. „Und wie viele Leute wissen, dass *du* schwul bist, Herr Besitzer einer Frühstückspension, die du Ranch nennst?"

„Ja, du hast recht. Steine und Glashäuser."

„Was?"

„Schon gut. Wir hätten uns wohl in einem anderen Leben begegnen sollen." Er wandte sich ab, weil ihm Tränen in die Augen traten. „Lass uns zurückfahren, damit ich packen kann." Rand stieg auf der Beifahrerseite ein, lehnte den Kopf gegen den Sitz und schloss die Augen. Wäre ihm eine Bohrmaschine in die Brust gerammt worden, hätten die Schmerzen dort nicht schlimmer sein können. *Was soll das? Erst vor ein paar Stunden hätte ich auf die schlimmste Weise sterben können, die für mich vorstellbar ist, aber im Vergleich zu jetzt kommt es mir wie ein gemütlicher Galopp vor. Wie kann das sein?* Er ließ seinen Kopf ein wenig zur Seite rutschen. *Ich will es nicht wissen.*

KAI BRACHTE das Auto vor ihrem Haus zum Stehen und betrachtete die drei schlafenden Personen. *War wahrscheinlich besser so. Ich bin gerade keine gute Gesellschaft.* Im Schlaf sah Rand so friedlich und schön aus. Ganz anders als kopfüber vom Balkon hängend, bereit in den Tod zu stürzen, nur um Kai zu retten. *Wie zum Teufel konnte ich mein Leben so kompliziert werden lassen?*

Er öffnete die Fahrertür, drehte sich um und hob Aliki vom Rücksitz. Er lag bewegungslos in Kais Armen und nur seine Augenlider zuckten ein wenig, als Kai ihn ins Haus brachte, das Licht einschaltete und ihn zu seinem Bett trug, wo er ihm die Flipflops auszog und ihn zudeckte. *Weiter zu größeren Herausforderungen.*

Als er wieder beim Auto ankam, war Lani bereits wach genug, um es aus dem Fahrzeug zu schaffen und zum Haus zu stolpern. Er grinste. „Brauchst du Hilfe?"

Sie schüttelte den Kopf und ging weiter, bis sie durch die Tür verschwunden war.

Kai betrachtete durch das Beifahrerfenster Rand, der sich gegen die Scheibe gelehnt hatte. Seine Wimpern warfen im Mondlicht sichelförmige Schatten auf seine Wangen. Hätte er die Tür geöffnet, wäre er herausgefallen.

„Oh, Mann." Mit einem Seufzer ging Kai um das Auto herum und stieg auf der Fahrerseite ein, um eine Hand auf Rands Schulter zu legen und ihn sanft zu schütteln. Auf eine der Schultern, die Kai das Leben gerettet hatten. „He, Kumpel, Zeit zum Aufwachen." *Ja, ich hätte eher aufwachen und es gar nicht erst so weit kommen lassen sollen. Aber man kann dir verdammt schwer widerstehen.*

Rand öffnete die Augen, nur um sie gleich wieder zu schließen.

„Nicht wieder einschlafen, Rand. Du musst noch zu deinem Hotel fahren."

„Oh, was?" Die blauen Augen tauchten wieder auf und Rand blinzelte. „Fahren. Stimmt." Er setzte sich so abrupt auf, dass er beinahe mit dem Kopf Kais Kinn getroffen hätte.

Ein Klopfen ließ Kai aufschauen. Lani winkte ihnen von der Fahrerseite zu und öffnete die Tür. „Er ist zu müde zum Fahren, Kai. Ich habe das Sofa für ihn vorbereitet. Bring ihn rein."

„Nein, er sollte zurückfahren."

Sie stemmte die Hände in die Hüften. „Ich bin zu müde für Diskussionen. Bring ihn rein." Dann drehte sie sich um und ging davon. Er schnaubte belustigt. Seine zwölfjährige Mutter. Rands Augen hatten sich wieder geschlossen. „Na gut, von mir aus." Er stieg aus, ging um das Auto herum und machte sich daran, diesen riesigen Körper herauszuzerren – den riesigen Körper, den er am liebsten gleich in sein Schlafzimmer gebracht hätte, um die ganze Nacht mit nicht jugendfreien Dingen zu verbringen. *Was? Fast zu sterben macht dich geil?* Offenbar war die Antwort darauf „Ja".

Als er sich Rands Arm um den Nacken legte und mit ihm zum Haus ging, drang Rands liebliche Wärme durch seine Haut – eine Wärme, die Kai nie wieder spüren würde.

RAND ÖFFNETE ein Auge. Flüstern und Gerüche. *Wo bin ich?* Als er das andere Auge öffnete, entdeckte er Lani und Aliki, die sich auf Zehenspitzen durch die Küche bewegten, um ein dem Duft nach zu urteilen köstliches Frühstück zuzubereiten.

Hmm. Habe ich meine Jeans an? An ihrem Platz. Nichts anderes. Aber das dürfte nicht schlimm sein. Er setzte sich auf und fragte: „Kann ich irgendwie helfen?"

Lani stieß ein leises Quietschen aus, dann lachte sie. „Klar. Wie magst du deine Eier?"

„Gekocht." Auf der Armlehne eines Sessels entdeckte er sein Hemd und schlüpfte hinein, knöpfte es jedoch noch nicht zu – seine Achseln konnten vorher etwas frisches Wasser vertragen. Dann zog er seine Stiefel an. „Mann, ich hab gestern einfach schlappgemacht."

„Das ist normal, wenn man fünfzehn Meter über dem Boden gehangen hat."

Aliki grinste ihm über seine Schulter hinweg zu. „Du warst der Hammer, Kumpel."

Er rieb sich den Nacken. „Danke, aber ich komme sehr gut ohne diesen Sport aus." Er stand auf und warf einen Blick in den Flur. „Ich gehe kurz ins Badezimmer, dann helfe ich euch, okay?"

„Lass dir Zeit." Lani schien wie gewöhnlich alles unter Kontrolle zu haben. „Ich habe dir ein paar Handtücher auf den Flurtisch gelegt."

„Danke." Er betrat den Flur, entdeckte die Handtücher und schnappte sie sich, bevor er die Badezimmertür öffnete – *oh, verdammte Scheiße!* Kai stand nackt und mit offenem Mund im Badezimmer, ein Handtuch in der einen Hand und seinen steifen Schwanz in der anderen.

Kein Zögern. Rand ließ die Handtücher fallen, während er die Tür zuwarf und abschloss, machte zwei Schritte auf Kai zu, schob seine Finger in das lange, nasse Haar und legte die andere Hand um seinen langen, nassen Schwanz. Er warf den Kopf in den Nacken und presste seine Lippen auf Kais, um ihm die Zunge in den Mund zu schieben, während er ihn bearbeitete wie ein Ölbohrer.

Kai presste für zwei Sekunden seine Hände gegen Rands Brust, bevor er sie auf seinen Rücken gleiten ließ und Rand die Hüften entgegenschob. „Ja. Genau. So. Mach es schnell, Cowboy. Ah. Ah."

„Hast du beim Duschen an mich gedacht?" Seine Hand bewegte sich wie in einer Werbesendung, die ein Trainingsgerät für Armmuskeln anbot.

„Scheiße, ja. Ich will nur meinen Schwanz in deinem Arsch und dich bis zu unserem Lebensende ficken."

„Ein schönes Ende." Er erhöhte das Tempo und den Druck, während er mit zusammengebissenen Zähnen Kais geöffnete, bebende Lippen anstarrte.

„Ah. Ah. Gleich. Ah." Er warf mit hervorstehenden Sehnen in einem stummen Schrei den Kopf in den Nacken, als sein Samen Schub für Schub aus der leuchtend roten Spitze seines Penis schoss. *Platsch.* Drei Spritzer gegen die gefliese Wand.

Während Kai noch keuchte, sank Rand auf die Knie, um seinen schlaff werdenden Schwanz sauberzulecken. Er sah auf. „Ich muss doch ordentlich sein."

Kai saugte in langen Atemzügen Luft ein, bis er sprechen konnte, ohne zu keuchen. „Ich muss verschwinden, bevor die Kinder merken, was wir hier machen."

„Ja. Das verstehe ich." Rand erhob sich, während Kai sich mit dem Handtuch abwischte, bevor er es sich um die schlanken Hüften schlang und zur Tür ging. Dort blieb er noch einmal stehen und starrte auf den Boden, ohne Rand anzusehen. „Danke. Das war toll. Du bist toll." Er öffnete die Tür und ging.

Nicht gerade begeisterter Beifall. Mit einem Seufzen schloss Rand die Tür ab.

16

EINE STUNDE später saßen sie lachend am Tisch, auf dem wie durch Zauberhand Waffeln mit Obst aufgetaucht waren, zubereitet von Lani mit Alikis Unterstützung. Rand kaute zufrieden. Kai mochte ihm gegenüber so reserviert sein wie ein beliebtes Restaurant, aber die Kinder wollten ihn dabehalten und schmierten ihm buchstäblich Honig ums Maul.

„Kannst du uns morgen noch eine Reitstunde geben, Onkel Rand?" Aliki aß seine Waffel mit der Hand.

„Tja, ich weiß es nicht genau. Vielleicht muss ich eher abreisen." Er richtete den Blick auf Kai, dann wieder auf seine Waffeln, während Aliki laut stöhnte.

„Aber du hast gesagt, du bleibst bis Neujahr. Das ist noch lange."

„Nur noch drei Tage."

„Warum kannst du nicht hier wohnen?"

„Ich habe eine Ranch und Kunden und Angestellte und Pferde, um die ich mich kümmern muss."

Nur der Teil mit den Pferden schien einen wichtigen Eindruck zu machen. „Können deine Angestellten nicht die Pferde füttern?"

Kai hob den Kopf. „Das reicht, Aliki. Rand hat gesagt, er muss zurück. Du solltest die Zeit, die er mit euch verbracht hat, zu schätzen wissen."

„Das weiß ich ja." Er schob seine Waffel auf dem Teller herum.

Am liebsten hätte Rand angemerkt, dass Aliki ihn wesentlich mehr zu schätzen wusste als Kai. Doch er hielt sich zurück.

„Ich fand die Reitstunden wirklich toll, Onkel Rand." Lani lächelte, wobei es ihr jedoch gelang, mit dem Lächeln mehr Traurigkeit auszudrücken als jemand, der in seinen Ärmel schluchzte.

„Das freut mich, Lani." *Scheiße, ich muss hier raus, bevor mir das Herz bricht.* Er trug seinen Teller zur Spüle.

Ein Klopfen an der Tür überraschte ihn so sehr, dass er den Teller in die Spüle fallen ließ, wobei er glücklicherweise nicht zerbrach. Als er sich umdrehte, sah er, wie Lani Kai einen panischen Blick zuwarf, bevor sie in den Flur zum hinteren Teil des Hauses verschwand. Aliki wirkte ebenfalls besorgt, schien jedoch eher in sich zusammenzusinken und kleiner zu werden. Kais Brust hob sich, als holte er tief Luft, bevor er aufstand und zur Tür ging.

Durch die sich öffnende Tür sah Rand eine Frau mittleren Alters vor dem Haus stehen. Kai sagte: „Hallo, kann ich Ihnen helfen?"

Ganz konnte Rand die Antwort nicht verstehen, doch sie sagte etwas von Aliki, woraufhin der Junge mit großen Augen den Kopf hob. Rand ging zum

Tisch und räumte ruhig das Geschirr ab, um es zur Spüle zu tragen, als täte er es jeden Tag.

Kai sagte etwas, öffnete die Tür weiter und trat zur Seite. Die Frau trug einen langen Rock und für hawaiianische Verhältnisse ziemlich praktische flache Schuhe. Unter ihrer grauen Jacke war eine weiße Bluse zu sehen. Als sie den Raum betrat, schaute sie sich lächelnd um. „Hallo, Aliki. Wie geht es dir?"

„Äh, hallo. Wer sind Sie?"

„Ich bin Mrs. Guthrie und arbeite für den Schuldistrikt. Deine Lehrerin Mrs. Bryoni hat mich gebeten, dir einen Besuch abzustatten. Ich habe es gestern schon versucht, aber da war niemand hier. Es tut mir leid, während der Ferienzeit zu stören, aber es war nicht leicht, die Familie zu erreichen." Ihr Lächeln wirkte leicht angespannt.

Kai deutete auf die Couch. „Oh, mir tut es ebenfalls leid, dass Sie sich an einem freien Tag herbemühen mussten." Das nannte man wohl ein Lächeln, das nicht die Augen erreichte. „Bitte setzen Sie sich. Darf ich Ihnen einen Kaffee anbieten? Wir haben gerade gefrühstückt."

„Das wäre nett, danke."

Alikis natürliche Lebhaftigkeit ließ sich nicht lange unterdrücken. „Gestern sind wir mit meinem Bruder und Onkel Rand nach Makawao gefahren. Wir haben uns Kunst angesehen und Line Dance gelernt und viele coole Sachen gemacht. Oh, und ich hatte einen Donut am Stiel."

„Wie schön. Das muss eine kulturell wertvolle Erfahrung gewesen sein." Sie nahm den Kaffee von Kai entgegen, bevor sie ihr knappes Lächeln auf Rand richtete. „Sie müssen Onkel Rand sein."

Rand nickte und näherte sich, um ihr die Hand zu schütteln. „Randall McIntyre, Ma'am." Er warf einen unauffälligen Blick auf Kai. Ein leicht angespannter Zug in dem schönen Gesicht verriet Rand, wie viel Misstrauen und gute alte Angst er verspürte. „Ich bin der Reitlehrer der Kinder – und ein Freund der Familie."

Aliki öffnete den Mund, bevor er ihn zu einem so breiten Lächeln verzog, dass sich in seinen Wangen Krater bildeten.

Sie nickte. „Ich verstehe. Leben Sie in Hana, Mr. McIntyre?"

„Nein, mir gehört eine Ranch in Chico in Kalifornien, Ma'am. Leider finde ich nicht oft Zeit, sie zu verlassen, aber jetzt hatte ich die Gelegenheit für einen Urlaub und bin bis Neujahr hier."

„Ich verstehe", wiederholte sie. Ihr Blick fiel auf den Haufen von Decken am Ende des Sofas.

Rand setzte ein Lächeln auf. *Zeig ihr deine Grübchen.* „Bis jetzt habe ich im Hana Maui gewohnt, aber nach der langen Fahrt über die berühmte Straße war ich gestern Abend zu müde. Aliki war so nett, mir Decken zu bringen." *Verstanden, Lady? Wir reden über mich und die Kinder. Kai hatte kaum etwas damit zu tun.* Er sah sie an wie ein Schlangenbeschwörer, als könnte er sie so überzeugen.

118

„Ich habe gehört, es soll ein großartiges Hotel sein."

„Ja, das stimmt. Das Essen ist auch fantastisch."

„Und kennen Sie Mrs. Kahele?"

„Nicht besonders gut, wegen ihrer Krankheit."

Sie sah Kai an. „Ja. Man sagt mir, sie sei sehr krank."

Er nickte. „Koronare Herzkrankheit."

„Das tut mir leid."

Lani kam aus dem Flur. „Guten Tag, Ma'am, ich bin Alikis Schwester Lani."

„Oh, ja. Ich habe gehört, du bist eine ausgezeichnete Schülerin." Sie trank einen Schluck Kaffee.

„Sowohl mein Bruder als auch meine Mutter haben mir die Wichtigkeit guter Bildung vermittelt."

Rand lehnte sich gegen die Spüle und ließ seinen Blick über Kai, Lani und Aliki schweifen, die dieser Frau gerade die größte, einstudierteste Lügengeschichte auftischten, die er in seinem Leben gehört hatte. Glücklicherweise schien sie es nicht zu bemerken.

„Ich hätte mich wirklich gern mit eurer Mutter unterhalten."

Hmm, vielleicht bemerkt sie doch mehr, als sie zeigt.

Lani wischte sich mit einer Hand über die Augen. *Nette dramatische Einlage.* „Ich befürchte, das ist nicht möglich. Aber Kai beaufsichtigt Alikis Hausaufgaben, also können Sie sicher mit ihm reden."

Die Frau betrachtete Lani eine Sekunde zu lange, bevor sie sich Kai zuwandte. „Vielleicht könnten Sie in die Schule kommen, wenn sie nächste Woche wieder anfängt?"

„Sehr gern, Ma'am."

„Wie alt sind Sie, Kai?" Sie sah ihn aus zusammengekniffenen Augen an.

„Dreiundzwanzig."

„Das ist eine Menge Verantwortung für einen so jungen Mann – sich um Geschwister und eine kranke Mutter zu kümmern."

„Sie ist schon eine Weile krank. Ich bin daran gewöhnt." Das Lächeln, zu dem sich seine Mundwinkel verzogen hatten, gab seinem entschlossenen Blick kaum Wärme.

„Wenn ich es richtig verstehe, sind Sie ihr Halbbruder."

Lani warf Kai einen liebevollen Blick zu. „Kai ist schon unser Leben lang unser Bruder. Da gibt es kein ‚halb'."

Mrs. Guthrie stellte ihre Kaffeetasse auf dem wackeligen Tisch ab. „Danke für den Kaffee." Sie erhob sich. „Dann rechnen wir nächste Woche mit Ihrem Besuch bei Mrs. Bryoni, Kai."

„Ja, Ma'am. Ich hoffe, es gibt keine Probleme mit Aliki." Kai sah seinen Bruder an, der mit einem vorwitzigen Grinsen antwortete.

„Man sagt mir, er sei ein ordentlicher Schüler, wenn auch etwas zapplig. Vielleicht sollten wir uns über Lösungen für seine Hyperaktivität unterhalten." Das angespannte Lächeln war zurück.

Rand runzelte die Stirn. „Entschuldigen Sie, Mrs. Guthrie. Ich habe viel Zeit mit Aliki verbracht und bin der Meinung, dass diese Art der Hyperaktivität eher als begeisterungsfähige und kreative Persönlichkeit zu bezeichnen wäre."

„Tja, nun. In einem Klassenzimmer ist der Platz dafür begrenzt. Noch einmal vielen Dank." Sie ging zur Tür, die Kai ihr öffnete, und rauschte hinaus. Bevor Kai sie zuwerfen konnte, legte Lani eine Hand an die Tür und schloss sie sanft.

Durch seine zusammengebissenen Zähne war Kai kaum zu verstehen. „Verdammte, neugierige Ziege." Er hob den Blick, verzog das Gesicht und schüttelte den Kopf. „Tut mir leid. Entschuldigt meine Wortwahl."

Lani legte ihm eine Hand auf den Arm. „Wir kriegen das hin." Sie tauschten Blicke, in denen eine tief gehende geheime Übereinkunft lag.

Rand ging langsam zum Küchentisch und setzte sich. „Ihr könnt mir sagen, dass es mich nichts angeht. Oder dass ich verschwinden soll. Aber ich wüsste wirklich gern, was hier los ist."

„Es geht dich nichts an", sagte Kai finster. „Und wahrscheinlich wäre es auch besser, wenn du verschwinden würdest."

„Kai, hör auf damit!" Lani lief zu Rand. „Es tut mir leid, Onkel Rand."

„Er ist nicht euer Onkel." Kai verschränkte die Arme.

Die fantastische Wildheit, mit der sie den Baseballschläger geschwungen hatte, legte sich wie ein Mantel über sie. „Wenn ich Rand als meinen Onkel bezeichnen möchte, werde ich das verdammt noch mal tun." Sie imitierte die verschränkten Arme.

Nachdem sie einander einige Sekunden so unnachgiebig angestarrt hatten, war es Wunder über Wunder Kai, der blinzelte, den Blick senkte und seufzte. „Okay, tut mir leid. Ich bin nur so daran gewöhnt, Menschen auf Abstand zu halten."

„Ich weiß." Sie ging zu ihm und legte ihm eine Hand auf den Arm. „Du beschützt uns immer. Aber du brauchst auch einen Freund, Kai, und Rand versucht, das zu sein."

Furcht schnürte Rand die Kehle zu. *Was habe ich getan? Gott, wie weit will ich mich in diese verwirrende Situation einmischen?* Er schluckte und sah Kai an. „Ich weiß, dass ich nur ein Haole bin, der bald abreist. Ihr müsst mir nichts sagen."

Lani fuhr herum und ihre weisen Augen verengten sich. „Willst du es wissen oder willst du gehen?"

Mann, sie fackelte nicht lange. „Ich will wissen, was ihr mir sagen wollt."

Sie ließ sich gegenüber von ihm auf dem alten Sessel nieder. „Dann frag."

Kai setzte sich auf die Couch und Aliki kuschelte sich an ihn. Das sah man nicht oft. Rand holte Luft. „Wo ist eure Mutter?"

Lani sah ihn offen an. „Tot."

Er zuckte zusammen. „Damit hatte ich nicht gerechnet. Ich dachte, sie hätte euch vielleicht im Stich gelassen."

„Das hat sie vorher getan. Sie ist weggezogen. Später fanden wir heraus, dass sie in Lahaina gewohnt hat." Lani hätte genauso gut über einen heraufziehenden Regenschauer sprechen können.

„Ich verstehe. Wann ist das passiert?"

„Vor vier Jahren."

„Du liebe Güte!" Er erwiderte mit weit aufgerissenen Augen ihren ruhigen Blick. „Soll das heißen, dass ihr seit vier Jahren so tut, als würde eure Mutter noch leben?"

„Ja."

Er ließ sich gegen die dünn gepolsterte Sofalehne fallen und betrachtete die drei. Lani wich seinem Blick nicht aus, doch Kai sah auf den Teppich und Aliki hielt seine Augen geschlossen. „Das verstehe ich nicht. Warum?"

Lani war weiterhin die Leiterin dieser Besprechung. „Wir haben keine lebenden Verwandten. Unsere Mutter war drogenabhängig. Als sie gestorben ist, war ich sechs und Aliki acht. Kai war erst sechzehn. Niemand hätte ihm erlaubt, uns zu behalten."

Endlich meldete sich auch Kai zu Wort. „Das Jugendamt hätte sie mir weggenommen. Das konnte ich nicht zulassen."

Rand gelang es einfach nicht, den Mund zu schließen, als sein Verstand die Verbindung herstellte. „Sechzehn? Das heißt, du bist …"

„Zwanzig."

„Großer Gott. Und du hast dich ganz allein um eine Familie gekümmert …"

„Keine große Sache – wenn man davon absieht, dass es gegen das Gesetz verstieß." Er zuckte mit den Schultern.

„Und eure Tante?"

Lani übernahm wieder. „Mrs. Mikio. Sie wohnt einige Häuser weiter. Keinerlei Verwandtschaft. Seit wir klein waren, hat sie auf uns aufgepasst, wenn Kai arbeiten musste. Eine nette Frau."

„Mein Gott." Rand schüttelte den Kopf. „Aber jetzt bist du über achtzehn."

Kai nickte. „Ja, aber ich habe Angst, dass sich jemand zu genau unsere Vergangenheit ansieht und alles herausfindet. Ich meine, sieh dich doch um. Das hier ist nicht gerade ein Paradies für Kinder und es gibt bessere Ernährer als mich. Ich bezweifle, dass ich sie adoptieren dürfte. Außerdem bin ich nur ihr Halbbruder. Vielleicht nicht mal das, weil unsere Mutter mich möglicherweise nur als Sohn ihrer Schwester bei sich aufgenommen hat. Wir sind nicht ganz sicher. Jedenfalls will ich nicht, dass hier jemand herumschnüffelt. Wir kommen zurecht. Sogar sehr gut. Ich möchte die Kinder nur durch die Highschool bringen. Danach finden wir für alles eine Lösung."

Rand wischte sich mit einer Hand übers Gesicht. „Das ist noch eine lange Zeit, Kai."

Mit finsterem, entschlossenem Blick antwortete er: „Wir haben es bis hierher geschafft."

„Aber diese Frau hat wirklich neugierig gewirkt." Bei Rands Worten sah Aliki mit großen, verängstigten Augen zu Kai auf. Rands Herz zog sich zusammen. Er schluckte. „Vielleicht ist sie mit dem, was sie gesehen hat, zufrieden." Er lächelte. „Ihr seid großartig. Jeder kann sehen, was für eine tolle Familie ihr seid." Aliki lächelte schwach und Kai warf ihm einen dankbaren Blick zu. Rand schluckte erneut und atmete tief durch. *Tolle Familie? Fantastische Familie.* Drei Menschen, die ihre Kindheit aufgegeben hatten, um zusammen zu sein.

Lani faltete die Hände auf ihrem Schoß. „Dann weißt du es jetzt also. Reist du morgen ab?"

Er sah Kai an, bevor er den Blick zu seinen Händen senkte. „Ich glaube, Kai möchte das."

„Nein, das möchte er nicht. Er beschützt uns nur, wie er es immer tut. Er braucht … einen Freund wie dich. Ich finde, du solltest bleiben und ihr zwei solltet euch morgen einen schönen Tag machen. Aliki und ich kommen schon zurecht."

Hitze stieg in Rands Kopf. So viel Liebe und Hingabe. Diese drei waren ein Vorbild für jeden Heiligen. „Ich möchte dir und Aliki noch eine Reitstunde geben."

Endlich legte sich wieder ein richtiges Lächeln auf Alikis Gesicht.

Lani nickte. „Ja, das wäre schön. Vielleicht können wir das heute machen. Und morgen gehört euch. Geht das, Kaikunane?"

Nach einem kurzen Blick in Rands Richtung sah Kai Lani an. „Ja."

„Gut. Kai muss heute Ausritte für das Hana Maui leiten. Vielleicht kannst du uns ja ein paar Pferde mehr organisieren?"

Rand lachte. „Wenn ich es nicht mit meiner charmanten Art schaffe, sollte es mit Geld funktionieren. Macht euch fertig, Kinder, auf geht's zum Viehtreiben."

Aliki und Lani rannten mit Freudenschreien in ihr Zimmer. Trotz allem hatten sie ihre Begeisterung nicht verloren. Lanis war vielleicht ein wenig gedämpft, doch die Freude aufs Reiten war ihr anzumerken. Rand richtete seinen Blick auf Kai. „Du bist großartig."

Kai schüttelte den Kopf.

„Versuch nicht, es abzustreiten. Du bist großartig."

Kai sah Rand an, dann seine Flipflops. Für den Bruchteil einer Sekunde zitterte seine Unterlippe. *Hätte nie gedacht, dass ich das einmal sehen würde.* Rand ging mit zwei großen Schritten auf ihn zu, schlang die Arme um Kai und zog ihn an seine Brust. *Ich halte dich so fest, dass dir niemand mehr wehtun kann.*

Nachdem er kurz gegen Rand angekämpft hatte, gab Kai nach. Er legte den Kopf auf Rands Schulter und keuchte, als könnte er es nicht ertragen, zu weinen. Rand zog ihn noch dichter an sich und wiegte ihn leicht. Kurz hörte er hinter sich

Schritte, doch sie verschwanden wieder. *Kluge Lani.* So hielt er Kai in den Armen, bis dieser tief Luft holte und sich von ihm löste. „Ich ziehe mir jetzt besser meine Stiefel an."

„Ja. Mach das."

17

RAND SAH aus dem Fenster seiner Hütte. Helles Sonnenlicht glitzerte auf den Wellen. Wellen. Einige rollten durch seinen Magen. Am Vortag hatten sie mit Lani und Aliki viel Spaß bei ihrem Ausritt gehabt. Am Ende hatte er der ganzen Gruppe aus dem Hotel eine spontane Reitstunde gegeben, womit er vielleicht sogar Werbung für seine Ranch in Kalifornien gemacht hatte. Sie hatten sich unterhalten und gelacht und sich mit dem vom Hotel für die Gäste bereitgestellten Essen zu einem Picknick zusammengesetzt. Sehr angenehm – bis der Van mit den Gästen den Stall verlassen hatte und Kai nach einem Nicken zum Abschied mit den Kindern im Pick-up davongefahren war. Auch wenn sie sich für den nächsten Morgen verabredet hatten, war Rand voller Hoffnung bis nach Mitternacht wach geblieben. Aber er hatte keinen Besuch bekommen.

Trotz der langen Umarmung am Vortag war Kai nach wie vor so verschmust wie eine stachlige Krötenechse. Rand hatte auf die Wahrheit gedrängt und diese erfahren. Doch was nützte es, dass er nun über ihre Situation Bescheid wusste? Er konnte ihnen nicht helfen, was Kai ohnehin nicht zugelassen hätte. Von seinem eigentlichen Leben trennten ihn tausende Kilometer Meer. Er befand sich hier lediglich im Urlaub.

Als er draußen das Knirschen von Reifen auf Schotter hörte, stand er auf und schlüpfte in seine Flipflops, um die Tür zu öffnen, auf die bereits Kai zukam.

Kai blieb stehen. „Hi."

„Hi." Rand sah an seinem Körper hinab, der in Shorts und einem geblümten Hemd steckte. „Ist das so okay?"

Kai grinste leicht. „Das ist das Beste, was ich je hatte."

Er erwiderte das Grinsen. „Ich meine die Kleidung, Idiot."

„Ich weiß, was du meinst. Und ja. Ich dachte, wir könnten uns die Pools ansehen."

„Die Pools, die nicht sieben sind und auch nicht heilig?"

„Genau die."

„Dann gehöre ich ganz dir."

„Klingt vielversprechend."

„Brauche ich noch etwas?"

„Hast du irgendwas, um deinen Kopf vor der Sonne zu schützen?"

„Ja."

„Ich habe Sonnencreme. Das sollte genügen."

„Okay." Er ging noch einmal hinein, um eine Baseballmütze aus einer Schublade zu holen, bevor er abschloss und Kai zum Parkplatz folgte. „Sollen wir mein Auto nehmen?"

„Warum? Hast du Angst, dass mein Pick-up uns im Stich lässt?" fragte er grinsend.

„Nein, ich habe vollstes Vertrauen in das alte Mädchen. Aber so kannst du es etwas schonen – und ich muss sowieso für das Auto bezahlen."

„Das ist ein Argument." Kai steuerte auf die Beifahrertür des Mietwagens zu.

Nachdem sie eingestiegen waren und Rand das Auto angelassen hatte, fragte er: „Welche Richtung?" Kai zeigte nach links und Rand fuhr los.

Anfangs herrschte nicht unbedingt angenehmes Schweigen. Nach einiger Zeit warf Rand einen Blick auf Kai, sah jedoch nur seinen Hinterkopf. Er starrte wieder aus dem Fenster. „Gibt es was Neues zu sehen?"

„Was?" Endlich sah er Rand an. „Nein, tut mir leid. Mir geht nur einiges durch den Kopf."

„Letzte Nacht hatte ich gehofft, dich zu sehen."

Kai runzelte die Stirn. „Nach der vielen Aufregung wollte ich die Kinder nicht alleinlassen."

„Machst du dir wirklich Sorgen wegen dieser Frau, die euch besucht hat?"

Er zuckte die Schultern. „Ich mache mir wegen jedem Sorgen." Er dachte nach. „Aber sie hat einen schon ein bisschen misstrauisch gemacht, oder?"

„Ja. Und mir hat absolut nicht gefallen, was sie über Aliki gesagt hat. Verdammt, manche Leute bezeichnen jedes Kind, das nicht ganz still auf seinem Stuhl sitzt, als hyperaktiv."

„Das klingt, als hättest du damit Erfahrung."

„Ja, so könnte man es ausdrücken. Meine Lehrer haben meinen Eltern immer wieder gesagt, ich könnte mich nicht konzentrieren oder wäre hyperaktiv. Dabei habe ich mich nur gelangweilt. Ich war lieber draußen, aber unsere Pausen wurden jedes Jahr kürzer – was die Lehrer nicht daran gehindert hat, meinen Eltern Ritalin zu empfehlen."

„Das bekommt Aliki nur über meine Leiche."

Rand nickte zustimmend. „Wie lange fahren wir zu den Pools?"

„Noch ungefähr zwanzig Minuten."

„Eigentlich dachte ich, du wärst nicht begeistert davon."

„Doch, sie sind wunderschön. Aber diese ganze Sache mit der Heiligkeit wurde nur für Touristen erfunden. Jedenfalls möchte ich dir da etwas zeigen. Eine Überraschung."

„Oh. Okay."

Kai lächelte und diesmal war das Schweigen angenehmer.

Nicht lange danach tauchten die ersten Hinweisschilder auf und bald darauf zeigte Kai ihm den Parkplatz auf der rechten Straßenseite, auf dem sich bereits einige Autos befanden. „Wir sind nicht die Ersten."

„Nein. Und nachmittags ist hier der Teufel los. Deshalb wollte ich so früh fahren. Komm mit.“

Nachdem er das Auto abgeschlossen hatte, folgte Rand Kai, der zügig einen Weg einschlug, den er als Pipiwai Trail bezeichnete. Zu ihrer Rechten waren in der 'Ohe'o-Schlucht die ineinander übergehenden Pools zu sehen. „Wow. Das ist wunderschön.“

Kai warf einen Blick über seine Schulter. „Jetzt weißt du, warum sie so berühmt sind.“

„Auch wenn bei der Werbung etwas nachgeholfen wurde.“

„Ja. Wunderschön, aber nicht heilig. Wir können sie uns auf dem Rückweg genauer ansehen. Ich möchte nur den vielen Leuten zuvorkommen.“

Nach etwa achthundert Metern tauchte ein Wasserfall auf und Rand starrte ihn an, als sie weitereilten.

„Das sind die Makahiku Falls.“ Kai verlangsamte sein Tempo nicht.

„Bei dieser Art von Sightseeing bekomme ich noch ein Schleudertrauma.“

„Du wirst es gleich verstehen.“

Als sie so daherstapften, sahen sie immer weniger Menschen. Die großen Sehenswürdigkeiten waren eindeutig die Pools und der Wasserfall. Um weiter zu gehen, brauchte man die richtige Motivation. Kai besaß sie offenbar.

Nach und nach veränderte sich die Vegetation. Noch immer üppig und beeindruckend, doch mit zunehmend mehr Bambus. Er liebte den Anblick. Wäre er nicht so „uncowboyhaft“ gewesen, hätte er vielleicht welchen auf seiner Ranch angepflanzt.

Die Bambuspflanzen wurden größer und größer. Kai bog nach rechts ab und …

„Wow.“ Rand sah sich um. „Ein richtiger Bambuswald.“

„Ja.“

„Den wolltest du mir zeigen.“ Es war keine Frage.

„Ja.“ Er streckte eine Hand aus. „Komm mit.“

Rand schaute sich um, konnte auf dem Pfad zwischen den Bambuspflanzen jedoch niemanden entdecken. Sie waren allein. So ergriff er Kais Hand und folgte ihm tiefer in den Wald.

Ein sanfter Wind streifte Rands Gesicht. Kai blieb stehen. „Hör dir das an.“

Überall um ihn herum stießen die Bambusstäbe in einer Symphonie gedämpfter Geräusche aneinander wie ein Chor, der ein Lied aus den für das Hawaiianische typischen Knacklauten sang – leises Klicken, Rauschen, Klappern, Schnalzen und Flüstern. „Magisch.“

„Ja.“

„Was? Oh.“ Er lächelte. „Mir ist nicht aufgefallen, dass ich das laut ausgesprochen habe.“

Kai grinste. Interessant. Hier wirkte er wesentlich entspannter. Mit Rands Hand in seiner ging er tiefer in den hoch aufragenden Bambuswald.

Rand schaute zum Himmel hinauf, während sich seine Füße durch die dichte Laubdecke auf dem Boden bewegten. Die Sonne erreichte sie in sanften Lichtstreifen und der Bambus um sie herum sang sein Lied. „Ich wünschte, ich könnte hierbleiben." Seine eigenen Worte überraschten ihn so sehr, dass er ein leises Keuchen ausstieß.

Kai sah ihn an.

„Ich meine, ich werde die Kinder vermissen und auch ..." – er grinste – „... den Bambus."

Mit einem einzigen Schritt überbrückte Kai den Abstand zwischen ihnen, legte eine Hand an Rands Kinn und zog ihn zu einem glühend heißen Kuss zu sich. Dann hob er mit glänzenden Lippen den Kopf. „Du machst mich verrückt."

„Die gute oder die schlechte Art von verrückt?"

„Beides!" Er packte erneut Rands Kopf, um ihn zu küssen, bis ihre Zungen praktisch miteinander verschmolzen waren.

Rands Schwanz streckte sich in die Höhe wie eine Bambuspflanze zur Sonne. Niemand anders als Kai hatte auf ihn diese heftige Wirkung. Er legte einen Arm unter Kais Hintern und hob ihn an, bis sich ihre Hüften trafen. Bereits mit der ersten Berührung schoss Feuer in seinen Unterleib und seine Hüften begannen, sich wild zu bewegen. Kai schlang ein Bein um Rand und streckte das andere, bis er nur noch mit den Zehenspitzen den Boden berührte. Mit jedem Stoß seiner Hüften saugte er Rands Zunge tiefer in seinen Mund.

Oh, Scheiße. Ja, genau so. Rand tastete mit einer Hand seine Hosentasche ab. *Habe ich irgendetwas dabei?* Nach einem zufriedenstellenden Knistern schob er eine Hand in die Tasche der weiten Baumwollshorts, um ein Tütchen Gleitgel und ein Kondom herauszuholen. Er schob seine Hand gegen Kais Hüfte, bis dieser sich etwas von ihm löste und hinunterschaute.

„Ja. Du willst gefickt werden, Haole?"

„Allerdings."

„Dann such dir einen Bambusstab und halt dich gut fest."

Kai machte einen Schritt zurück, als Rand sich umdrehte und seine Hände um zwei der glatten, dicken Halme legte. Ein sinnliches Gefühl. Eine sanfte Brise wehte durch den Wald und das Knistern von Folie gesellte sich zur Bambusmusik.

Kai legte eine Hand an den elastischen Bund von Rands Shorts und zog sie mit einem Ruck hinunter. Luftig und vielversprechend. Ohne langes Zögern schob er erst einen und dann einen zweiten mit Gel bedeckten Finger in Rand. Als er sie etwas krümmte, rief Rand: „Scheiße, ja!"

Kai beugte sich vor und murmelte: „Wir müssen uns beeilen. Es könnten jeden Moment Leute auftauchen."

„Siehst du mich etwa trödeln? Komm endlich rein." Er beugte sich weiter vor, um es Kai leichter zu machen.

Die Finger verschwanden. Feuchte Wärme, die sich gegen ihn presste. *Scheiiiße.* Und er schob sich hinein. Groß, heiß und glatt. Sie hatten so viel Sex gehabt, dass Rands Körper sich die Größe und Form von Kais Schwanz gemerkt hatte und er sich genau richtig anfühlte. *Oh, Baby.*

Wamm! Kai nahm sich die Notwendigkeit großer Eile zu Herzen. Rein, rein, rein. Heftig und schnell.

Rand warf den Kopf in den Nacken. „Ja, oh ja." Einfach loslassen und er hätte kommen können, doch er liebte es so sehr, dass er es niemals enden lassen wollte. Kais Atemzüge und leises Stöhnen untermalt vom Flüstern und Klicken des Bambus, der Geruch von Lusttropfen, Schweiß und Blättermulch. Gott, wenn er dafür immer solchen Sex bekäme, hätte er sich bereits geoutet. *Ooooh, ein schockierender Gedanke.*

Kai stützte sich mit einer Hand an einem Bambusstab neben Rands Kopf ab, während er mit den Hüften seinen Schwanz genau ins Ziel hämmerte. *So gut.* Jeder Stoß, der über seine Prostata glitt, ließ seine Hoden aufflammen wie eine Lichterkette. Ein Vorhang aus glitzerndem Nebel legte sich über seinen Verstand, als seine Gedanken von Gefühlen ersetzt wurden. Hitze. Feuer. Explosion! Ohne berührt zu werden, spie sein Schwanz in Schüben seinen Samen in die Waldluft, während pure Wonne von seinen Lenden seinen Rücken hinauf und bis in sein Gehirn schoss.

Keuchend lehnte er noch mehr von seinem Gewicht auf den Bambus, als Kai aufschrie: „Oh, Mann. Oh, Scheiße. Oh!"

Nicht weit entfernt rief eine Stimme: „Hast du das gehört? Was war das?"

Kai ließ sich nicht unterbrechen. Er rammte sich bebend und zitternd in Rand, bis er ebenfalls zum Höhepunkt gekommen war, bevor er sich auf seinen Rücken lehnte und ihn gleichzeitig festhielt.

„Oh, wow, Schatz. Sieh dir den Bambus an." Die Stimme kam näher.

Kai zog seinen schlaff gewordenen Schaft aus Rand, streifte das Kondom ab und schob es mit einem Fuß unter die Blätter. Schnell hatte er Rands Shorts und seine eigenen hochgezogen. Ohne zu zögern, zeigte er in Richtung Himmel. „Mann, hast du diesen Vogel gesehen? Fantastisch."

Rand biss sich auf die Wange, um ein Lachen zu unterdrücken, als er rief: „Oh, wow. Ja, fantastisch!" Als sich durch den Bambus ein junges Paar näherte, nickte Kai ihnen zu und Rand lächelte.

Die junge Frau klatschte in die Hände. „Ist das nicht ein unglaublicher Ort?"

Wenn die wüssten. Rand folgte Kai zurück zum Parkplatz, wo er noch immer lächelnd ins Auto stieg.

Wieder herrschte einige Zeit Stille – die diesmal wieder etwas in Richtung unangenehm ging. Rand betrachtete die im Sonnenlicht glitzernden Wellen. „Morgen ist Silvester."

„Ja." Rand schwieg, bis Kai hinzufügte: „Ich muss arbeiten."

„Dann könnte ich ja Zeit mit den Kindern verbringen."

Kai sah ihn mit einer kleinen Falte zwischen den Augenbrauen an. „Willst du das wirklich?"

„Habe ich auch nur im Geringsten den Eindruck gemacht, ich wäre nicht gern bei ihnen?"

„Nein, nein. Tut mir leid. Sie würden sich bestimmt freuen."

„Okay. Dann gehe ich vielleicht mit ihnen reiten oder an den Strand – oder was sie sonst gerne machen."

„Unsere Pferde sind so ziemlich den ganzen Tag ausgebucht."

„Gibt es keine anderen Ställe?"

„Keine mit guten Pferden."

„Na gut, dann geht's eben an den Strand."

„Soll ich sie bei dir vorbeibringen?"

„Gerne." Er sah zu Kai hinüber. „Sollen wir später zusammen essen?"

Kais Mundwinkel hoben sich leicht. „Ja, okay."

Rand fuhr lächelnd weiter.

„DU BIST wirklich sicher, dass er erst nach Hause kommt?"

Lani tätschelte Rand auf ihrem Weg zum Kühlschrank die Schulter. „Ja, glaub mir. Er würde nicht mit dir – ich meine mit uns – essen gehen, wenn er nach Pferden und Touristen riecht." Sie kicherte, während sie Butter auf den sorgfältig gedeckten Tisch stellte. „Ich hole noch etwas Grünzeug." Sie ging auf die Tür des kleinen Hauses zu.

Rand sah an seinem Hawaiihemd und seinen Jeans hinunter – eine ungewohnte Kombination. „Äh, sehe ich okay aus?"

Aliki hob den Blick von seiner allgegenwärtigen Konsole. „Mann, Bruder, du siehst schweinecool aus."

Lani warf ihrem Bruder einen finsteren Blick zu. „Was ist das für eine Ausdrucksweise, Kaikunane?" Dann sah sie mit einem frechen Grinsen Rand an. „Allerdings siehst du wirklich schweinecool aus." Lachend verließ sie das Haus.

„Mann, das riecht echt gut. Ich kann es kaum erwarten. Kann ich irgendwie helfen?"

Rand warf einen Blick auf den alten Ofen. „Viel gibt es nicht zu tun. Um das Kochen hat sich das Hana Maui gekümmert. Wir müssen es nur warm halten, ohne es auszutrocknen."

Lani kam mit einigen grünen Zweigen herein. „Dein Auto ist gut versteckt. Er wird es nicht bemerken." Sie stellte sie in ihre einzige schöne Vase, in der sich bereits ein von Rand im Blumenladen gekaufter Strauß Rosen befand.

„Das ist ein hübsches Arrangement, Lani."

„Den Strauß hast du ausgesucht." Sie strich über die Blätter der violetten Rosen. „Uns hat noch nie jemand Blumen mitgebracht."

Das war ziemlich traurig. „Du bist so klug und hübsch, dass du in deinem Leben bestimmt noch eine Unmenge Blumen bekommst."

„Danke, Onkel Rand." Doch ihr liebliches, ernstes Gesicht zeigte ihm, dass sie es nicht glaubte.

Er seufzte leise. *Wenn ich doch nur näher bei ihnen wohnen könnte – aus vielen Gründen.*

Das Knirschen von Reifen vor der Tür brachte Lani zum Grinsen. Aliki legte endlich seine Konsole aus der Hand und sprang aufgeregt vom Sofa auf. Ihren Bruder zu überraschen war offensichtlich etwas ganz Besonderes für die zwei. Rand wischte sich die Hände am Jeansstoff auf seinen Oberschenkeln ab. *Ein bisschen aufgeregt bin ich wohl auch.*

Sie drängten sich neben der Tür zusammen, damit Kai als Erstes den Tisch sehen würde. Schritte waren auf den Stufen zu hören. Die Tür öffnete sich und Aliki presste sich eine Hand auf den Mund, um nicht zu lachen. Dann trat Kai ein, blieb stehen und starrte den Tisch an, während sie riefen: „Überraschung!"

Nach einem kurzen Stirnrunzeln war es, als breitete sich Sonnenlicht auf seinem Gesicht aus. „Okay, die ist gelungen. Ich dachte erst, ich wäre im falschen Haus gelandet."

Aliki lachte und umarmte Kai überschwänglich.

„Das ist wirklich schön." Sein Blick wanderte zu Rand. „Danke." Er umarmte Lani. „Danke, Kaikuahine."

„Eigentlich hat Onkel Rand fast alles gemacht. Das Essen kommt vom Hana Maui und die Rosen aus dem Blumenladen. Da war es wirklich schön."

Aliki ließ sich wieder auf die Couch fallen. „Und vorher waren wir stundenlang am Strand. Das war der Hammer."

Endlich sah Kai Rand in die Augen. „Danke, Onkel Rand." Sein Lächeln bewegte sich irgendwo zwischen dankbar und genervt. *Was soll's, bald kann ich mich sowieso nicht mehr einmischen,* erinnerte ihn ein schmerzhafter Stich in der Brust.

Lani schob Kai in Richtung Flur. „Zieh dich um, damit wir uns endlich diesem fantastischen Essen widmen können."

Rand konnte trotz aller Bemühungen nicht verhindern, dass sein Blick einmal das knackige Hinterteil und die muskulösen Beine in der abgetragenen Jeans streifte, als Kai durch den Flur zu seinem Schlafzimmer ging. *Es wird dir guttun, wieder zu Hause zu sein. Das musst du dir nur immer wieder sagen.*

Die Köche des Hana Maui hatten sich bei dem Lachs mit Kartoffelpüree und Rahmspinat selbst übertroffen, vor allem jedoch bei der Crème brulée für den Nachtisch.

Aliki leckte seinen Löffel ab. „Mann, wie heißt das Zeug noch?"

„Crème brulée. Lecker, oder?"

„Sogar besser als Eis."

„Du entwickelst teure Vorlieben."

Aliki und Lani lachten. Kai nicht. Der Großteil des Gesprächs schien zwischen Rand und den Kindern stattzufinden. Rand seufzte leise.

„Darf ich bis Mitternacht aufbleiben?" Aliki spähte über seinen voll beladenen Löffel hinweg zu Kai hinüber.

„Klar. Das darfst du immer. Das weißt du doch."

„Oh, cool. Ich dachte nur, ihr zwei wolltet vielleicht …"

Kai warf Aliki einen Blick zu, als wollte er ihn damit wie ein Schmetterlingssammler aufspießen. „Wollten was?"

Aliki runzelte die Stirn. „Zeit miteinander verbringen, Kumpel. Wir hatten einen ganzen Tag mit Onkel Rand. Ihr solltet auch ein bisschen Spaß haben."

Kai zeigte nicht das kleinste Lächeln. „Haben wir nicht gerade Spaß?"

„Ja, ich dachte nur …"

„Geh und spiel deine Spiele, wir räumen ab." Er stand auf.

Aliki hatte die Augen weit aufgerissen und sie glänzten feucht. *O Mann.*

Rand erhob sich ebenfalls. „Komm mit. Du kannst mir das Spielen beibringen, damit ich cool wirke."

Aliki starrte auf den Boden. „Ich sollte helfen."

„Nein, das können heute Kai und Lani machen. Wir dürfen spielen. '

Da ihn nichts lange von seiner Lieblingsbeschäftigung abbringen konnte, lächelte Aliki und warf sich mit der Konsole auf die Couch. Rand setzte sich neben ihn und versuchte sich einige Zeit an dem Fantasy-Spiel mit Vampiren und Dämonen, bevor er die Konsole wieder Aliki reichte, den Rands Ungeschicklichkeit beim Beseitigen der Gegner beinahe vor Ungeduld aus der Haut fahren ließ. Mit einem Schulterzucken sagte Rand: „Du hättest mir etwas geben sollen, wobei ich auf Cowboys mit schwarzen Hüten schießen muss. Das hätte vielleicht besser geklappt. Auf der Ranch haben wir nicht viele Vampire."

Aliki kicherte. „Guck, das ist der Trick." Er demonstrierte es ihm, was Rands Geschicklichkeit leider kein bisschen verbesserte. Bald war Aliki wieder in sein Spiel vertieft.

Rand ging in die kleine Küche und nahm Lani ihr Geschirrtuch ab. „Die Ablösung ist da."

„Nein, du hast heute schon genug getan. Es ist dein letzter Urlaubstag."

Kai ließ geräuschvoll ein Glas in die Spüle fallen.

Rand schüttelte den Kopf. „Du hast viel mehr gemacht. Sieh dir an, wie in Kalifornien die Kugel runtergelassen wird." Er grinste ihr zu.

Endlich allein. Ha!

Kai spülte und Rand trocknete ab. Sie sprachen nicht. Die Stimmung war unangenehm. *Mir reicht's!* Er sprach leise, da die Küche nur teilweise vom winzigen Wohnzimmer abgetrennt war. „Also, womit habe ich dich diesmal verärgert? '

Kai sah mit funkelnden dunklen Augen zu ihm auf. „Warum muss es mit dir zu tun haben?"

„Das muss es nicht, aber jetzt hat es das."

„Meine Kinder müssen nicht gerettet werden. Und wenn ich nicht gerade von einem verdammten Haus stürze, muss ich es auch nicht."

131

„Ich versuche nicht, euch zu retten."

Kai schnaubte. „Du kannst doch gar nicht anders, du heldenhafter großer Cowboy."

Rand erstarrte. „Ich wollte nicht, dass es so aussieht. Ich möchte nur helfen."

„Toll, dann gewöhnen sie sich daran und wenn du weg bist, stehen wir wieder wie vorher da. Das ist mir keine Hilfe."

Rand schluckte. „Ich hatte nie vor ..."

„Lass uns einfach in Ruhe!"

Fuck! Er warf das Geschirrtuch auf die Arbeitsplatte und drehte sich abrupt um. *Das habe ich nicht nötig. Ich gehe.* Mit steifen Schritten kehrte er noch einmal ins Wohnzimmer zurück und kniete sich neben Lanis Sessel. Ihre geröteten Augen verrieten ihm, dass sie das Gespräch mit angehört hatte. „Tut mir leid, Süße. Ich muss jetzt packen. Morgen früh fliege ich nach Hause. Feiert noch schön und ich hoffe, das neue Jahr bringt euch viele wundervolle Dinge."

Sie flüsterte: „Er meint es nicht so, Onkel Rand. Er ist nur so daran gewöhnt, unsere einzige Hoffnung zu sein."

„Ich weiß." Rand umarmte sie. Doch es änderte nichts daran, wie gebrochen sich sein Herz anfühlte.

Aliki schaute von seiner Konsole auf. „Warte. Du kannst nicht ... nein." Er sprang vom Sofa auf, rannte zu Rand und schlang ihm mit so viel Schwung die Arme um den Hals, dass sie gemeinsam auf dem Boden landeten. „Du hast gesagt, du bist bis Neujahr hier. Das hast du gesagt."

Rand streichelte ihm über das weiche schwarze Haar. „Wo ich herkomme, hat das neue Jahr schon angefangen." Aliki liefen Tränen über die Wangen und seine Schultern bebten. Rand drückte ihn an sich und musste selbst zwinkern, um Tränen zurückzuhalten. „Es war eine so große Freude, euch kennenzulernen. Vielleicht könnt ihr mich mal auf meiner Ranch besuchen und ein bisschen reiten, okay?"

Aliki nickte, ohne Rand anzusehen. Er wusste, dass es nie passieren würde. Rand stand auf, doch Aliki blieb still sitzen. Mit einem letzten Kuss auf Lanis Wange wandte er sich ab und ging zur Tür. Als er das Haus verließ, hörte er noch Aliki schreien: „Kai, das ist alles deine Schuld. Wegen dir ist er gegangen. Ich hasse dich!"

Na, das ist ja fantastisch. Er schloss die Tür, während er sich bemühte, nicht zu sehr auf Schritte hinter sich zu hoffen – die nicht kamen.

18

SIE KOMMEN darüber hinweg. Sie werden ihn vergessen. Sie kommen darüber hinweg.

Kai lag auf seinem Bett und starrte an die Decke. *Nachdem er jetzt weg ist, wird unser Leben wieder normal.*

Normal. Keine Reitstunden mehr – innerhalb und außerhalb des Schlafzimmers. Kein hübscher Hintern, der sich ihm im Regenwald darbot. Kein Tanzen mehr, als wäre er mit Musik in den Füßen geboren – und auch nicht die lachenden Augen, das heldenhafte Herz und die liebende, hingebungsvolle Seele.

Er wischte sich das gottverdammte Wasser von den Wangen.

Niemand würde sich je wieder um ihn kümmern.

RAND SAH durchs Fenster die Wolken an und versuchte durch reine Willenskraft, wieder etwas Blut in seine an den Armlehnen festgeklammerten Hände fließen zu lassen. Wo war Mrs. Orwell, wenn man sie wirklich brauchte? Zugegeben, das Flugzeug hatte seit einer Stunde nicht geruckelt oder auch nur geschwankt. Dennoch fühlte sich der Boden so weit entfernt an wie nie zuvor. Eine Hälfte von ihm sehnte sich nach seinem Zuhause – während die andere auf Flugzeugentführer hoffte, welche die Maschine nach Maui zurückbringen würden. *Unerledigte Angelegenheiten. Unerledigte Angelegenheiten.* Der Gedanke pochte in seiner Brust wie ein zweiter Herzschlag.

Und wenn ich einfach aus dem Flugzeug steige und zurückfliege? Kai dazu bringe, mit mir zu reden? Mich im Guten von den Kindern verabschiede, damit sie sich nicht daran erinnern, wie ich sie einfach im Stich gelassen habe?

Ein plötzlicher Ruck des Flugzeugs brachte ihn zum Keuchen. Dann flog es ruhig weiter, als wäre nichts geschehen. *Ich hasse dieses Transportmittel. Selbst ein Rodeopferd ist berechenbarer.* Nach und nach beruhigte sich auch seine Atmung.

Warum sollte ich umkehren? Mit welchem Ziel? Kai will mich nicht.

Moment. Will ich ihn? Wie fühlt sich das an? Oder liebe ich nur die Kinder?

Mit einem Seufzer schloss er die Augen. *Scheiße, was spielt es überhaupt für eine Rolle? Ich kann ihn nicht zwingen, dasselbe für mich zu empfinden. Und ich kann meine Ranch nicht nach Hawaii transportieren.* Langsam saugte er abgestandene Luft in seine Lungen. Was hatte Mrs. O. gesagt? Die Luft brächte einen eher um als der Flug. Mit einem schwachen Lächeln konzentrierte er sich auf seine Hände. *Ruhig. Ganz ruhig. Fast da.*

Was wohl daraus hätte werden können, wenn ich nicht so weit entfernt wohnte?

Das gleichmäßige Summen des Flugzeugs machte ihn müde. Er lehnte den Kopf an den Sitz.

„Meine Damen und Herren, als Vorbereitung auf die Landung werden wir durch die Reihen gehen, um von Ihnen nicht mehr benötigte Tassen und Gläser oder Abfall an uns zu nehmen."

Oh, gut. Er warf einen Blick auf seine Armbanduhr, während er die leere Wasserflasche, die er dort verstaut hatte, aus dem Fach am Sitz zog. Nach der Landung würde er noch etwa eineinhalb Stunden fahren müssen, aber das spielte sich alles auf festem Boden ab, Baby. *Unerledigte Angelegenheiten. Unerledigt. Unerledigt.*

Verdammt, warum bin ich abgereist, wenn ich das so sehe?

Seines Stolzes wegen. Er war abgewiesen worden, was ihn furchtbar verletzt hatte.

Die Flugbegleiterin hielt ihm lächelnd eine Plastiktüte für seinen Abfall hin.

Er erstarrte, als das Flugzeug ein surrendes Geräusch von sich gab.

„Das ist nur die Vorbereitung für das Fahrwerk", flüsterte sie, noch immer lächelnd. „Keine Sorge."

Er nickte und setzte sein bestes verwegenes, männliches Grinsen auf, während er die Flasche in die Tüte warf.

Surrrr. Surrrr.

Diesmal erlosch das Lächeln kurz, bevor es strahlend zurückkehrte. „Vielen Dank." Sie drehte sich so hastig um, als hätte sie Feuer gefangen, und eilte auf das Cockpit zu – wobei sie Rands Magen mit sich zu ziehen schien. *Großer Gott!*

Surrrr. Surrrr.

Rand sah aus dem Fenster und konnte deutlich den Boden erkennen. *Es ist bestimmt nichts Schlimmes. Nichts Schlimmes.*

„Meine Damen und Herren, hier spricht der Pilot."

So eine Scheiße!

„Der hintere Teil unseres Fahrwerks bereitet uns einige Schwierigkeiten. Wir werden noch einmal durchstarten und daran arbeiten, das Problem zu beheben." *Klick.*

Mann, nicht ein Wort darüber, dass „kein Grund zur Sorge" bestehe.

Es ist nicht der Tod. Es ist das Fallen.

Das Flugzeug gewann an Höhe, entfernte sich immer weiter vom Boden. Der rechte Flügel senkte sich. Dann der linke.

Rand schloss die Augen und atmete tief durch, um gegen seine Übelkeit anzukämpfen.

Nicht der Tod. Das Fallen. Das Fallen.

Von dieser Klippe. Unter ihm Meer und Felsen, während Edward, der Junge, der ihn gebeten hatte, ihm einen zu blasen, ihn mit dem Messer näher und näher an den Abgrund drängte. Hinter Edward lachten und johlten vier weitere Jungen.

„Schwuchtel."

„Homo."

„Tunte."

Edward zischte: „Ich werde dir zeigen, was passiert, wenn du versuchst, andere zu Schwuchteln zu machen, Schwuchtel." Das Messer bohrte sich tiefer in Rands Rücken, bis warmes, klebriges Blut über seine Haut rann – wie die warmen Tränen auf seinen Wangen.

„Ein leichter Tod ist zu gut für dich." Der Druck des Messers ließ nach. „Vielleicht sollten wir uns ihn erst vornehmen, Jungs. Nur um ihm zu zeigen, was wir von Schwuchteln halten."

Gott. Ich werde mir nicht in die Hose pinkeln. Nein.

Das Murmeln der anderen klang nicht besonders begeistert.

Als sich Edwards Hand um seinen Arm legte und ihn ein Stück nach hinten zog, holte Rand aus und schaffte es, mit der Faust Edwards Ohr zu treffen

„Au, du kleines Arschloch." Das Messer traf sein Bein, drang jedoch kaum durch den Jeansstoff, bevor es sich wieder gegen seinen Rücken presste. „Stirb einfach."

Rands Fuß rutschte über die Kante und er schwebte zwischen Stehen und Stürzen.

Es ist nicht der Tod. Es ist das Fallen.

„Du lieber Gott!" Der kreischende Aufschrei kroch seinen Rücken hinauf wie ein Stromschlag. „Seid ihr verrückt? Was macht ihr Jungs da? Lasst ihn in Ruhe."

Das Messer verschwand so schnell, dass er beinahe das Gleichgewicht verlor. Taumelte, schwankte.

Fuck. Was hat das Leben noch für einen Sinn?

Selbst die Hand, die seinen Arm packte und ihn vom Abgrund fortzog, konnte den düsteren Gedanken nicht vertreiben.

Surr. Surrrrrrr. Ein Schwanken nach links, dann nach rechts.

Sein Herz raste und Schweiß rann ihm über den Rücken. Um ihn herum stöhnten Menschen und einige weinten. *Wie lange ich wohl durchhalte, bis ich ohnmächtig werde? Oder muss ich den ganzen Sturz miterleben? Ist das wirklich schlimm, wenn ich dann sowieso sterbe?*

Die Frau neben ihm tippte eilig eine Nachricht in ihr Handy. *Hmm. Vielleicht funktionieren die hier.* Er zog sein eigenes aus der Tasche und deaktivierte den Flugzeugmodus. Einen Versuch war es wert. Er suchte die Nummer seiner Mutter.

Flugzeug hat Probleme mit Fahrwerk. Sieht ernst aus. Ich liebe dich und Dad sehr. Ihr wart immer gute Eltern und ich bin froh, bei euch aufgewachsen zu sein. Rand.

Nachdem er die Nachricht gesendet hatte, ließ er das Handy kurz auf seinen Oberschenkel sinken. *Was soll's?*

Kai, mein Flugzeug hat Probleme mit dem Fahrwerk und es sieht ernst aus. Aber wahrscheinlich geht alles gut. Vielleicht. Ich wollte nur, dass du weißt ...

Fuck. Dass er was weiß? Er löschte die Nachricht und schob das Handy wieder in die Tasche. Kai hätte es entweder nicht interessiert oder er hätte sich wegen Rands Tod schlecht gefühlt. Auf diese Weise würde er es wohl nie erfahren.

Surrrrrrrrr. Surrrrr. Krach!

Er zuckte heftig zusammen, kam sich allerdings nicht allzu dumm vor, da alle anderen es ebenfalls taten.

Krach. Krach. Ein schabendes, dumpfes Geräusch.

„Meine Damen und Herren, hier spricht noch einmal Ihr Pilot. Unser Fahrwerk ist nun ausgefahren."

Die Leute begannen, zu klatschen und zu jubeln.

„Allerdings ..." Das brachte sie schnell wieder zum Schweigen. „... können wir nicht ganz sicher sein, dass es verriegelt ist. Daher werden Sie die Flugbegleiter in das Verhalten bei einer Notlandung einweisen. Wir werden noch etwas in der Luft bleiben, bis unsere Landebahn frei und die Notfallausrüstung bereit ist. Sie sollten den Flugbegleitern aufmerksam zuhören."

Die Frau neben ihm sagte: „Nein, wirklich?"

Er hätte beinahe gelacht. Beinahe.

Obwohl sie ängstlich wirkten, demonstrierten die Flugbegleiter die Schutzhaltung für die Passagiere – die Arme wurden gegen die Sitzlehne vor ihnen gestützt und der Kopf zwischen die Hände gesenkt.

Ein alter Mann sagte laut: „Ich dachte, ich dürfte den Kopf zwischen meine Knie klemmen und mich von meinem Arsch verabschieden." Alle stießen ein kurzes, dringend gebrauchtes Lachen aus, das allerdings von der Stimme des Piloten unterbrochen wurde: „Nehmen Sie die Schutzhaltung ein."

Neben dem Rauschen des Blutes in seinen Ohren konnte er kaum das surrende Geräusch der Landeklappen hören. Einige Leute beteten laut, was sich als zugleich etwas beruhigend und ausgesprochen beängstigend herausstellte.

Surrr. Näher und näher. Das Flugzeug kam ihm schwerer vor, als erledigte die Erdanziehungskraft ihre Aufgabe. Rand wandte den Kopf und sah durchs Fenster den Boden vorbeirasen. *Großer Gott.* Vor seinem inneren Auge tauchte Lanis Gesicht mit dem lieblichen, weisen Lächeln auf. Alikis lachende Augen. Doch als das Fahrwerk wie ein riesiger Fels auf die Landebahn prallte, spürte er lediglich die tiefe, bedrückende Einsamkeit seines Paniolo.

Bevor sein Verstand begriffen hatte, was passiert war, begann das Jubeln. Die Passagiere applaudierten, trampelten und pfiffen.

Nach einem Klicken war über die Lautsprecher eine lachende Stimme zu hören: „Danke, Leute. Wir sind alle froh, wieder festen Boden unter den Füßen zu haben."

Während andere Reisende bereits aufstanden und sich um ihr Handgepäck kümmerten, lichtete sich allmählich auch der Nebel in Rands Kopf. Er holte tief Luft – einmal, zweimal – und erhob sich leicht geduckt, um nicht gegen das Gepäckfach über ihm zu stoßen. Die feste Unbeweglichkeit des Bodens strömte wie eine glücklich machende Droge in seine Beine. Als sein Handy klingelte, schaute er auf das Display und sah den Namen seiner Mutter. *Meine Mutter. Nicht Kai. Es wird niemals Kai sein.*

„Hi, Mom."

„O Gott, Rand. Geht es dir gut? Bitte sag mir, dass ihr gelandet seid."

„Ja, das sind wir. Und ich habe es heil überstanden. Wir steigen gerade aus."

„Was ist passiert?"

„Das erkläre ich dir später, okay? Im Augenblick ist alles ein bisschen durcheinander."

„Aber dir geht es wirklich gut?"

„Ja." Wenn man von der zitternden Hand absah, mit der er kaum das Handy festhalten konnte – und von der Gewissheit, dass er sich bei der ersten Gelegenheit übergeben würde.

„Ich liebe dich. Und dein Vater auch."

„Und ich liebe euch. Ich melde mich später."

„Rand?"

„Ja?"

„Danke, dass du gesagt hast, wie gern du bei uns aufgewachsen bist."

„Oh, Mom, es ist doch wahr." Eine andere lange unterdrückte Wahrheit drängte sich gegen seine Lippen, doch es gelang ihm nicht ganz, sie auszusprechen. „Ich rufe später an." Er legte auf und zog sein Handgepäck aus dem Gepäckfach. Zeit, ins normale Leben zurückzukehren.

Als er den ersten Schritt aus dem Flugzeug auf die Stufen machte, wurden seine Knie weich und er konnte kaum noch stehen. Nach kurzem Stolpern hielt er an, um seine Windjacke anzuziehen, damit er kurz durchatmen konnte. Endlich hatte er es bis ins Terminal geschafft, wo Flugbegleiter und das Sicherheitspersonal die Presse von den Fluggästen fernhielten, während diese sich am Schalter um Anschlussflüge kümmerten – von wegen! – oder flüchteten. Rand eilte mit den anderen Flüchtenden zur Gepäckausgabe, schnappte sich seine Reisetasche und konnte sich nach zwanzig Minuten eiserner Beherrschung endlich in seinen Pick-up setzen. *Okay, jetzt kannst du zusammenbrechen, wenn du möchtest.*

Seine Hände zitterten und weiße Blitze zuckten vor seinen Augen. Warme Flüssigkeit rann ihm über die Wangen und tropfte auf seine Jacke. *Meine Güte, weine ich etwa?*

Sein Handy vibrierte energisch. *Nicht jetzt.* Ein weiteres Mal. *Und wenn es Kai ist?* Er zog es aus der Tasche und schaute hinunter. *Mrs. O.* „Hi, Mrs. Orwell."

„Lieber Gott, ich habe es in den Nachrichten gesehen. Geht es Ihnen gut?"

Er holte Luft. „Ich bemühe mich darum."

„Das muss unvorstellbar schrecklich für Sie gewesen sein."

Er stieß ein unecht klingendes Lachen aus. *Ha. Ha.* „Darauf war ich nicht vorbereitet."

„Nein, es tut mir wirklich leid. Da haben Sie gerade gefunden, was Sie gesucht haben – und schon droht das Universum damit, es Ihnen wegzunehmen."

„Was?"

„Aber wirklich, mein Lieber, Kai und die Kinder warten sicher schon. Haben Sie mit ihnen gesprochen? Soll ich sie anrufen und ihnen sagen, dass Sie sicher gelandet sind? Sie müssen sich schreckliche Sorgen machen."

„Nein. Nein! Ich ... Mrs. O., das war doch nur eine Ferienfreundschaft. Ich meine, klar, sie sind alle toll und ich würde sie gern wiedersehen, aber Kai hat viel zu tun und viel Verantwortung. Und er kümmert sich gut um die Kinder, also muss ich mich nicht einmischen und sie ganz verrückt machen. Hana ist weit weg. Wahrscheinlich haben sie von der Sache mit dem Flugzeug überhaupt nichts gehört. Außerdem wissen sie nicht, welchen Flug ich genommen habe, und hätten ihn bestimmt nicht mit mir in Verbindung gebracht. Also regen Sie sie nicht unnötig auf, in Ordnung?"

Stille.

„Mrs. O.?"

„Ich bin noch dran." Ihre Stimme klang ... besorgt? Verärgert? „Rand, mein Lieber, vielleicht wirkt das seltsam, weil wir uns erst so kurz kennen, aber wir haben gemeinsam einiges erlebt. Sie sind fast so etwas wie ein Sohn für mich geworden."

„Danke, Mrs. O." Nach einem tiefen Atemzug ließ er den Wagen an.

„Also werde ich jetzt mit Ihnen reden, als wären Sie mein Sohn."

Oh, oh.

Er hörte, wie sie Luft holte. „Wenn Sie glauben, dass Ihre Beziehung zu Kai und diesen Kindern auch nur das Geringste mit einer Ferienfreundschaft zu tun hat, ist Ihr Hang zur Selbsttäuschung wesentlich größer, als ich vermutet hatte. Sie sorgen sich um Lani und Aliki, als gehörten sie zu Ihrer Familie. Und, mein Lieber – ganz egal, was Sie sich selbst und anderen einreden wollen –, Sie sind bis über beide Ohren in Kai Kealoha verliebt."

Er öffnete den Mund. Schloss ihn wieder. Stellte den Motor ab und presste die Stirn gegen das Lenkrad.

„Außerdem bin ich der Meinung, dass Sie sich in ein Flugzeug setzen, hinfliegen und es ihm sagen sollten."

Es war, als hätte jemand das Dach des Pick-ups geöffnet und ihm Eiswasser über den Rücken geschüttet. Die Tränen begannen wieder zu fallen und rannen leise, hinterhältig über sein Gesicht. „Ich ... ich kann nicht."

„Das verstehe ich. Dann rufen Sie ihn an, um es ihm zu sagen."

Seine Stimme wurde heiser. „Nein, er will es nicht hören. Er hat mich aufgefordert zu gehen und sie in Ruhe zu lassen."

„Das meint er nicht so."

„Doch. Erst hatte ich gehofft ... aber er meint es ernst."

„Dann tut es mir leid. Aber Sie sollten wissen, dass ich für Sie da bin, mein Lieber."

„Das bedeutet mir viel. Sie, äh, wissen als einzige Person ..."

„Dass Sie schwul sind?"

„Ja."

„Vielleicht sollten Sie da nicht so sicher sein. Aber ich werde es ohne Ihr Einverständnis niemandem sagen."

„Danke."

„Ich hoffe, wir sehen uns ... wieder." Sie schien sich gegen ein „bald" entschieden zu haben. „Ich habe beschlossen herzuziehen, um näher bei meinen Enkeln zu sein."

„Oh, das ist großartig. Das wird Ihren Enkeln gefallen. Und Ihnen sicher auch."

„Ja. Ich habe mich immer wegen anderer Verpflichtungen davon abhalten lassen, aber jetzt ist es für mich einfach Zeit, bei meiner geliebten Familie zu sein. Wer weiß? Vielleicht finde ich hier ja auch den Richtigen." Er hörte das Lächeln in ihrer Stimme, brachte jedoch selbst keins zustande.

Schon komisch – jetzt hätte er einen Grund zum Fliegen gehabt, aber würde vermutlich nie wieder den Mut dazu aufbringen.

19

„FÜHLST DU dich schon wieder wie zu Hause, Boss? Wieder richtig eingelebt?"

Rand zog den Sattelgurt fester, während er zu Danny hinübersah. Es war interessant, dass Dannys schlanker, langgliedriger Körper, der sonst ein Kribbeln zwischen seinen Beinen ausgelöst hatte, kaum noch eine Wirkung auf ihn zeigte. *Ich werde darüber hinwegkommen.* „So ziemlich."

„Bei der fiesen Sache mit dem Flugzeug musst du dir ja fast vor Angst in die Hose gemacht haben. Ich habe es im Internet gelesen."

„Das hat mich schon etwas aus der Bahn geworfen." *Wie einige andere Dinge.*

„Deine Mutter ist bestimmt ausgeflippt."

„Ja. Zwischendurch sah es nicht gut aus, also habe ich ihr eine Nachricht geschrieben. Ich weiß nicht, ob sie jemals darüber hinwegkommt." Er zwang sich zu einem Lächeln.

„Dann will sie bestimmt bald hier einziehen, um dich im Auge zu behalten."

„Ja, könnte bald passieren."

Danny grinste. Der Mann war die Niedlichkeit in Person. „Bist du bereit für den Kampf?"

„Mrs. Anderson?"

„Allerdings."

„So bereit, wie man dafür eben sein kann." Ein weiterer Versuch, ihm zuzulächeln. „Ist die letzte Stunde mit Ricky gut gelaufen?"

„Ja. Der Junge fühlt sich im Sattel wohl – nur nirgendwo sonst."

Rand nickte und führte Horsefly zum Reitplatz. Pünktlich auf die Minute kam Mrs. Anderson mit Ricky vom Parkplatz auf ihn zu. Wie üblich hob der Junge den Kopf kaum hoch genug, um unter seinem hellblonden Pony seine Augen sichtbar werden zu lassen. Für einen Fünfzehnjährigen war das vielleicht nicht allzu ungewöhnlich, doch bei Ricky wirkte es irgendwie … dauerhafter.

Mrs. Anderson winkte und begrüßte ihn mit einem lippenstiftroten Lächeln. „Rand, wie schön, Sie zu sehen." Sie näherte sich und schaute ihm in die Augen. „Wir haben Sie vermisst."

„Ja, tut mir leid. Aber die Familie geht vor, stimmt's?" Er lächelte. Sie konnte ihm nicht widersprechen, da sie großen Wert auf die Familie legte.

„Ja, natürlich."

„Ich habe gehört, dass du in meiner Abwesenheit alles richtig gut gemacht hast."

Ricky antwortete mit einem Schulterzucken.

„Ich würde vorschlagen, du zeigst mir erst, was du gelernt hast, und dann machen wir einen kleinen Ausritt."

Das brachte ihn dazu, den Kopf zu heben. Er nickte und seine Lippen verzogen sich zu etwas, das einem Lächeln nahe kam.

Trotz seiner Mutter, die an den Zaun gelehnt zusah, führte Ricky vorbildlich seine Trab- und Galoppkünste vor – wahrscheinlich, weil er sich so auf den Ausritt freute.

Anschließend stieg Rand auf Wabbit, seinen großen Araber, und zupfte an seiner Hutkrempe. „Mrs. Anderson, Sie sollten genug Zeit haben, um etwas zu essen oder einzukaufen. Wir werden etwa eine Dreiviertelstunde unterwegs sein."

Sie winkte ab. „Kein Problem. Viel Spaß. Ich bleibe einfach hier und unterhalte mich mit Daniel." Sie wandte sich zum Stall um, während Ricky Rand einen Blick zuwarf, der „armer Kerl" sagte.

Rand nickte und schnalzte, damit Wabbit sich in Bewegung setzte. Ricky schob sich mit seinem Pferd neben ihn und sie trabten los. Rand warf einen Blick auf Ricky. „Das sieht gut aus. Dein Sitz hat sich wirklich verbessert. Du scheinst dich wohlzufühlen."

„Danke."

Rand galoppierte an, und da Ricky sich gut im Sattel hielt, erhöhte er das Tempo. Rickys Augen weiteten sich, doch er blieb fest sitzen und folgte Rand. Rand winkte ihm zu. „Gut so." Dann verlangsamte er das Tempo nach und nach, bis die Pferde wieder Schritt gingen. „Das hast du prima gemacht."

Ricky nickte, während sich ein kleines Lächeln auf seine Lippen legte – doch seine ernsten Augen zerrten Rands Erinnerung und sein Herz direkt zu Lani. Er schluckte. Es war leicht zu sehen, was Danny damit gemeint hatte, dass sich Ricky nur im Sattel wohlfühlte. „Hattest du schöne Ferien?"

„Sie waren ganz gut."

„Hast du irgendetwas Interessantes gemacht?"

Er zuckte mit den Schultern. „Was ist mit Ihnen? War Hawaii schön?" Obwohl man diese Frage bei ihm schon als große Gesprächigkeit betrachten konnte, sah er Rand noch immer nicht an.

„Ja, es war toll." *Hol einfach Luft.* „Wusstest du, dass Hawaii schon vor uns Cowboys hatte?"

Das ließ Ricky aufhorchen. „Wirklich?"

„Ja. Ungefähr fünfzig Jahre eher. Sie werden da Paniolos genannt. Ursprünglich kamen sie aus Mexiko – wie unsere Cowboys."

„Wow. Das ist ziemlich cool. Haben Sie welche getroffen?"

Thema zu schmerzhaft. „Ein paar. Was macht eigentlich die Schule? Bist du schon in der Highschool?"

„Äh, ja. In der zehnten Klasse."

„Hast du ein Lieblingsfach? Und eine Freundin?" Die verdammten Worte hatten seine Lippen verlassen, bevor sein Gehirn sie registrieren konnte. *Mist.*

141

Wie erwartet verspannte sich Ricky, woraufhin sein Pferd gleich ein wenig scheute, weil es die Unsicherheit seines Reiters spürte.

Rand streckte eine Hand aus. „Tut mir leid. Das geht mich absolut nichts an. Ich muss mich entschuldigen. Ich habe nur gerade an Hawaii gedacht und habe die erste dumme Sache gesagt, die Leute mich immer fragen. Tut mir wirklich leid."

Ricky nickte und sie ritten weiter. „Also werden Sie das auch immer gefragt?"

„Ständig – nur wollen in meinem Alter alle wissen, wann ich heirate und eine Familie gründe. Es treibt mich noch in den Wahnsinn."

„Das verstehe ich. Es ist ätzend, wenn andere sich nur Gedanken darum machen, mit wem man schläft."

„Und wie."

Der Wind wehte kühl, beinahe kalt, ein scharfer Kontrast zur warmen Sonne auf Rands Nacken. Ricky sah zu einem Vogelschwarm auf, bevor er den Blick wieder auf den Weg senkte. „Ich mag keine Mädchen."

Zieh jetzt keine falschen Schlüsse. „Ja, sie können manchmal ziemlich nerven, stimmt's?"

Drei Schritte Stille. „Sie wissen, dass es so nicht gemeint war, oder?"

„Ja."

„Ich bin schwul."

„Wie schön." Rand sah ihn an und grinste. „Hast du einen Freund?" Als Ricky den Mund öffnete, hielt Rand eine abwehrende Hand hoch. „Nur ein Scherz. Es geht mich nichts an. Aber hast du es deiner Mutter gesagt?"

Ricky schüttelte den Kopf.

„Sie kann anstrengend sein, aber sie liebt dich sehr."

Ricky sah überrascht auf und schnaubte.

„Sie flirtet nur so viel mit Männern, weil sie einen neuen Vater für dich finden möchte."

Er legte den Kopf schräg. „Das ist Ihnen aufgefallen?"

„Ja."

„Aber genau deshalb kann ich es ihr nicht sagen. Verdammt, Rand, sie macht sich Tag und Nacht Sorgen wegen mir. Wenn sie dann auch noch befürchtet, ich könnte das Opfer eines Hassverbrechens werden, sobald ich das Haus verlasse … Ich weiß nicht, wer von uns dann als Erstes durchdreht."

„Du musst es ihr sagen, Ricky. Komm schon. Denk an all die Jugendlichen, die vor die Tür gesetzt oder sogar umgebracht werden könnten, wenn sie sich outen würden. Dir wird das nicht passieren. Sie liebt dich. Sie wird hinter dir stehen …" Er presste eine Hand auf seine Brust. *Scheiße, hörst du auch gut zu, McIntyre?*

„Sie meinen, ich sollte mich diesen Jugendlichen zu Ehren outen?"

Rand nickte, da er kein Wort herausbrachte. *Ja, genau das meine ich.*

Eine Zeit lang ritten sie schweigend, bis Ricky sich räusperte. „Sie glauben also, dass sie nicht ausflippen wird?"

142

„Vielleicht wird sie das. Aber eine Woche später hat sie sich dann sicher einer entsprechenden Elterngruppe angeschlossen und hilft beim Organisieren von Schwulenparaden."

Ricky lachte. „Ja, das stimmt wahrscheinlich."

„Glaubst du, du wärst glücklicher, wenn sie es wüsste?"

„Ja. Ich will ihr nur nicht wehtun, verstehen Sie?"

„Schwul zu sein ist nicht leicht. Aber wenn du es nun mal bist ..." Er zuckte mit den Schultern.

„Ja. Es ist echt ätzend, es verstecken zu müssen. In meiner Schule gibt es einige schwule Jungs. Es ist fast ein bisschen cool."

„Die Zeiten ändern sich." Nur nicht schnell genug für sein eigenes Leben. „Wenn du mit jemandem darüber reden willst, kannst du mich jedenfalls immer anrufen, okay?"

„Danke." Ricky warf ihm einen Blick zu. „Sie gehen damit echt verständnisvoll um. Viele Cowboys haben was gegen Schwule."

„Ich weiß." *Und wie ich das weiß.*

Über dem leichten Anstieg vor ihnen tauchten die Stallgebäude auf. Da der Weg schmaler wurde, reihte Rand sich hinter Ricky ein. Mrs. Andersons SUV glänzte silbern in der Vormittagssonne.

Plötzlich drehte Ricky sich um. „Danke, Rand. Übrigens habe ich tatsächlich einen Freund. Er ist großartig." Er grinste, bis sich seine Grübchen zeigten – das erste richtige Lächeln, das Rand von ihm gesehen hatte. Dann trabte Ricky an und winkte seiner Mutter zu, während er auf den Stall zuritt.

Mit einem Lächeln winkte sie ebenfalls, wobei sie etwas verblüfft wirkte. „Hallo, Schatz. Du siehst da oben auf dem Pferd richtig heldenhaft aus."

Er schwang sich aus dem Sattel. „Danke. Sag mal, können wir gleich irgendwo was essen? Ich möchte mit dir reden."

„Oh, natürlich Schatz. Das würde mich freuen." Ihren leuchtenden Augen nach zu urteilen würde er nie wissen, wie sehr.

Eine Viertelstunde später stand Rand in der Stalltür und sah zu, wie sie vom Hof fuhren. *Bizarr. Habe ich gerade wirklich dieses Gespräch geführt? Wie bin ich zum Yoda für Schwule geworden? Gott.* Doch Ricky hatte wie ein völlig neuer Mensch gewirkt, als er ins Auto gestiegen war. Als wäre ihm die Last von ganz Kalifornien von den Schultern gefallen.

„He, Boss, alles in Ordnung?"

„Was?"

Danny legte ihm eine Hand auf den Arm. „Du wirkst ein bisschen mitgenommen. Geht es dir gut?"

„Äh, ja. Sicher."

„Ricky sah aus, als hätte er den Ausritt genossen."

„Er ist ein guter Junge."

Danny kaute grinsend auf dem Strohhalm, den er zwischen den Lippen hielt. „Weißt du was? Deine Mutter hat recht."

Er atmete heftig aus. „Womit?"

Danny legte den Kopf schräg. „Du solltest Vater sein. Ich kenne niemanden, der so gut mit Kindern umgehen kann."

Rand schluckte schwer und bemühte sich, nicht Alikis Arme um seinen Hals zu spüren. „Danke. Glaube ich."

Danny senkte den Blick zu seinen Stiefeln. „Ich schätze, deswegen habe ich hier angefangen."

Rand boxte ihm sanft gegen den Arm. „He, Mann, ich hab dich auch gern, aber ich bin nicht alt genug, um dein Vater zu sein."

Danny warf ihm einen Seitenblick zu. „Nein, aber wenn ich einen Bruder wie dich gehabt hätte, wäre mein Leben wahrscheinlich um Längen besser gewesen." Das freche Grinsen legte sich auf seine Lippen. „Ich habe diese Stelle angenommen, weil ich darauf gehofft hatte, hier zum ersten Mal etwas Glück zu haben." Er zwinkerte Rand zu. „Danke, Glücksbringer." Lachend spuckte er den Strohhalm aus und schlenderte in den Stall.

Rand wandte den Kopf, um einen Blick in das gedämpfte Licht des Gebäudes zu werfen. Wäre jedes Pferd darin plötzlich zu einem Einhorn geworden, hätte es diesen Tag kein bisschen merkwürdiger gemacht.

„KAI, BABY, ist wirklich alles in Ordnung?"

Kai zog sich die Baseballmütze tiefer in die Stirn, um seine Augen vor der Sonne zu schützen. *Bei der sechsten Version dieser Frage hat Audrey keine Antwort mehr verdient.*

„Lani, warum ist dein Bruder so traurig?"

Mist! Er öffnete die Augen, um Audrey zu sagen, dass sie sich um ihre eigenen Angelegenheiten kümmern und die Kinder in Ruhe lassen sollte, doch Lani hatte bereits mit den Schultern gezuckt und murmelte mit einem Seitenblick auf ihn: „Ich glaube, er vermisst einen Freund."

Doppelmist! „Audrey, zum sechsten Mal: Mir geht es gut. Ich habe einfach viel um die Ohren. Lass Lani in Ruhe, sie ist selten genug am Strand." Er winkte in Lanis Richtung. „Lani, sieh nach Aliki, bevor er ertrinkt."

Lani warf ihm einen vielsagenden Blick zu, machte sich jedoch auf den Weg zu Aliki, der ein Stück entfernt mit einigen Einheimischen auf dem grünen Sandstrand Frisbee spielte.

Audrey näherte sich Kai. „In letzter Zeit hat man mit dir nicht besonders viel Spaß."

„Spaß gehört nicht zu meinen Aufgaben."

Sie hockte sich neben ihn, wobei ihre üppigen Brüste über den Rand ihres Bikinis quollen. „Ich weiß. Tut mir leid. Ich mache mir nur Sorgen um dich."

Er hob die Mundwinkel. „Ich weiß. Danke."

„Hat Lani recht? Vermisst du Rand?"

Er zuckte mit den Schultern. „Klar. Er ist ein netter Kerl. Die Kinder lieben ihn." Er presste eine Hand gegen seine Brust, bevor er sie wieder sinken ließ.

„Ja." Sie betrachtete die an den Strand rollenden Wellen. Hier hielten sich viele Einheimische auf, da die meisten Touristen den Strand nicht kannten. „Und er ist ein guter Tänzer."

„Stimmt."

„Ihr zwei habt einfach viel gemeinsam. Das Tanzen, die Cowboysache ..."

Denk nicht darüber nach. „Aber ich mache mir eher Sorgen wegen einer Sache mit Alikis Lehrerin."

Sie ließ sich in den Sand fallen. „Ach ja? Was ist passiert?"

Er hob eine Schulter. „Wir wurden von einer komischen Frau besucht, die Aliki für hyperaktiv hält."

„Was weiß die schon?"

„Eben."

Sie lehnte sich zurück und hob mit geschlossenen Augen das Gesicht zur Sonne. „Und ich dachte, du machst dir Sorgen um Rand – wegen der schrecklichen Sache mit dem Flugzeug."

„Was?"

Sie senkte den Kopf, um ihn anzusehen. „Du weißt schon. Die Geschichte mit dem Fahrwerk beim Flug von Kahului nach Sacramento. Das müsste doch Rands Flugzeug gewesen sein. Die Strecke wird nicht so häufig geflogen, oder?"

Er runzelte so stark die Stirn, dass es wehtat. „Davon habe ich nichts gehört."

„Wie kann das sein? Es kam sogar in den Lokalnachrichten. Das Fahrwerk hat irgendwie geklemmt und sie mussten sich auf eine Notlandung vorbereiten. Aber am Ende hat es doch funktioniert und alle haben es gut überstanden."

Er konnte kaum atmen. *Meine Güte, dabei muss Rand Todesangst gehabt haben.* Er sprang auf. *Muss ihn anrufen.*

Audrey kämpfte sich neben ihm auf die Füße, wobei sie beinahe ihren Bikini verlor. „Du wusstest wirklich nichts davon?"

Er schüttelte den Kopf, während er mit den Augen den Strand absuchte. „Lani!" Er winkte mit beiden Armen.

„Was hast du vor?"

Eine verdammt gute Frage. *Ich muss herausfinden, wie es ihm geht.* „Ihn anrufen, schätze ich. Verdammt, Audrey, der Mann hat mir das Leben gerettet."

„Wenn er dir so viel bedeutet, warum hast du dich nicht bei ihm gemeldet, seit er nach Hause geflogen ist? Das ist nämlich schon 'ne ganze Weile her, Kumpel." Sie verschränkte die Arme.

„Ich weiß. Ich hatte nur viel zu tun." Lani bemerkte ihn endlich und er winkte sie zu sich. Als sie sich ohne Aliki in Bewegung setzte, schüttelte er den

145

Kopf, bis sie sich umdrehte, um mit Aliki zu reden. Dieser hatte offensichtlich keine Lust, schon zu gehen.

„Verdammt." Er stapfte in ihre Richtung.

Audrey folgte ihm. „Wenn du ihn anrufen willst, tu es doch einfach."

„Der Empfang ist hier nicht gut."

„Woanders auch nicht."

Endlich hatte er Lani und Aliki erreicht. „Tut mir leid, ihr zwei, aber ich muss nach Hause."

„Ach Mann, Kai. Es macht gerade so viel Spaß." Aliki stampfte mit dem Fuß auf und sah finster zu Kai hoch. Doch er schien etwas in Kais Gesicht zu sehen, denn er drehte sich um und warf die Frisbeescheibe einem der anderen Jungen zu. „He, Leute, ich muss los. Macht's gut."

Dann eilten Lani und Aliki hinter Kai her, um mit seinem zügigen Tempo mitzuhalten.

Audrey hastete neben ihnen her. „Sehen wir uns später? Kommst du heute tanzen?"

„Wahrscheinlich nicht."

„Ach Mann, du warst schon seit Wochen nicht mehr da."

„Mir ist einfach nicht danach."

„Ich weiß, ich tanze nicht so gut wie der Cowboy", sagte sie und zog einen Schmollmund.

Verdammt! Kai fuhr zu ihr herum, doch Lani hatte bereits eine Hand ausgestreckt und ihren Arm berührt. „Entschuldige, Audrey, aber wir müssen jetzt wirklich gehen."

Lanis ruhige Worte schienen zu ihr durchzudringen. Sie nickte. „Okay, ich verstehe. Wir sehen uns, ja?"

Kai nickte knapp und wandte sich dem Parkplatz zu. Als sich die Kinder angeschnallt hatten, bog er so schnell auf die Straße ab, dass er Schotter und Sand aufwirbelte.

Aliki fragte: „Was ist los, Kai?"

Auch Lani sah ihn an.

Versuche, ruhig zu klingen. „Ähm, hat einer von euch von dem Flugzeug gehört, das beim Flug von Kahului Probleme mit dem Fahrwerk hatte?"

Aliki lehnte sich so weit nach vorn, wie es der Sicherheitsgurt zuließ. „Nein. Was ist passiert?"

Lani sagte: „Ich habe davon gehört. Aber alles ist gut gegangen, oder? Wann ist es …" Sie hob eine Hand vor den Mund. „O nein, Onkel Rand."

Kai schluckte. „Ja. Audrey glaubt, es war sein Flugzeug."

Aliki kreischte beinahe: „O nein, geht es ihm gut?"

„Ja, ja. Es geht ihm gut. Niemand wurde verletzt. Keine Sorge."

Lani starrte Kai an, während sie ruhig zu Aliki sagte: „Aber du weißt doch noch, dass Onkel Rand schlimme Höhenangst hat. Erinnerst du dich, wie schlecht es ihm ging, nachdem er Kai geholfen hat?"

„Ja", antwortete Aliki wimmernd. Mist, jetzt hatte er dem Jungen Angst gemacht.

„Also machen Kai und ich uns Sorgen, weil es für ihn sehr beängstigend gewesen sein könnte."

„Kai", schniefte Aliki. „Kai, hast du ihn nicht angerufen? Warum bist du so gemein zu ihm?" Aus dem Schniefen wurden Tränen. „Er hat dir das Leben gerettet. Er ist unser Freund. Er mag uns. Er wusste sogar, was ich … mir zu Weihnachten gewünscht habe." Der letzte Teil war ein klägliches Jammern, das den so tief in Kais Herz verborgenen Riss ausweitete, bis es in tausend Stücke zersprang.

„Schon gut, Aliki. Manchmal bin ich eben dumm. Wir fahren nach Hause und dann rufe ich ihn an, okay? Wir können alle mit ihm reden und ihm sagen, dass wir an ihn gedacht haben, ja?"

„Hast du das, Kai?" Schnief. „Hast du an ihn gedacht?"

Kai warf im Rückspiegel einen Blick auf das tränennasse Gesicht. „Ja."

20

KAI FUHR etwas schneller, als es dem alten Auto guttat. *Verdammt, ich würde wirklich gern allein mit Rand reden.* Aber er hatte es Aliki versprochen, also blieb es dabei.

Als sie das Haus erreicht hatten, parkte er hastig und sie eilten hinein. Kai nahm auf dem Sofa Platz – wo der Empfang normalerweise am besten war – und die Kinder setzten sich zu ihm, Aliki auf den Boden und Lani neben ihn auf das Sofa. Er atmete tief durch. „Okay, los geht's." Er warf einen Blick auf sein Handy. „Wie spät ist es da?"

Lani sah ebenfalls das Handy an. „Drei Stunden später als hier."

„Dann arbeitet er wahrscheinlich noch."

„Versuch es trotzdem." Aliki rüttelte Kai am Arm.

„Na gut." Er fand die Nummer, die Rand ihm gegeben hatte, und bestätigte. Stille.

Kai schüttelte den Kopf.

Mehr Stille, dann das Piepen, das man hörte, wenn das Gerät kein Netz fand. *Mist.* Er streckte das Handy von sich, damit die Kinder das Geräusch ebenfalls hörten. „Ich komme nicht durch. Wir versuchen es in ein paar Minuten noch mal, okay?"

Lani erhob sich. „Dann ziehe ich mich um."

Aliki sprang ebenfalls auf. „Kann ich ein bisschen draußen spielen?"

„Klar."

Die Kinder verschwanden und ließen Kai mit dem Handy allein. *Gott, was bin ich nur für ein Freund. Rand hätte tot sein können und ich hätte es nicht gewusst.* Er wischte sich übers Gesicht. *Doch, das hätte ich. Wenn die Welt mit einem Schlag all diese Güte und Beherztheit verloren hätte, wären Dinge verwelkt und gestorben. Ich wäre eins davon gewesen.* Er stützte den Kopf in die Hände.

Eine warme Hand auf seinem Haar ließ ihn hochsehen. Lani lächelte ihm zu. „Alles in Ordnung?"

„Viele Leute fragen mich das im Moment."

„Ich weiß. Willst du mich dafür auch anschreien?"

Er schüttelte den Kopf. „Ich weiß nur einfach nicht die Antwort."

Sie setzte sich neben ihn. „Doch, die weißt du."

„Ach ja?"

„Ja. Dein Herz ist gebrochen."

„Ist es das?"

„Ja."

„Wie kommst du darauf?"

„Weil du gerade den Menschen verloren hast, den du liebst."

Er runzelte die Stirn. „Lani …"

„Komm schon, Kai. Ich habe mich immer gefragt, warum du nie verrückt nach Mädchen warst, aber ich habe es mir damit erklärt, dass du wegen der Verantwortung für uns deine natürlichen Instinkte unterdrückst." Sie lächelte. „Dann habe ich bemerkt, wie du Rand angesehen hast – und endlich verstanden, was es braucht, um dich zu erobern." Sie legte ihm eine Hand auf den Arm. „Ich hätte wissen sollen, dass du dich nur in einen Superhelden verliebst."

„Es macht dir nichts aus?"

„Sei nicht albern. Warum sollte ich nicht wollen, dass du glücklich wirst?"

„Niemand darf es erfahren."

„Wegen uns, stimmt's?"

„Ja. Wir dürfen keine Aufmerksamkeit erregen."

Sie seufzte tief. „Du hast so viel für uns aufgegeben. So viel."

„Aber es ist alles, was ich je wollte."

Sie umarmte ihn kräftig. „Dein Vater wäre so stolz auf dich."

Er löste sich etwas, damit er ihr in die Augen sehen konnte. „Wie kommst du darauf? Ich bezweifle, dass Paniolos in der Hinsicht toleranter waren als die meisten Cowboys."

„Vielleicht war dein Vater ja auch schwul."

Mit einem schiefen Grinsen fragte er: „Ist meine Existenz nicht der Gegenbeweis?"

„Nicht unbedingt. Viele schwule Männer haben Kinder gezeugt."

Er musste lachen. „Hast du das Thema etwa recherchiert?"

Sie warf ihm einen Seitenblick aus dunklen Augen zu. „Ja."

„Ich liebe dich. Das weißt du hoffentlich."

„Und ich dich. Niemand hätte besser für uns sorgen können."

Er drückte sie mit einem Arm an sich, während er warme Flüssigkeit aus seinen Augen blinzelte „Sollen wir es noch einmal bei Rand versuchen?"

„Ja." Sie stand auf. „Ich hole Aliki."

„Aber dir muss klar sein, dass es nicht viel ändern wird. Er ist dort und wir sind hier."

Sie nickte und ihre Augen wurden wieder traurig. „Ich weiß."

„Okay. Ich probiere es. Such Aliki, für den Fall, dass ich durchkomme. Er wird uns beide umbringen, wenn wir ihn nicht mit seinem Onkel Rand reden lassen." Er verzog das Gesicht, doch seine Hände zitterten.

Lani ging zum kleinen Fenster im vorderen Teil des Hauses, während Kai tief Luft holte und erneut Rands Nummer aufrief.

„Kai!"

Er hob den Kopf und sah ihr verängstigtes Gesicht. Sie zeigte aus dem Fenster.

„Was? Was ist los?"

„Die Polizei. Auf dem Weg zum Haus. Aliki!" Sie stürzte in Richtung Tür.

„Nein. Lauf weg. Durch die Hintertür, wie wir es geübt haben. Schnell!"

Es schien sie zu zerreißen, doch letztendlich drehte sie sich um und rannte durch den Flur in ihr Zimmer, wo sie die kleine Tasche mit Kleidung, Geld und einem Handy mit Guthabenkarte versteckt hatten.

Die Tür flog auf und Aliki stürzte ins Haus. „Kai! Kai. Nein, bitte." Er warf sich in Kais Arme, während ein Polizist, Mrs. Guthrie und eine Kai unbekannte Frau eintraten.

Die Frau fragte: „Kai Kealoha?"

„Ja. Was hat das alles zu bedeuten?"

Mrs. Guthrie warf ihm einen bösen Blick zu. „Nach unserem letzten Treffen haben wir nachgeforscht. Es war viel Arbeit, aber am Ende haben wir herausgefunden, dass Ihre Mutter in Wirklichkeit nicht mehr lebt und diese Kinder hier ohne elterliche Betreuung und Fürsorge wohnen."

Kai sah sie finster an. „Ich bin ihr Bruder. Ich sorge für sie und ich betreue sie. Sie führen ein vollkommen anständiges Leben."

Mrs. Guthrie fragte höhnisch: „Wie alt sind Sie?"

Er holte Luft. „Dreiundzwanzig."

„Eine weitere Lüge. Offiziellen Unterlagen zufolge sind Sie zwanzig. Gott, Sie haben diese Kinder hier untergebracht, seit Sie sechzehn waren. Ein Kind, das auf Kinder aufpasst."

Er wandte sich an die andere Frau. „Ma'am, wir beanspruchen keinerlei Unterstützung vom Staat oder sonst jemandem. Die Kinder sind gute Schüler und fehlen nie."

„Unsinn." Mrs. Guthrie verschränkte die Arme. „Dieser Junge ist hyperaktiv und braucht vermutlich einen Psychologen und eine gesunde Portion Ritalin."

Kai presste Aliki an sich. „Nur über meine Leiche."

Die zweite Frau streckte eine Hand aus. „Das reicht. Mr. Kealoha, ich bin Marjorie Makeha vom Jugendamt." Sie ließ den Blick durch das kleine Haus schweifen. Wahrscheinlich sah sie nur, wie ärmlich es wirkte. „Es ist eine schwierige Situation. Normalerweise würden wir die Kinder bis zur Anhörung einem anderen Familienmitglied anvertrauen. Soweit wir feststellen konnten, haben die Kinder jedoch keine lebenden Verwandten."

„Sie haben mich."

Sie seufzte und warf einen Blick auf den schweigenden Polizisten. „Da Sie leider den Tod Ihrer Mutter verheimlicht und sich nie um das Sorgerecht bemüht haben …"

„Wer hätte einem Sechzehnjährigen das Sorgerecht übertragen?"

„Ich verstehe."

Mrs. Guthrie zischte: „Sie sind nichts als ein Lügner."

Bleib ruhig. Wenn du dich provozieren lässt, schadest du Aliki nur. „Es ist eine Tatsache, dass ich für Aliki sorge und mich um ihn kümmere. Ich bin seine Familie. Er möchte bei mir sein. Ich bin über achtzehn und ein verantwortungsbewusster Erwachsener."

Marjorie Makeha nickte. „Das mag stimmen. Das Familiengericht könnte durchaus zu Ihren Gunsten entscheiden. Wegen der unklaren Situation bin ich allerdings gezwungen, Aliki und Lani bis dahin mitzunehmen."

Aliki schmiegte sich dichter an Kai. „Nein. Ich will hierbleiben. Das darfst du nicht erlauben, Kai. Bitte." Tränen strömten über sein Gesicht.

Guthrie sah sich um. „Bitte rufen Sie Lani."

Kai schüttelte den Kopf. „Sie ist nicht da. Sie besucht heute eine Freundin auf der anderen Seite der Insel."

„Das ist eine Lüge. Schon wieder eine Ihrer ständigen Lügen."

Er sah sie lediglich ruhig an, bis sie den Blick senkte, bevor er sich wieder an Ms. Makeha wandte. „Bitte nehmen Sie mir Aliki nicht weg. Bitte."

Die Frau sah Guthrie und den Polizisten an. „Es ist nur für ein paar Tage. Bis zur Anhörung wird es nicht lange dauern."

Aliki schluchzte und auch Kai konnte die Tränen nicht länger zurückhalten. Er presste sein Gesicht an den Hals seines Bruders und weinte.

RAND HOLTE tief Luft und richtete den Blick auf sein Handy. *Ich mache das nur ungern am Telefon.* Doch die Fahrt nach Orange County zum Haus seiner Eltern hätte acht Stunden gedauert und er hatte ganz sicher nicht vor, zu fliegen. Außerdem war der von Manolo für das neue Jahr versprochene rege Betrieb in vollem Gange. Er konnte die Ranch nicht für längere Zeit verlassen.

Warum mache ich es überhaupt?

Es ist höchste Zeit. Eigentlich schon zu spät.

Aber es bringt doch nichts.

Manchmal kann man eben nicht mehr erwarten.

Er wählte.

„Rand, wie schön, von dir zu hören." Ja, sie klang überrascht. Er meldete sich zu selten.

„Hi. Ich, ähm, wollte mich noch mal für den fantastischen Urlaub bedanken."

„Es freut mich, dass es dir gefallen hat. Hattest du an den zusätzlichen Tagen noch Spaß – trotz der Aufregung am Ende?"

„Äh, ja. Das ist ein Grund, aus dem ich mit euch reden wollte."

„Oh, okay. Soll ich deinen Vater mithören lassen?"

Meine Güte, vielleicht noch etwas mehr Druck? „Nein, das muss nicht sein."

„Was ist denn los, Schatz? Du klingst komisch. Ist mit dir alles in Ordnung?"

„Ja, es geht mir gut."

„Und mit der Ranch auch?"

151

„Absolut." Verdammt, er musste sich konzentrieren. „Gib mir einen Moment."

„Oh, natürlich …"

Er atmete langsam und tief durch. Dann vibrierte das Handy und er schaute hinunter. *Wer zum Teufel ist das?* Die Vorwahl von Hawaii, aber nicht Kai. *Gott.*

„Rand?"

„Tut mir leid, Mom, ich bekomme gerade noch einen Anruf. Bleib kurz dran."

„Jetzt beunruhigst du mich."

„Kein Grund zur Sorge. Bin gleich wieder da." Er nahm den anderen Anruf an. „Hallo?"

„Onkel Rand! Sie haben Aliki!"

„Was? Lani?"

„Ja. Das Jugendamt. Ich habe es gesehen. Sie haben ihn mitgenommen. O Gott, er muss solche Angst haben."

„Wo bist du?"

„Ich bin weggelaufen. Sie haben mich nicht erwischt. Ich weiß nicht, was ich machen soll."

„Hol tief Luft. Hast du einen Ort, an den du gehen kannst?"

„Ja, Tantchen. Ich glaube nicht, dass die von ihr wissen."

„Gut. Dann geh hin."

„Und wenn er nicht bei Kai bleiben darf? Wenn wir nicht bei Kai bleiben dürfen?"

„Keine Sorge, so weit kommt es nicht."

„Oh, Rand. Tut mir leid, dass ich dich angerufen habe. Es ist nicht dein Problem."

Er biss die Zähne zusammen. „Lani, *warum* hast du mich angerufen?"

„Es war das Erste, was mir eingefallen ist."

„Wieso?"

„Weil … weil du uns liebst."

Er lächelte grimmig. „Genau. Darum verlass dich auf mich. Jetzt geh zu deiner Tante. Ich melde mich später." Er beendete das Gespräch und wechselte zum anderen Anruf. „Mom, ich habe ein riesiges Problem. Ich muss mit Dad reden."

„Aber du wolltest mir gerade etwas sagen …"

„Ach ja. Ich bin schwul. Ich muss jetzt mit Dad reden."

KAI GING vor dem Raum auf und ab, in dem die Anhörung stattfand. Jede Zelle seines Körpers zitterte. Den Morgen hatte er mit Aliki im Pflegeheim verbringen dürfen, in dem er seit zwei Tagen untergebracht war. Selbstverständlich hatte Aliki sich bereits mit den anderen Kindern angefreundet und ihnen mithilfe des Fernsehers Videospiele nähergebracht. Die Leiter hatten ihm großzügigerweise erlaubt, tagsüber bei Aliki zu bleiben. Verdammt, deshalb hatte er seit zwei Tagen nicht gearbeitet. Wenn er Aliki zurückbekam, würde er Schwierigkeiten haben, was Geld für sein Essen anging. *Falls. Scheiße. Ich dachte, was ich tue, ist das Beste für die Kinder. Aber jetzt?* Jetzt wurde er für verdächtig gehalten, weil er so lange gelogen hatte. Und Aliki …

„Mr. Kealoha, Sie können hereinkommen." Eine Frau hielt ihm die Tür auf.

Kai betrat eilig den Raum. Ein wichtig aussehender Typ saß am Kopfende eines Konferenztisches. Neben ihm entdeckte er Marjorie Makeha mit einem unruhigen Aliki an ihrer Seite. Als er Kai sah, lächelte er. *Mann, er scheint sich so sicher zu sein, dass ich ihn nach Hause bringe. Ich wünschte, ich wäre es auch.*

Marjorie deutete auf einen Stuhl. „Bitte nehmen Sie Platz, Mr. Kealoha."

Er setzte sich. Der Mann am Kopfende schaute von einem Stapel Papiere auf. „Kai, ich bin Hector Adachi. Ich bin für Ihren Fall zuständig."

Kai nickte, da er wegen seiner trockenen Kehle kein Wort herausbrachte.

„Wo ist Ihre Schwester?"

Scheiße. Er kam direkt zur Sache. „Ähm, ich weiß es nicht, Sir."

Der Richter runzelte die Stirn.

„Als die Polizei kam, hatte sie Angst und ist hinten ins Haus gelaufen. Als ich nach ihr sehen wollte, war sie verschwunden."

„Aber Sie scheinen nicht sehr besorgt um sie zu sein."

Kai sah den Richter an. „Sie hat viele Freunde." Nicht unbedingt wahr, aber es würde die Polizei hoffentlich ein wenig bremsen, bis er sich überlegt hatte, was zu tun war.

Ein lautes Klopfen ließ die Frau, die das Gesagte mitschrieb, aufspringen und die Tür öffnen. *Großer Gott!*

Mrs. Orwell, ihre Tochter und Rands Freundin Julie schoben sich an der Protokollführerin vorbei in den Raum. Mrs. O. lächelte Kai zu, bevor sie sich an den Richter wandte. „Mein Name ist Althea Orwell und das sind meine Tochter Genevieve Angelo und unsere Freundin Julie Durst."

Freundin? Wie haben sich diese drei kennengelernt?

Sie runzelte auf respekteinflößende Weise die Stirn. „Wir mögen wie eine Bande neugieriger Haoles wirken, aber wir sind Freunde von Kai, Aliki und Lani. Wir möchten darauf hinweisen, dass die Kinder vorbildlich von ihrem Bruder versorgt und von ihrem Umfeld – und damit meine ich uns – unterstützt werden. Auch wenn es so aussieht, als hätten die Kinder keine Großmutter mehr: Sie haben mich. Da können Sie sicher sein."

Aliki stieß eine Faust in die Luft. „Genau, Mrs. O.!"

Der Richter lächelte, wirkte jedoch weiter misstrauisch. „Das war ein netter Auftritt, meine Damen, aber wir sind hier, um über das Zuhause der Kinder zu reden. Um sicherzugehen, dass sie nicht vernachlässigt werden. Mr. Kealoha ist kein Erziehungsberechtigter und Sie sind es ebenso wenig, trotz aller guten Absichten. Also setzen Sie sich bitte, damit wir der Angelegenheit auf den Grund gehen können."

Mrs. O. setzte sich neben Kai. Er lächelte ihr zu und flüsterte: „Hat Lani Sie angerufen?"

Sie schüttelte den Kopf.

Der Richter räusperte sich.

Dann muss es Rand gewesen sein. Kais Herz hämmerte in seiner Brust und er bekam kaum Luft. *Vielleicht hat Lani ihn angerufen. Das hätte sie nicht tun sollen. Aber anscheinend ist es ihm gelungen, die Truppen zusammenzutrommeln. Wie nett von ihm. Es kann nicht schaden, den Richter wissen zu lassen, dass es hier Menschen gibt, denen die Kinder wichtig sind.*

Der Richter kam aufs Thema zurück. „Seit wann lebt Ihre Mutter nicht mehr?"

Er redete nicht lange drum herum. „Seit vier Jahren."

„Warum hat das in Ihrem Umfeld niemand wahrgenommen?"

Er rutschte ein wenig auf seinem Stuhl herum. „Sie ist in Lahaina gestorben. Sie war drogensüchtig. Offenbar wusste niemand, wer sie war. Wir haben es selbst erst durch nähere Nachforschungen erfahren."

„Warum wurden die Behörden nie informiert?"

Er schaute auf seine Hände hinunter. „Wir haben jeden Tag damit gerechnet, dass jemand kommt und uns holt, aber es ist nie passiert. Ich habe mir Arbeit gesucht, damit ich uns ernähren konnte. Da niemand etwas gemerkt zu haben schien, haben wir weitergemacht wie vorher."

„Sie waren sechzehn."

Kai nickte.

„Ist Ihnen nie in den Sinn gekommen, sich selbst an die Behörden zu wenden?"

Kais Blick schoss hoch. „Warum? Niemand hat uns je geholfen, als sie im Haus mit Drogen gehandelt und auf den Teppich gekotzt hat oder mit Männern nach Hause gekommen ist, die Lani bedroht haben. Es ist lächerlich – Euer Ehren. Das Gesetz ist so auf Elternrechte fixiert, dass die Gesamtsituation oft aus den Augen verloren wird. Ich erziehe die Kinder. Ich versorge sie. Sie sind meine Kinder."

Der Richter lehnte sich auf seinem Stuhl zurück. „Leider stimmt Ihnen das Gesetz nicht unbedingt zu, Mr. Kealoha. Sie sind selbst noch fast ein Kind."

Jemand hämmerte so laut gegen die Tür, dass er heftig zusammenzuckte.

Der Richter runzelte die Stirn. „Was ist denn jetzt schon wieder?"

Die Protokollführerin öffnete die Tür.

Kai starrte. Aliki sprang auf, rannte um den Tisch und warf sich nach vorn, da er wusste, dass ihn Arme auffangen würden. „Onkel Rand!"

Rand hob Aliki hoch, um ihn wieder in den Raum zu tragen. In voller Cowboymontur sah er aus, als wollte er für ein Filmplakat posieren. Sein Vater neben ihm trug einen Anzug, der ungefähr so viel wert sein musste wie das Gerichtsgebäude, und hielt eine Aktentasche in der Hand. Er zog eine Visitenkarte aus der Tasche. „Sir, ich bin Elson McIntyre von McIntyre, Green und Olivera in

Newport Beach, Kalifornien. Wir sind für den Staat Hawaii zugelassen und ich werde Mr. Kealoha und Mr. Kahele in diesem Fall vertreten."

Der Richter sah ungläubig die Visitenkarte an. „Mr. McIntyre, weshalb interessiert sich einer der erfolgreichsten Anwälte des Landes für einen Sorgerechtsfall in Hana?"

„Weil dieser Junge für mich so etwas wie ein Enkel ist. Und ich lasse nicht zu, dass man seinen Bruder so behandelt, wenn jedes Kind in Amerika von Glück reden könnte, jemanden wie ihn an seiner Seite zu haben."

Der Richter drehte die Karte zwischen den Fingern, ließ sich gegen die Stuhllehne sinken und schüttelte den Kopf. „Wie viele Beinahegroßeltern hat dieser Junge noch?"

Aliki grinste. „Hi, Mr. McIntyre."

Rands Vater lächelte und zwinkerte ihm zu.

Kai konnte den Blick nicht von Rand abwenden. *Hier. Er ist hier. Und wenn Schiffe sich nicht wesentlich schneller fortbewegen, als ich glaube, muss er geflogen sein. Er ist hergeflogen.*

Mr. McIntyre setzte sich an Kais andere Seite, ließ jedoch den Platz direkt neben ihm frei. Er lächelte. „Kai, Aliki und Lani haben viele Freunde. Ihr einziger Fehler war vielleicht, das nicht zu erkennen."

Der Richter wirkte halb genervt und halb belustigt. „Vielleicht könnten Sie Ihre Beziehung näher erläutern?"

Rand näherte sich dem leeren Stuhl. Selbst ohne von ihm berührt zu werden, wirkte sein großer, warmer Körper beruhigend auf Kai. „Ich muss allein mit Mr. Kealoha reden."

„Und Sie sind …?" Der Richter wedelte mit der Hand.

„Rand McIntyre."

„Ähm, ja. Onkel Rand."

Rand runzelte die Stirn. „Mein Vater vertritt Mr. Kealoha, doch bisher hatte niemand die Gelegenheit, sich mit ihm zu besprechen."

„Also muss Ihr Vater mit ihm reden?"

„Nein, ich."

Rands Vater nickte. „Ich versichere Ihnen, dass es notwendig ist."

„Meine Güte, von mir aus. Reden Sie schnell."

Rand trat zur Tür und öffnete sie. Kai stand auf und folgte ihm mit weichen Knien hinaus.

Draußen starrten vorbeigehende Leute den großen Haole-Cowboy an, doch Rand beachtete sie nicht, sondern deutete auf die kleine Bank, die Kai zuvor bereits beim Warten gewärmt hatte. Sie setzten sich.

Rand holte geräuschvoll Luft, schwieg aber.

Was soll's? Kai sah ihn an. „Lani hat dich angerufen?"

„Ja."

„Du bist geflogen."

„Was?"

„Du bist hergeflogen."

„Ja."

„Das muss schrecklich gewesen sein."

„Ja."

„Sie hätte es nicht tun sollen."

„Das hat sie auch gesagt."

„Warum bist du dann gekommen?"

„Was denkst du denn?"

„Weil du einer der nettesten, gutherzigsten Männer bist, die ich kenne, und die Kinder niemals im Stich lassen würdest."

„Das glaubst du also?"

Kai warf ihm einen Seitenblick zu. Glaubte er es? Glaubte er, dass Rand die Kinder liebte – nur die Kinder?

Rand seufzte. „Wir sollten uns lieber über eine Lösung unterhalten. Mein Vater glaubt, es könnte dir gelingen, die Kinder zu adoptieren, allerdings mit viel Zeit und Geld."

„Aber dürften sie bei mir bleiben, während ich daran arbeite?"

„Vermutlich. Gerichte berücksichtigen wenn möglich die Wünsche der Kinder. Allerdings muss dir klar sein, dass es sehr mühsam werden könnte."

Kai runzelte die Stirn. „Leicht hatten wir es nie."

„Wie wichtig ist es dir, in Hawaii zu bleiben?"

„Wie meinst du das?"

Rand blickte geradeaus, als redete er mit der Wand. „Was würdest du davon halten, umzuziehen? Nach Kalifornien?"

„Wieso sollte ich das tun?"

„Weil du da Arbeit und einen sicheren Wohnort für die Kinder haben könntest. Die Kinder könnten das College besuchen und später ausziehen und …"

„Fuck!" Da sich einige Köpfe hoben, senkte Kai die Stimme. „Was redest du da? Dort finde ich auch nicht leichter Arbeit als hier. Hier habe ich wenigstens noch meine auf Menschen faszinierend wirkende Abstammung."

„Du könntest für mich arbeiten."

Kai schluckte schwer. „Rand, du bist großzügig, aber ich will keine Almosen."

„Ich könnte die Kinder adoptieren. Ich bin älter und besitze eine eigene Ranch. Ich könnte …"

Kai sprang auf. „Vergiss es. Was denkst du dir eigentlich dabei?"

Rand stand auf und hielt seinen Arm fest – wie ein warmer, verführerischer Schraubstock. „Ich denke, dass ich anfangen könnte, die Adoption in die Wege zu leiten – gleich, nachdem du mich geheiratet hast."

„Wa…?" Kai sank mit weit aufgerissenen Augen auf die Bank.

Rand setzte sich neben ihn. „Tut mir leid, dass das Ganze nicht romantischer ist, aber der Richter wartet. Wir könnten zusammen die Ranch leiten und die Kinder großziehen. Sie hätten Großeltern und den Sommer könnten sie hier bei Mrs. O. verbringen, um nicht den Kontakt zu ihrer Kultur zu verlieren. Vielleicht möchten sie auch ein College in Hawaii besuchen."

„Einen verdammten Moment." Er atmete schnaufend aus. „Du erwartest von mir, dich zu heiraten, damit die Kinder ein gutes Leben haben?"

Der Blick seiner strahlend blauen Augen begegnete Kais. „Wenn ich dich nur so dazu bringen kann, mich zu heiraten, dann muss ich das hinnehmen."

Kai ließ sich gegen die Rückenlehne fallen. „Es kommt mir vor, als hätte ich mein Leben lang nur gekämpft, um die Kinder wenigstens ein kleines bisschen glücklich zu machen."

„Du kannst jetzt aufhören zu kämpfen, Kai. Ich werde das regeln."

21

DER RICHTER sah sich im Raum um. „Ich gebe zu, das war ein ungewöhnlicher Tag. Anfangs war ich besorgt, die Kahele-Kinder könnten vernachlässigt werden oder sich in Gefahr befinden, doch am Ende hat sich herausgestellt, dass sie von liebenden Menschen umgeben sind, die sich um sie kümmern wollen. Da solche Situationen oft anders enden, freut mich das sehr. Es ist offensichtlich, dass für die Kinder keine Gefahr besteht, Mrs. Makeha, also ist es nicht nötig, sie aus der Obhut ihres Bruders zu entfernen. Und was das dauerhafte Sorgerecht angeht, scheinen Mr. McIntyre und Mr. Kealoha das bei der Gründung einer Familie in Kalifornien regeln zu wollen." Er sah Rand an. „Die Eheschließung sollte möglichst bald stattfinden, wenn Sie die Kinder in einen anderen Staat bringen wollen."

Rand nickte. „Ja, Sir. Das haben wir vor." *Hoffe ich.* Er sah zu Kai hinüber. *Okay, er würde alles für seine Geschwister tun, aber geht das wirklich so weit, dass er sich von mir zur Ehe drängen lässt?*

Der Richter zog eine Augenbraue hoch. „Und ich hoffe sehr, dass Ihre Schwester bald von ihrer" – er zeichnete mit den Fingern Anführungsstriche in die Luft – „‚Freundin' zurückkehrt."

Aliki kuschelte sich an Rands Schulter. „Oh, bestimmt. Sie liebt Hochzeiten."

Alle lachten. Sein Vater sagte: „Lassen Sie mich wissen, was wir unterschreiben müssen, damit die Kinder bei Kai bleiben können, bis die Sache mit der Adoption geregelt ist."

„Keine Sorge. Wir werden Sie mit Papierkram überschütten." Der Richter stand auf und schüttelte Rands Vater die Hand. „Sie haben da einen wirklich besonderen Enkel gefunden."

„Wem sagen Sie das!"

Rand schüttelte dem Richter ebenfalls die Hand, doch mit den Gedanken war er allein bei Kai.

Als sie endlich das Gebäude verlassen hatten und in der Nachmittagssonne standen, umarmte Rand alle – bis auf Kai. Mrs. O. gab er einen Kuss auf die Wange. „Danke, dass Sie so schnell hergekommen sind." Er sah Julie an. „Und dass Sie Julie Bescheid gesagt haben."

Julie grinste. „Ich glaube, wir haben den Richter erfolgreich verwirrt, bis ihr es hergeschafft hattet." Sie warf einen Blick auf Kai, der mit Aliki dicht an seiner Seite dastand. „Also, wann findet die Hochzeit statt?"

Rand entging nicht, wie sich Kais Gesicht leicht verfinsterte. „Ähm, darüber haben wir uns noch nicht unterhalten. Alles ging so schnell."

Julie lachte. „Das kann man wohl sagen. Wer hätte gedacht, dass unsere Cowboys schwul sind?"

Kais Blick wurde finsterer.

Mrs. Orwell legte Rand einen Arm um die Schultern. „Man musste sie nur zusammen sehen." Dann wedelte sie mit der Hand. „Ihr Jungs holt jetzt besser Lani."

Rand nickte. „Ja, Ma'am."

Sein Vater sagte: „Ich fahre dann zum Hana Maui. Deine Mutter bemüht sich noch um einen Flug, aber sie ist der Meinung, dass wir diese Hochzeit so schnell wie möglich über die Bühne bringen und die Ehe rechtskräftig machen sollten. Ich stimme ihr zu. Morgen oder übermorgen wäre gut, selbst wenn sie bis dahin nicht hier sein kann. Wir haben ihre Erlaubnis." Er lächelte. „Ihr könnt euch die Heiratserlaubnis online besorgen und im Hotel heiraten. Sie haben eine Liste von Personen, die eine Trauung vornehmen können, weil dort so oft Leute heiraten wollen."

Alle richteten erwartungsvolle Blicke auf Rand – außer Kai. „Ich bespreche das mit Kai und melde mich später."

Sein Vater sagte: „Aber ich glaube …"

„Später, Dad. Ich bin euch allen so dankbar, dass ihr gekommen seid. Aber jetzt müssen wir uns in Ruhe unterhalten. Und Lani abholen. Ich rufe euch nachher an, in Ordnung?"

Mrs. O. lächelte. „Ja, mein Lieber. Geht und macht Pläne für eure Zukunft."

Puh. Er legte Aliki vorsichtig eine Hand auf den Rücken, wobei seine Finger ganz leicht Kais berührten. Kai senkte den Arm. Okay, das begann nicht gerade vielversprechend. Kai zog sein Handy aus der Tasche und wählte. Nach kurzem Warten sagte er: „Hi, Lani. Ja, alles ist in Ordnung. Wir treffen uns zu Hause." Er lauschte. „Ja, ich bin sicher." Er legte auf und sah Rand an. „Ich bin mit meinem Pick-up hier. Ich nehme Aliki mit."

„Ähm, ich bin mit meinem Vater gekommen. Also müsstest du mich auch mitnehmen."

„Oh. Na gut."

Sie kletterten mit Aliki in der Mitte in das alte Fahrzeug. Stille. *Sehr* unangenehme.

Aliki lehnte sich gegen den Sicherheitsgurt, um sich vorzubeugen. „Darf ich jetzt wirklich bei euch bleiben? Ich muss nicht wieder zurück, oder?"

Kai sagte leise: „Nein. Du musst nicht zurück."

„Ganz sicher?"

Kai sah Rand an. „Ja."

„Und ihr zwei seid schwul?"

Rand hustete, um ein Lachen zu überspielen. Ein Muskel in Kais Kiefer zuckte. *Oh, Mann.* „Das stimmt, Aliki. Ich bin schwul und Kai auch."

„Oh."

„Weißt du etwas darüber?"

„Ich weiß, dass ein paar Jungs in der Schule andere schwul nennen, um sie zu ärgern. Was ich ziemlich scheiße finde."

„Wie war das mit der Wortwahl?", erinnerte ihn Kai.

„Okay, ich finde es nicht gut. Und ich weiß, dass Schwule heiraten können wie alle anderen. Das *ist* gut. Können wir auf dem Weg ein Eis kaufen?"

Jetzt konnte Rand das Lachen nicht länger unterdrücken.

Sie hielten an, um Eistüten für sich und einen zusätzlichen Becher für Lani zu besorgen.

Wieder im Pick-up setzte Aliki zum Sprechen an. Kai hob eine Hand. „Rede nicht mit vollem Mund. Außerdem sollten wir erst Lani auf den neusten Stand bringen, bevor wir uns unterhalten."

„Oh, na gut." Er leckte hastig, damit sein Eis nicht tropfte.

Offenbar würde Rand noch warten müssen, um Kais Meinung zu hören. *Mist!*

So verbrachten sie eine weitere angespannte Viertelstunde, bevor sie endlich das Haus erreicht hatten. Lani wartete draußen, was Rand ein breites Grinsen entlockte. Kaum hatte das Auto angehalten, sprang er heraus und nahm sie schwungvoll in die Arme.

Sie erwiderte die Umarmung heftig. „Oh, Onkel Rand, du bist gekommen, du bist gekommen. Tut mir leid, dass du fliegen musstest."

Er lächelte. „Um euch zu helfen, würde ich auch kriechen, mein Schatz."

Sie hob den Kopf und sah ihm in die Augen. „Danke."

Er stellte sie wieder auf den Boden, woraufhin sie sich an Kai wandte. „Ich muss endlich wissen, was passiert ist. Es wird wirklich niemand aus dem Gebüsch springen, um Aliki und mich mitzunehmen?"

Aliki stürmte mit seinem kostbaren schmelzenden Eis auf die Tür zu. „Wir haben Eis gekauft und dir welches mitgebracht."

Sie legte einen Arm um ihn. „Dann sollten wir es essen."

Drinnen verteilte sie das Eis auf zwei Schüsseln, wobei sie Aliki die größere Portion gab. Anschließend machten sie es sich im Wohnzimmer bequem, während Kai seine ordentliche Kleidung gegen Shorts tauschte. „Hast du auch etwas zum Umziehen, Onkel Rand?"

„Nein, meine Tasche liegt im Auto meines Vaters."

„Dein Vater ist auch hier?", fragte sie mit großen Augen.

„Ja. Auf dem Festland ist er ein bekannter Anwalt, also hat er mich begleitet."

Aliki lachte, während er sich seine zweite Portion Eis schmecken ließ. „Der Richter hätte sich fast an seiner Zunge verschluckt, als Mr. McIntyre und Onkel Rand reingekommen sind. Er wusste sogar, wer Mr. McIntyre war."

„Wow. Es war wirklich nett von deinem Vater, extra herzufliegen."

„Er hat gesagt, er sieht mich als seinen Enkel. Und Mrs. Orwell auch. Und ihre Tochter und diese Frau namens Julie sind auch gekommen." Er schüttelte den

Kopf und lachte erneut, als wären es angenehme Erinnerungen. Dann sah er auf. „Und weißt du was?"

„Was?"

„Kai und Onkel Rand wollen heiraten!"

„Warte. Wie bitte?" Sie hörte auf zu essen und warf Rand einen schockierten Blick zu.

In diesem Augenblick betrat Kai den Raum und bewies, dass er auch in alten Badeshorts zum Anbeißen aussah. „Aliki. Mit der Unterhaltung wollten wir doch warten."

Aliki runzelte die Stirn. „Nein, ich sollte wegen Lani warten. Lani ist jetzt hier."

Er seufzte. „Na gut, du hast recht." Er ließ sich auf einen abgenutzten Sessel fallen. „Dann redet."

Lani sah ihn an. „Ihr heiratet?"

Er schaute zu Rand hoch, bevor er den Blick auf den Boden richtete. „Sieht wohl so aus."

Ihre dunklen Augen erfassten ein neues Ziel. „Onkel Rand?"

„Na ja, ich habe Kai vorgeschlagen, dass wir heiraten und euch adoptieren könnten. So würden meine Eltern euch sehen und ihr hättet gute Schulen, einen schönen Wohnort, Reitstunden und Geld fürs College. Wir könnten regelmäßig herkommen, damit ihr nicht die Verbindung zu eurer Heimat verliert."

Aliki lächelte. „Ja. Ist das nicht cool?"

Lani sah erst Rand, dann Kai an. „Ihr heiratet, damit ihr für uns sorgen könnt?"

Aliki nickte. „Der Richter war echt begeistert."

Rand warf einen Blick auf Kais gesenkten Kopf. „Aber, äh, es ist nicht zwingend nötig. Ich meine, der Richter hat erkannt, dass ihr bei Kai ein gutes Leben habt, also, ähm, kann ich auch nach Kalifornien zurückfliegen und vielleicht erlaubt Kai mir, euch ein bisschen beim Sparen fürs College zu helfen." *Wow.* Seine Brust fühlte sich an, als wäre sie zermalmt worden. *Wie kann man ein solches Verlustgefühl verspüren, wenn man etwas noch gar nicht hatte?* „Ich glaube, alle sind davon überzeugt, dass ihr von vielen Seiten unterstützt werdet. Bestimmt könnte Kai euch auch allein adoptieren."

Aliki sah von seinem Eis hoch. „Moment. Es gibt also keine Hochzeit?"

Rand seufzte. „Ich habe Kai wohl mehr oder weniger zum Zustimmen gezwungen, Aliki. Aber das muss nicht heißen, dass wir uns nicht mehr sehen. Wenn ich einen Weg finde, das Meer zu überqueren, ohne mich ständig zu übergeben, besuche ich euch." Sein Lachen klang so unecht.

Aliki starrte ihn an, als hätte er den Verstand verloren. „Aber ich will auf deiner Ranch wohnen und reiten lernen und zum College gehen und ... dich jeden Tag sehen." Tränen stiegen ihm in die Augen.

161

Plötzlich war ihm einfach alles zu viel. Rand wischte sich mit der Hand über die Augen und stand auf. „Tut mir leid. Daraus wird wohl nichts werden."

„Aber …"

„Moment mal!" Lani stand auf und stemmte die Hände in ihre nicht vorhandenen Hüften. „Onkel Rand. Warum hast du Kai gebeten, dich zu heiraten?"

„Das habe ich dir doch gesagt."

„Nein, du hast mir gesagt, wie schön dann alles für mich und Aliki wäre. Deshalb willst du ihn heiraten?"

„Teilweise."

„Und warum hauptsächlich?"

Kai hatte den Blick nicht vom Teppich gehoben. Rand betrachtete das zerzauste, rabenschwarze Haar. „Na ja, weil ich ihn liebe."

Kais Kopf hob sich, als hätte jemand an einer Schnur gezogen.

Lani fragte: „Das tust du?"

„Natürlich."

Sie warf ungeduldig die Arme in die Luft. „Was heißt hier ‚natürlich'? Hast du es ihm jemals gesagt?"

„Tja … nein?"

„Großer Gott, Cowboys!" Sie machte einen entschlossenen Schritt auf Rand zu. „Ist dir nicht klar, dass Kai alles in seinem Leben nur für mich und Aliki getan hat? Er konnte nie an sich selbst denken. Und jetzt sagst du ihm, dass diese Ehe auch für uns sein soll? So geht das nicht, Onkel Rand. Er hat es verdient, um seinetwillen geliebt zu werden."

Rand starrte sie an, bevor er sich Kai zuwandte. Ihre Blicke trafen sich. „Ich liebe dich. Das habe ich, seit ich dich zum ersten Mal wie ein wilder Cowboygott auf dem Pferd sitzen sah. Seit du dich in mein Herz getanzt hast. Für Aliki und Lani würde ich alles tun, aber in dich bin ich verliebt."

„Wirklich?" Kai blinzelte heftig.

„Ja. Ist dir das romantisch genug?"

Kai nickte, senkte den Blick jedoch wieder zum Teppich.

Rand schluckte. „Ich möchte dich zu nichts zwingen, das dir falsch vorkommt."

Aliki jammerte: „Komm schon, Kai."

„Pst." Lani legte eine Hand auf Alikis Arm und zog ihn vom Sofa hoch. „Das ist Kais und Rands Entscheidung. Mit uns hat sie nichts zu tun." Sie führte ihn aus dem Zimmer.

Kai sah Rand an. „Du liebst mich? Bist du sicher?"

Rand näherte sich und streichelte ihm über die Wange. „Ich habe auf meinem Hawaiian-Airlines-Flug einige Kotztüten gefüllt, um es dir zu beweisen." Er zwängte sich zu Kai in den alten Sessel. „Aber die große Frage ist: Liebst du mich? Wenigstens ein bisschen?"

Kais Mundwinkel hoben sich und er nickte.

162

Rands Herz hämmerte gegen seine Rippen. „Wirklich?"

„Deshalb bin ich so misstrauisch. Ich habe in meinem ganzen Leben niemanden außer diesen Kindern geliebt. Für jemand anderen Liebe zu empfinden fühlt sich fast wie Stehlen an. Aber du wärst ein wirklich gutes Vorbild für sie."

Rand sah ihn an. „Wieso glaubst du immer, dass du keins bist?"

Er zuckte mit den Schultern. „Ich bin ein dummer, ungebildeter, nichtsnutziger Cowboy. Kein gutes Beispiel."

„Wer hat dir das gesagt?"

„Mein dämlicher, nichtsnutziger Stiefvater." Er holte mit einem Zischen Luft. „Und meine verdammte Mutter, an jedem einzelnen Tag, bis sie uns endlich den Gefallen getan hat, uns zu verlassen."

Rand nickte. „Während die einzigen zwei Menschen, deren Meinung dir wirklich wichtig ist, zu dir aufsehen, als wärst du die Sonne, und so gewissenhaft, selbstlos und aufopfernd wie ihr großer Bruder werden wollen. Bist du nicht derjenige, der auf die falschen Vorbilder hört?"

Er rieb sich mit einer Hand den Nacken. „Deine Meinung ist mir auch wichtig."

„Tja, dann kann ich dir sagen, dass ich dich bewundere. Ich wünschte, ich wäre so mutig."

„Warum hast du Höhenangst?"

Rand holte tief Luft. „Als ich nicht viel älter als Lani war, habe ich mich bei einem Cowboycamp in einen älteren Jungen verknallt. Er sah gut aus und war bei allem der Beste. Er hat mich gefragt, ob ich ihm einen blasen will. Das wollte ich – ich wusste damals schon, dass ich schwul war. Aber dann wurden wir von einem anderen Jungen dabei überrascht und der Typ ist ausgeflippt, und zwar völlig. Er hat mich mit einem Messer bis an den Rand einer steilen Klippe gedrängt, während die anderen Jungs ‚Schwuchtel' geschrien haben. Ich war kurz davor, zu fallen, als die Betreuerin aufgetaucht ist. Hätte sie mich nicht festgehalten, wäre ich gestorben. Das Sterben hat mir keine große Angst gemacht, aber der Gedanke an den Sturz war furchtbar."

„Scheiße, was für ein Arschloch. Am liebsten würde ich ihn finden und *ihn* von einer Klippe werfen."

„So einen Freund hätte ich damals gebrauchen können. Leider hatte ich keinen. Selbst die Betreuerin hat mich für eine verweichlichte kleine Schwuchtel gehalten."

„Und danach hast du dich nie wieder geoutet, oder?"

„Nein, ich hatte meine Lektion gelernt: Cowboys outen sich nicht."

„Aber jetzt hast du es getan."

Rand zuckte mit den Schultern.

„Für uns."

Er sah Kai in die Augen.

„Für mich."

„Ja."

„Wenn das nicht mutig ist."

Rands Mundwinkel zuckten. „Vielleicht machst du mich einfach mutig."

„Und vielleicht lasse ich mich irgendwann davon überzeugen, dass du mich bewunderst – in ungefähr fünfzig Jahren."

„Ich werde es sehr gern versuchen."

Kai stieß ein Lachen aus. „Und dieser hübsche Arsch würde ein Leben lang mir gehören."

„Der auch."

„Und vielleicht könnte ich lernen, wie man alles mit Spitzendeckchen dekoriert."

„Absolut. Meine Gäste werden Herzklopfen bekommen, wenn ich sie einem echten Paniolo vorstelle." Er hob den Kopf. „Vielleicht möchtest du ja sogar selbst einen Collegeabschluss nachholen." Er zuckte mit den Schultern. „Nur wenn du möchtest."

Rand wagte es kaum, zu atmen, als Kai den Blick wieder zum Boden senkte. Dann wischte sich Kai plötzlich über die Augen.

„Alles in Ordnung?"

Kai zuckte mit den Schultern. Als er sprach, zitterte seine Stimme. „Zum ersten Mal in meinem Leben fühle ich mich sicher."

Als Rand seine Arme um den schlanken, hart bemuskelten Körper schlang, spürte er, wie Kais Schultern bebten.

SIE STANDEN im hinteren Teil des Empfangssaals und betrachteten die Rücken der vielen Menschen vor ihnen. Kai stupste Rand an und flüsterte: „Sind das Haku und seine Frau?"

„Allerdings." Rand schenkte ihm ein Lächeln, das seine Knie weich werden ließ.

„Oh, und da ist der Besitzer des Hana Maui."

„Ja. Obwohl ich zugeben muss, dass er wegen meiner Eltern hier ist. Mit uns hat es nicht viel zu tun."

Kai sah sich im Raum um, dessen gläserne Wand ihnen einen Ausblick auf das Meer bot. Er entdeckte Mrs. O. und Genevieve mit ihren Mädchen, Julie, Audrey und Moke sowie einige Leute aus dem Club. Auch die Mitarbeiter des Stalls und Marjorie Makeha waren aufgetaucht. Weit vorn saß Tantchen – wie es sich für ein Familienmitglied gehörte.

„Wann geht es endlich los?" Aliki stand unruhig an Kais Seite.

„Ich glaube, ziemlich bald." Er zuckte mit den Schultern und kämpfte innerlich darum, sich wohlzufühlen. Die ganze Veranstaltung kam ihm merkwürdig vor – besonders die Tatsache, dass er einen Mann heiratete. Aber wenn er daran dachte, den Rest seines Lebens mit Rand und den Kindern zu verbringen – da passte einfach alles zusammen. Verdammt, er konnte es kaum erwarten.

Sie hatten einige Minuten mit dem Hochzeitsplaner des Hotels verbracht, um sich auf die Plätze für die Gäste und die Reihenfolge beim Einzug zu einigen. Am Ende hatten sie beschlossen, gemeinsam hineinzugehen. Schließlich wollten sie von nun an so leben.

Ein klassisch klingendes Musikstück begann und Rand beugte sich zu ihm hinunter, um zu fragen: „Bist du bereit?"

„So bereit, wie ich es jemals sein werde."

„Ich liebe dich."

Kai schaute in diese großen, blauen Augen hinauf. „Ich kann es auch jetzt noch kaum glauben."

Rand wirkte überrascht, lachte dann aber nur. „Ja, diese ganze Sache ist ziemlich unglaublich. Na los, lass uns heiraten."

Kai hakte sich bei Rand ein, während er auf der anderen Seite Alikis Hand fest in seine nahm. Rand hielt Lani seinen Arm hin, die sich mit einem so liebevollen Lächeln bei ihm einhakte, dass Kai ganz warm ums Herz wurde. Ihre Cowboystiefel glänzten unter ihrem weißen Kleid.

So schritten sie den Mittelgang entlang, bei dem man eigens für sie darauf geachtet hatte, dass er breit genug für vier Personen war, auf den Geistlichen zu, der häufig Eheschließungen für das Hotel durchführte. Sie gingen an lächelnden Menschen vorbei. Seltsam. Niemand schien diese Hochzeit für befremdlich zu halten. Oder sie verbargen es sehr gut. Vor dem großen Fenster flog ein riesiger Fregattvogel vorbei. Kai bewunderte, wie frei er wirkte. Eigentlich hätte sich diese Hochzeit wie eine Falle anfühlen müssen. Stattdessen kam sie ihm wie der Schlüssel zu seinem Käfig vor.

Als sie vorn angekommen waren, blieben sie stehen und die Kinder positionierten sich rechts und links von ihnen. Rand nahm Kais Hand in seine, umschloss sie mit seiner Kraft. Der Geistliche begrüßte alle Anwesenden und dankte ihnen dafür, zu diesem freudigen Anlass erschienen zu sein. Dass sie erst vierundzwanzig Stunden vorher eingeladen worden waren, erwähnte er nicht. Worte über die Vereinigung zweier Seelen, eine glückliche Verbindung und Lieben und Achten strömten wie Musik über ihn hinweg und er nahm sie kaum wahr. Die Wirklichkeit lebte in seiner warmen, sicheren Hand.

„… die Ringe tauschen …"

Kai erstarrte. *Verdammt*. Daran hatte er nicht gedacht. Ringe!

Doch Rand griff in seine Tasche und holte eine kleine Samtschachtel hervor. Er flüsterte: „Wenn sie dir nicht gefallen, tauschen wir sie später um." Dann öffnete er den Deckel und präsentierte ihm zwei glänzende, silberne Ringe – vermutlich aus Platin. Doch das Beste daran waren die eingravierten Pferde, die in einem niemals endenden Tanz um die Ringe galoppierten. Rand nahm einen davon aus der Schachtel und hielt ihn zwischen den Fingern. „Willst du mich heiraten, Cowboy?"

Kai kämpfte grinsend gegen die Hitze hinter seinen Augenlidern an. „Verdammt, ja."

Leise lachend steckte ihm Rand den Ring an. *Passt perfekt.* Den anderen Ring reichte er Kai, bevor er die Schachtel in die Tasche schob und seine linke Hand ausstreckte.

Kai hielt das verzierte Metallstück in der Hand. „Du hast mir beigebracht, was es bedeutet, ein Mann zu sein." Er steckte den Ring an seinen Platz. *Seinen Platz. Die passenden Worte.*

„Damit erkläre ich euch kraft meines mir vom Staat Hawaii verliehenen Amtes zu Mann und Mann."

Sie lächelten einander zu.

Alikis Stimme schallte durch den Raum: „He, wollt ihr euch nicht küssen?"

Kai stellte sich lächelnd auf die Zehenspitzen, um Rand einen kräftigen Kuss mitten auf den Mund zu verpassen. Rand zog ihn an sich und neigte Kai nach hinten über seinen Arm, während die Blitze der Kameras aufleuchteten.

Ein letzter Kuss und dann schnappten sie sich die Kinder für eine Familienumarmung. Lani schaute zu Rand hoch. „Onkel Rand, ich wusste vom ersten Moment an, dass du alles verändern würdest."

Er lachte. „Das ist keine schlechte Leistung für einen Mann, der bisher in seinem ‚gut genug' festhing."

Einige Minuten später betraten Kai, Rand und die Kinder die Terrasse, wo sich alle für ein informelles Büfett zusammengefunden hatten. Jemand – vermutlich Julie – hatte die Band aus der Cowboybar engagiert. Als sie zu einem Cowboy Charleston ansetzte, streckte Kai seine Hand zu Rand aus. „Na los, Cowboy. Zeigen wir ihnen, wie du mein Herz erobert hast." Wenig später gesellten sich auch die Kinder zu ihnen und die McIntyre-Kealoha-Familie tanzte sich in ihre Zukunft.

22

DIE KINDER vibrierten beinahe vor Aufregung, als sie die letzte Anhöhe vor der Ranch überfuhren.

Aliki hüpfte auf seinem Sitz. „Ist sie das? Ist sie das?"

„Ja." Rand drehte sich zu seinem zukünftigen „Sohn" um. „Häng dich nicht zu sehr in den Gurt. Bald kannst du alles besser sehen."

„Ja, Onkel Rand." Er blieb etwa drei Sekunden lang ruhig sitzen, bevor er sich wieder gegen den Sicherheitsgurt lehnte.

Lani saß still da, doch ihre Augen leuchteten. Ausnahmsweise wirkte sie beinahe wie ein Kind. „Die Angestellten, die wir kennenlernen, heißen Manolo und Danny, richtig?"

„Ja. Es gibt andere Helfer, aber die meisten sind nur während der Saison da. Diese zwei halten den Betrieb in Gang."

„Wird es sie nicht stören, zwei Kinder im Weg zu haben?" *Immer besorgt.*

„Liebling, sie werden euch so sehr mögen, dass es schwer für mich wird, euch zu behalten." Kai schwieg. Rand stupste ihn über die Mittelkonsole hinweg an. „Bestimmt dekorieren sie für euch gerade alles mit Spitzendeckchen." Rand atmete langsam durch die Nase ein. „Übrigens habe ich ihnen von euch erzählt, aber, äh, das mit der Hochzeit wird eine Überraschung."

Kais Kopf wandte sich ihm so heftig zu, als verfolgte er ein schnelles Tennisspiel. „Sie wissen nicht, dass wir verheiratet sind?"

Rand schluckte. „Es war ein bisschen viel, um es am Telefon in so kurzer Zeit und mit so schlechtem Netz zu erklären."

„Wissen sie wenigstens, dass wir kommen?"

„Ja."

„Und wofür zum Teufel halten sie uns?" Er warf einen Blick auf die Kinder. „Entschuldigt."

„Wahrscheinlich für Freunde. Ich wollte es Manolo erklären, aber ich habe immer wieder die Verbindung verloren."

„Dann dürfte es interessant werden." Kai lachte nicht.

Rand lenkte den Wagen vor das Ranchhaus, atmete tief durch und öffnete die Tür. Natürlich war Aliki bereits aus dem Auto gesprungen, bevor Rands Füße den Boden berührt hatten.

„Onkel Rand, das ist der Hammer."

Plötzlich öffnete sich die Haustür und Rands Mutter trat auf die Veranda. „Überraschung!"

„Mom. Wow. Ich hatte nicht mit dir gerechnet." Sein Lächeln überraschte ihn selbst.

Sie eilte mit ausgebreiteten Armen auf ihn zu. „Ich konnte meine Enkel doch nicht ohne Begrüßung in Kalifornien ankommen lassen." Über ihrem Arm hingen Blumenketten.

Aliki rannte hinüber, um sich von ihr umarmen zu lassen. Dann sah er zu ihr hoch. „Bist du jetzt wirklich meine Oma?"

„Na ja, nicht offiziell, bis die Adoption es ist, aber ich denke, wir können ruhig so tun. Wenn ich meinem Mann glauben darf, bist du darin ziemlich gut." Sie zwinkerte ihm zu.

Er starrte regungslos zu ihr hoch, bis er plötzlich die Hände vors Gesicht schlug.

Lani kniete sich hastig neben ihn. „Kaikahine, was ist los?"

„I-ich hatte noch nie eine Oma."

Lani umarmte ihn lächelnd.

Rands Mutter hockte sich neben sie. „Willst du wissen, was das Beste an Großmüttern ist?"

Er wischte sich nickend über die Augen.

„Sie verwöhnen einen ohne Ende." Sie nahm eine Blumenkette von ihrem Arm. „So, jetzt lass mich das richtig machen." Sie legte ihm vorsichtig den Lei um, sodass sich die Hälfte der Blumenkette auf seinem Rücken befand. „Aloha, Aliki. Willkommen in deinem neuen Zuhause."

Er schniefte noch etwas, als er sie umarmte.

Den zweiten Lei legte sie Lani um. „Aloha mo'opuna."

Lani presste sich eine Hand vor den Mund.

„Ich hoffe, das klang nicht zu grausam." Seine Mutter lächelte.

„Oh, nein, das war wundervoll."

Rand sah Kai an, der ihm daraufhin zuflüsterte: „Das heißt Enkelin."

Sie legte Lani eine Hand auf den Rücken, bevor sie sich erhob und sich Kai näherte. „Willkommen in deinem neuen Zuhause. Ich bin stolz, dich Keikikane nennen zu dürfen." Vorsichtig legte sie ihm die Blumenkette um.

„Ich fühle mich geehrt, Ma'am." Er lächelte.

„Ich habe mir für meinen Sohn immer nur gewünscht, dass er so leben kann, wie er möchte, und er selbst sein kann. Du hast das möglich gemacht. Und dazu ..." Ihr Lächeln war so breit, dass es wehtun musste. „... hast du ihm die Familie gegeben, die er brauchte, um glücklich zu sein. Ich habe immer gewusst, dass Hana ein magischer Ort ist, aber das hat meine Erwartungen übertroffen."

Kai grinste. „Wir haben uns im Dschungel versteckt, Ma'am, und nur auf unseren Cowboy gewartet."

„Boss?"

Rand drehte sich um. Hinter ihm standen Manolo und Danny. „Hi, Jungs." *Okay, also los.* „Ich möchte euch einige Leute vorstellen."

Bevor Rand weitersprechen konnte, trat Manolo vor und reichte Kai die Hand. „Du musst Kai sein. Es freut mich, dich kennenzulernen, Kumpel. Wir können die Unterstützung eines guten Cowboys gebrauchen."

Dann beugte er sich zu Lani und Aliki hinunter, um ihnen ebenfalls die Hand zu schütteln. „Es wird schön sein, hier Kinder zu haben. Willkommen zu Hause."

Lani lächelte. „Danke, Sir."

„Nennt mich einfach Manolo, okay?"

Aliki betrachtete ihn mit großen Augen. „Bist du der Vaquero?"

„Genau der."

„Wow. Schön, dich kennenzulernen, Manolo."

Danny hatte sich mit verschränkten Armen und leicht zusammengekniffenen grünen Augen im Hintergrund gehalten. Nun streckte er ebenfalls eine Hand aus und reichte sie Kai. „Hi. Ich bin Danny."

Kai schüttelte ihm mit einem Nicken die Hand, doch seine Augen schienen sich leicht zu weiten. Danny, der Schöne.

„Ähm, ich will ja nicht anmaßend sein, aber ich gehe mal davon aus, dass Rands Mama nicht aus Orange County herkommt, um einen neuen Mitarbeiter zu begrüßen. Liege ich da richtig?"

Rand holte Luft. „Schon. Ich erkläre euch das wohl besser."

Danny grinste. „Tja, da Mr. Kai hier so ziemlich der umwerfendste Kerl ist, den ich je gesehen habe, würde ich vermuten, dass ihr entweder verheiratet oder auf dem Weg dahin seid – und das sind eure Kinder." Danny grinste, als Rand husten musste. „Wie nah bin ich dran?"

Manolo warf ihm einen fragenden Blick zu. „Stimmt das, *Patron*?"

„Ja."

„Du bist …" Er sah zu den Kindern hinüber.

Rand sagte: „Schon okay, die Kinder wissen, dass wir schwul sind. Wir haben auf Maui geheiratet."

„Was zum T…" Ein weiterer Blick zu den Kindern. „… Tapir?"

Aliki brüllte vor Lachen. „Das finde ich toll. Darf ich das sagen, Kai? Scheibenkleister, was zum verflixten Tapir?"

Manolo sah lachend Kai an. „Tut mir leid … *Patron*."

Kai richtete den Blick seiner dunklen Augen auf Danny. „Auch wenn ich das Kompliment zu schätzen weiß … wieso beschreibst du Männer als umwerfend?"

Danny drehte das allgegenwärtige Stückchen Stroh zwischen seinen Lippen „Sagen wir einfach, ich werde euch bald mit der besten Schwulenbar in Chico bekannt machen."

Rand zog eine Augenbraue hoch. „Ist das ein Scherz?"

Danny schüttelte den Kopf und zeigte seine Grübchen.

„Warum hast du mir das nie gesagt?"

Danny spuckte noch immer lächelnd den Strohhalm aus. „Du musst doch wissen, dass man sich als Cowboy nicht outet."

169

So viel zu seiner Sorge, seine Angestellten zu verlieren. „Glaubst du, uns laufen jetzt viele Kunden weg?"

Danny zuckte mit den Schultern. „Ein paar vielleicht. Was meinst du Manolo?"

„Ich sage dazu nur: Wen zum Tapir kümmert's?" Er stimmte in Alikis lautes Lachen ein, bevor er den Blick auf Rand richtete. „Oder kümmert es dich?"

Tat es das? „Ich dachte immer, das würde es. Aber anscheinend haben sich meine Prioritäten jetzt geändert."

Danny lachte leise. „Vielen Schwulen gefällt eine Ranch für Kerle. Man muss das nur geschickt an den Mann bringen. Aber darüber können wir später reden." Grinsend drehte er sich um und schlenderte davon, wobei er Manolo mit sich zog.

Seine Mutter klatschte in die Hände. „Genug davon. Jetzt sollte ich euch eure Zimmer zeigen, damit ihr in euer neues Zuhause ziehen könnt." Sie wischte sich über die Augen. „Wir werden so viel Spaß haben." Sie führte die Kinder zur Tür. „Und wartet erst, bis ihr Omas Haus seht. Oh, da gibt es einen Strand, den ihr lieben werdet. Und wir können Disneyland besuchen und den Zoo und …" Zusammen verschwanden sie im Haus.

Rand legte seine Fingerspitzen an Kais Wange. „Willst du unser Zimmer sehen?"

„Unser Zimmer. Das klingt schön, Kumpel."

„Unser Zimmer. Unsere Ranch. Unsere Kinder."

„Unser Leben, Cowboy. Unser Leben."

Dann flüsterte Rand: „Und wie willst du mich nachher ficken?"

Kai warf einen Blick zur Tür, aus der Kinderlachen schallte. „Leise. Sehr, sehr leise."

Hand in Hand erklommen sie die Stufen zur Tür.

TARA LAIN schreibt über die „Beautiful Boys of Romance", wie sie die charismatischen Helden ihrer LGBT-Geschichten nennt. Ihre Bestseller haben Preise für die beste Reihe, den besten Gegenwartsroman, die beste Ménage, den besten LGBT-Roman und die besten schwulen Protagonisten gewonnen, während sie selbst bei den LRC-Awards zur Autorin des Jahres ernannt wurde. Leser bezeichnen ihre Bücher oft trotz des heißen Sex als romantisch, da Tara an die Liebe glaubt und immer für ein Happy End sorgt. In ihrem anderen Beruf ist sie Inhaberin einer Agentur für Werbung und Kommunikation, die ihre Vorliebe für das Entwerfen von Buchtiteln erklärt – schließlich hat sie sich jahrelang Werbesprüche für alles von Messgeräten bis hin zu Halbleitern ausgedacht. Sie leitet Seminare zum Thema Autorenpromotion und über das Schreiben an sich. Mit ihrem seelenverwandten Ehemann und ihrem seelenverwandten Hund (der etwas neidisch auf die vielen Katzenfotos ist, die Tara auf ihrer Facebook-Seite postet) lebt sie in Laguna Niguel in Kalifornien, nicht weit von den Küstenstädten, in denen viele ihrer Bücher spielen. Voller Leidenschaft in Bezug auf Vielfalt, Gerechtigkeit und neue Erfahrungen hat sie beschlossen, dass auf ihrem Grabstein einmal „Ja!" stehen soll.

E-Mail: tara@taralain.com
Website: www.taralain.com
Blog: www.taralain.com/blog
Goodreads: www.goodreads.com/author/show/4541791.Tara_Lain
Pinterest: pinterest.com/taralain
Twitter: @taralain
Facebook: www.facebook.com/taralain
Barnes & Noble: www.barnesandnoble.com/s/Tara-Lain?keyword=Tara+Lain&store=book

Von TARA LAIN

Kein Coming Out für Cowboys

Veröffentlicht von DREAMSPINNER PRESS
www.dreamspinner-de.com

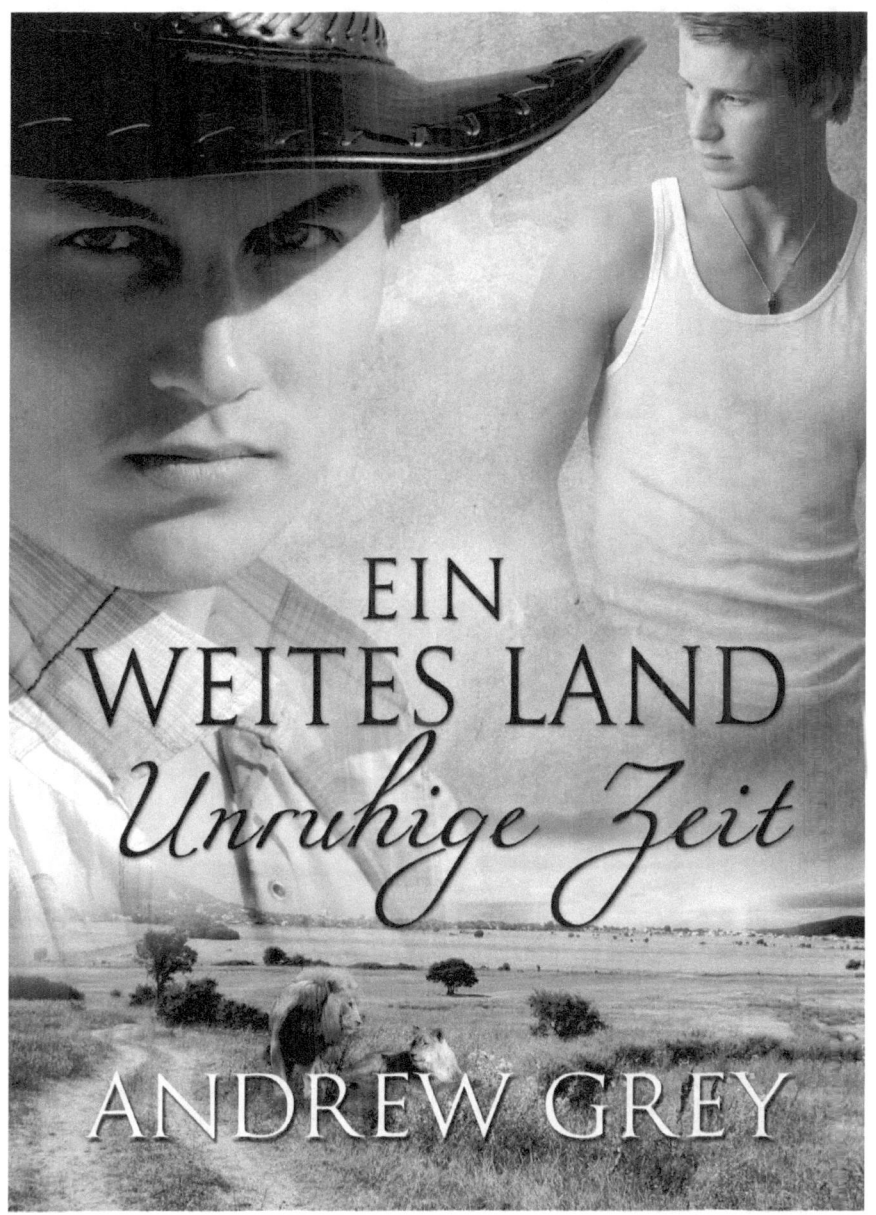

EIN
WEITES LAND
Unruhige Zeit

ANDREW GREY